キリン

山田悠介

角川文庫
17961

キリン

Math whiz & Gifted painter

YusukeYamada

山田悠介

1

開場一時間前からジーニアスバンク東京本社には大勢の女性が列をなし、会場には二十代前半から三十代後半までの女性二百人が集まった。

派手な女は数人程度で、ほとんどが地味で暗そうな女である。

女たちは開場時に渡されたパンフレットと『ドナーカタログ』に目を通す。誰も声を発さず、表情は真剣そのものであり、会場は二月とは思えぬほど異様な熱気に包まれていた。

会場に集まった二百人は、夫の生殖機能に異常があるか、あるいは夫はいらないが子供だけが欲しいと願う女ばかりである。

最後列に座る皆川厚子《みながわあつこ》は今年三十路《みそじ》を迎えるが、夫はいない。つまり後者であった。

痩《や》せていて小柄な厚子は乾燥した唇を舐《な》めながら食い入るような目つきでドナーカ

タログを黙読するが、会場にジーニアスバンクの関係者が現れるたびに過敏に反応し視線を向ける。この日は期待と緊張で、いつにも増して神経質になっていた。

艶《つや》のない髪の毛を掻《か》き上げると、眼鏡の位置を直してそっと女たちを見渡す。

ここにいるほとんどが厚子と同じ思いで会場にやってきたはずだが、全員が敵である。

足元を見つめながら、負けるもんか、と静かに言った。

その直後大きな拍手がわき、素早く振り返った。ジーニアスバンクの設立者である鳥居《とりい》篤郎《あつろう》が悠然とした足取りで現れたのだ。堂々たる姿の鳥居は壇上に立つと女たちに手を挙げた。女たちは真剣な眼差《まなざ》しで鳥居を見つめる。まるで教祖と信者のようだった。

鳥居はお世辞にも容姿端麗とは言えないが、今年還暦とは思えないほど肌艶がよく、半ば白くなった頭髪は銀色に輝いている。

短身でスタイルは悪いが、外国製の高級スーツをオシャレに着こなし、右腕にはゴールドの腕時計をはめている。

一昨年創業したジーニアスバンクで一大ブームを巻き起こし、一躍時の人となった鳥居の表情は自信に満ちあふれ、姿形は余裕と威厳を放っている。

参加者全員に配られたパンフレットの最初のページには鳥居の簡単な紹介が記され

ており、厚子は実物と写真とを見比べた。

ジーニアスバンクを創業した鳥居は素晴らしい思想家であると同時に、奇抜な発想の持ち主で、無限の探求心を持った発明家でもあった。また情熱的な野心家で、失敗を恐れぬ行動力があり、厚子にとって鳥居は希望の光、明るい未来を与えてくれた、いわば神様であった。

厚子だけではない、世の女性たちにとっても鳥居は救世主のような存在である。

鳥居を崇拝する女たちの拍手が鳴り止むと、鳥居は会場を見渡しながら言った。

「今日はオークションにお集まりいただきありがとうございます。カタログをご覧の通り、今回も素晴らしいドナーを集めております」

再び会場に拍手が起こった。

笑顔を見せていた鳥居は打って変わって、真剣な声の調子で言った。

「私は日本を改善するために、このプロジェクトを立ち上げました。日本にはもっと優秀な人間が必要なのです。なぜなら優れた者たちは年々減少していき、愚かな者たちが増加しているからです。高い知性を持つ人々の遺伝子が消滅することは、人間の種としての敗北であり、進化の衰退であります。私たちはこの悪い流れを止めなければならない！　ジーニアスバンクを受け入れる女性がさらに増え、高い知性、あるいは豊かな才能を持った子供たちが生まれれば、日本国の繁栄に繋《つな》がると私は確信している！　このプロジェクトにより、あなたたちは最高の遺伝子を持った子供を授かるのです。優秀なことはもとより、美しく、健康で、幸福な子供が生まれるのです。優秀な子供を授かれば、あなたたち自身の幸せにも繋がるのです！」

短い演説であったが、会場には割れんばかりの拍手が起こった。

鳥居が壇上から降りると、入れ替わるようにしてタキシードを着た中年の男が壇上に立ち、オークション開始を告げた。

厚子はパンフレットとドナーカタログを持ち替えた。

カタログはA4サイズの用紙が五枚。カラーコピーで、ホッチキスで綴《と》じられている。

今回出品されるのは二十点。ドナーの氏名は一切記されていない代わり、記号の名称と数字の組み合わせが記され、その下にドナーについての簡単な経歴が続いている。

例えば最初に出品される『ハート81』は、短身痩せ形でルックスは一般基準よりも劣るが、一流大学の理学部を卒業しており、現在は製薬会社勤務。趣味はフルート演奏。高校時代、吹奏楽部で全国大会出場経験あり。年収八百九十万、と記されている。

その下の『ダイヤ78』は、長身で筋肉質。ルックスは一般基準よりもやや劣るが、某プロサッカークラブに所属。年俸千五百万。チーム得点王の経験あり。

さらにその下の『スペード98』は、中肉中背、ルックスは一般基準よりもやや劣り、髪質が縮れ毛であるが、一流大学の脳科学者であり、著書を多数出版。趣味は読書と絵画鑑賞。年収千八百万。

カタログに載っているドナーはさまざまな分野で活躍しており、皆超がつくほど優秀であるが、その中でもランク付けがされており、上から順に『価値がある』。オークションに参加しているのは優秀な子供を産みたいと望んでいる女性ばかりなので、競りが進めば進むほど高額で落とされる。

厚子が狙っているのは、最後に出品される『クローバ113』であった。それ以外に興味はなく、他の競りに参加するつもりはない。

厚子は『クローバ113』の経歴を読んでいるだけで興奮した。

長身痩躯《そうく》の美男子。超一流国立大学卒。IQ180を超える天才数学者。フィールズ賞を受賞。また、著書も多数出版。運動神経も抜群。年収二千万以上。

厚子はこれまで数え切れないほどオークションに参加しているが、これほどまでに優秀で魅力を感じるドナーは初めてであった。

容姿端麗でIQ180を超える天才数学者の子供が天才になるのは確実であり、容姿もパーフェクトに違いなかった。

どんなに競り上がっても、必ず『クローバ113』を手に入れるつもりである。

壇上に立つタキシードの男が『ハート81』の競りを開始した。金額は三万円からで、女たちは自分の番号札を掲げて金額を上げていく。最初のドナーはまったく人気がなく、三万五千円で落札された。

タキシードの男は間を置くことなく『ダイヤ78』の競りを開始した。『ダイヤ78』も三万円からであったが、先程よりも少し値を上げて四万円で落札された。

オークションは滞ることなく進み、いよいよ厚子が狙っている『クローバ113』の競りが行われようとしている。

最後のドナーは厚子だけでなく、多くの女たちが狙っている様子であった。『クローバ113』を競り落とそうとしている女たちの表情がみるみる険しくなる。

厚子はジーニアスバンクが発足して以来初めて自分の番号札を握りしめたが、他の女たちとは違い競りに参加する意思などおくびにも出さず、俯《うつむ》きながら乾いた唇を舐め、艶のない髪をゆっくりと掻き上げた。

異様な緊張感の中、タキシードの男が言った。

「ではこの日最後の商品。『クローバ113』ですが、十万円から始めたいと思います」

男は会場を見渡し、

「では十万円から！」

と声を張った。すると一斉に番号札が上がる。

「十五万！」

「十七万！」

「三十万！」

「三十二万！」

「三十五万！」

女たちは目の色を変えて値を上げていく。

「三十万！」

三十万まで上がったところで、これまで静観していた厚子の目が鋭く光った。17

8番と書かれた番号札を上げ、

「三十五万！」

これまで出したこともないような甲高い声で叫んだ。しかし三十五万程度では誰も
諦《あきら》めず、

「四十万！」

「四十二万！」

厚子は間を置かず番号札を上げた。

「六十万！」

一気に値を上げたので会場からは響《どよ》めきがあがった。

厚子はこの金額で競り落とせると確信したが、前列の若い女が札を上げた。

「六十一万！」

「六十二万！」

すぐさま値を上げると若い女は厚子を振り返った。しかし厚子は感情を表に出さず、タキシードの男をじっと見据えたままであった。

「六十四万！」

若い女は意地になって札を上げた。

「六十五万！」

厚子の声は落ち着いているが、心の中では、渡すものか、渡してたまるかと繰り返し呟《つぶや》いていた。ドナーナンバー『クローバ113』の遺伝子は、厚子にとって希望の光。明るい未来への懸け橋だった。

「六十六万！」

若い女の動作に迷いが見え始めた。厚子は表情一つ崩さず、

「七十五万！」

女に精神的ダメージを与えるよう、再び一気に値を上げた。

競っていた若い女は厚子に怒りの目を向けたが表情は青ざめており、とうとう番号札を下ろした。それを確認したタキシードの男が小さな木槌《きづち》を叩《たた》き、

『クローバ113』は、番号札178番の方が七十五万円で落札されました。おめでとうございます」

拍手する者もいたが、七十五万もの大金を懸けて競り落とした厚子に対し、この女は異常だと言わんばかりにほとんどの者が不気味そうな目を向けていたが、厚子は女たちの視線など気にはせず、IQ180の天才数学者の『スーパー精子』を手に入れたことに、激しく昂《たか》ぶっていたのだった。

オークションでドナーの精子を落札した者はジーニアスバンクと提携している産婦人科で人工授精を受けることになる。液体窒素で冷凍した精子を胎内に注入し受精させるのだ。

冷凍された精子を受け取り個人で受精させる選択肢もあるが、病院で行う方が安全であり、また成功の確率が高かった。

オークションが終了すると、厚子は急いで提携病院へと向かった。すぐにでも天才の遺伝子を持った子供を身籠《みご》もりたかった。

その産婦人科は、ジーニアスバンク本社がある新宿から程近い四谷《よつや》にあった。

古い病院だが患者の数は多く、スーパー精子を競り落としたばかりの厚子の目には、全員『天才精子バンク』で子供を身籠もった女たちであるかのように見えた。

厚子は受付の前に立つと保険証を出し、周りを憚《はばか》ることなく言った。

「先程、ジーニアスバンクで『クローバ113』を購入した皆川厚子です」

「わかりました。では授精を行う前に簡単な身体検査を行いますので、椅子に座ってお待ちください」

若い看護師は当たり前のように言う。しかし厚子は身体検査を行う必要はないと思った。身体の調子は非常に良い。

厚子の思っていた通り身体検査ではどこにも異常はなく、排卵も正常にされているとのことだった。

身体検査を終えた厚子は診察室に呼ばれた。これから人工授精が行われるが、不安や緊張はまったくなく、期待に胸を膨らませている。早くIQ180のスーパー精子を注入してほしいと、身体がうずうずしていた。

担当する医師は中年の女医であった。

「よろしくお願いします」

厚子が俯き加減のまま小声で挨拶《あいさつ》すると、女医は厚子に笑顔で答えた。

「皆川厚子さん、こんにちは。さあお掛けになって」

受付の看護師もそうだったが、女医も、オークションで精子を競り落とした厚子を差別することはなかった。

診察台の横にはさまざまな器具が並んでいるが、厚子は人工授精用のカテーテルに注目した。注射器のような形をしたカテーテルには、『クローバ113』の精子が入っている。遠心分離で精製した、活性度の高い精子である。

厚子は女医から二、三質問を受けた後、人工授精の手順の説明を受けた。

「では授精を行いますので、診察台に横になってください」

厚子が診察台に横になると、女医は器具を使って厚子の膣《ちつ》を開いた。そして人工授精用カテーテルを挿入すると、子宮に精子を注入した。拍子抜けするほど簡単な作業であった。

一般的に人工授精が成功する確率は十パーセント程度であり、成功するまで『クローバ113』の精子が注入されるが、厚子は失敗することなど一切考えてはいなかった。お腹をさすりながら、天才の子供が宿ることを願った。

厚子は二週間後、検診で再び病院を訪れた。女医は神妙な面持ちで厚子のお腹を超音波で診察し、それが終わると笑顔で、受精が無事成功したと告げた。

その言葉を聞いた瞬間、厚子は人生最大の喜びを得たのだった。

ジーニアスバンク設立者、鳥居篤郎は本社の地下一階にある『貯蔵室』にいた。

コンクリート製の小部屋で微《かす》かに湿っぽい。部屋の中央には、鉛でシールドされた腰の高さほどの液体窒素入りのタンクがいくつも置かれ、そのタンクを囲むように千以上の冷凍された精子が貯蔵されている。

鳥居は少しでも時間が空くと、この部屋にやってくる。優秀な精子たちに囲まれているだけで心が和み、疲れた身体が癒《いや》されるのだ。還暦を前にしても病気一つせず肌艶《つや》がいいのは、優秀な精子たちに囲まれているおかげだと、毎日のように秘書や部下に話している。

鳥居は冷凍された精子を恍惚《こうこつ》とした表情で眺める。ドナーが優秀であればあるほど身体が熱くなり、優秀な遺伝子を受け継いだ子供が増えていると思うと身震いした。

ジーニアスバンクを設立したのは一昨年の十月だが、僅《わず》か一年と四ヶ月ほどですでに七十二人の子供が生まれている。なおも勢いは止まらず、週二回のオークションには全国から多くの女性たちが優秀な精子を求めてやってくる。そのほとんどが、夫はいらないが子供は欲しいと願う女性であった。無能で愚かで経済力のない男が増えている証拠であった。

日本にはもっと優秀な人間が必要である。最悪なことに、愚かな者たちはどんどん増えているのだ。高い知性を持つ人々の遺伝子が消滅することは進化の衰退である。

どうして世の中にはこんなにも多くの貧しい人間や犯罪者、愚か者がいるのだろうか？

鳥居は、無能で愚かな人間を減らしていき、高い知性、もしくは豊かな才能を持った優秀な人間を増やさなければ日本国は滅びると本気で考えている。

では、どうすれば人類は自らを救えるのか？

そのためには、世の女性たちに優秀な遺伝子を受け継いだ子供を産ませるしか方法はなかった。

精子バンクを設立するのは鳥居の長年の夢であった。大手運送会社社長、鳥居基裕《もとひろ》の長男として生まれた鳥居は何不自由ない裕福な家庭で育ち、二十五の時に父の勧めで大手自動車メーカーの社長令嬢と見合いし半年後に結婚したが、十年後に妻を癌で亡くした。

さらに三十八歳の時に父親を亡くし三代目社長に就任したが、運送会社になど興味はなく、精子バンクを設立するために密《ひそ》かに資金を集めていた。

鳥居は学生時代から『優生学』を信奉していた。優生学とは、人類の遺伝的素質に影響を及ぼす社会的要因を研究し、悪性の遺伝的素質を淘汰《とうた》することを目的とした遺伝学の一分野である。

鳥居は『優生学』を信奉するようになってから優秀な人間を人為的に作り出すことを考え始めたが、それ以前から能力の低い人間を忌み嫌い、無能な人間がこの世からいなくなることを望んでいた。

鳥居は毀誉褒貶《きよほうへん》の激しいレイシスト（人種差別主義者）であり、世の中の悪、例えばこの十数年の大不況、犯罪率の増加、日本がアメリカの犬と呼ばれているのもすべて無能な人間たちのせいであると考えている。

逆に優秀な人間が増えれば日本国は繁栄し、愚かな人間が手を染めてきた犯罪だってなくなり、どの国よりも美しい国となるのは間違いない。

会社設立のための資金を集めた鳥居に迷いはなかった。運送会社を当時の常務に渡し、『優秀な人間だけ』を引き抜き、ジーニアスバンクを設立した。同時に、金と引き換えに優秀な精子を手に入れていった。医者、弁護士、科学者、数学者、音楽家、画家、スポーツ選手……。

無償で精子を提供する者はいないが、精子を買い取ると言えばドナーたちは喜んで精子を売買した。

鳥居は百人から精子を集めたところでオークションを開催した。女性たちは予想以上に集まり、スーパー精子は飛ぶように売れていった。鳥居の理想通り世の女性は、子供を意のままに産めると、スーパー精子の虜《とりこ》になっていった。

現在鳥居はドナーの精子を競り売りしているが、それはあくまで運営資金のためであり、私腹を肥やすためではなかった。純粋に、優秀な人間を増やしていきたいと考え、日本国の繁栄のために努めているのである。

ただ一つ、鳥居には公にしていないことがある。それは、自分の学歴である。女性たちに配るパンフレットには鳥居の簡単なプロフィールが記されているが、学歴は伏せられていた。

裕福な家庭で育ち、幼い頃から塾に通わされ、さまざまな習い事をさせられたが、中学、高校、大学、すべて二流校であり、鳥居が唱える『優生学』とは対照的に、鳥居自身の学歴は高くはなかった。

ただ、『天才精子バンク』を実現したのは現時点では鳥居篤郎ただ一人で、鳥居は奇抜な発想を持った発明家であり、優秀な子供を欲しがっている女性たちのカリスマであった。

精子貯蔵室の扉がノックされた。鳥居は冷凍された精子を眺めながら応《こた》えた。

「社長」

振り返ると秘書の野口美香子《のぐちみかこ》が立っていた。五十路《いそじ》過ぎであるが見た目は三十代前半で、長身でスタイルが良く妖艶《ようえん》な女であった。

野口は鳥居の父が社長の頃から社長秘書を務めてきた。頭の回転が速く、英語、中国語、フランス語の三カ国語を話す才女だ。無論一流大学卒である。

「社長、そろそろ会議の時間です」

野口が低い声で言った。

鳥居は頷《うなず》いて精子貯蔵室を出ると、社長室に向かった。

扉を開けると、たくさんの子供たちに迎えられた気分になった。百平米ある社長室には優秀な遺伝子を受け継いだ子供の写真が五十枚以上も飾られてあるからだ。

鳥居は笑みを浮かべたが、まだまだ満足はしていない。もっともっと優秀な遺伝子を受け継いだ子供を増やさなければならない。そしてさらに優秀なドナーを見つけなければならない。

鳥居は今、密かにノーベル賞受賞者のスーパー精子を狙っている。

2

おはよう。

目覚めると厚子はまずお腹に宿る小さな命に声をかけた。

いい天気だね、私のベイビーちゃん。

昨日医師から、子宮に精子が無事着床していることを告げられた厚子は、生まれて初めて幸せというものを感じた。

IQ180の天才遺伝子を受け継いだ赤ん坊が生まれてくると思うと、厚子は激しく昂《たか》ぶった。

出産予定は九ヶ月後の十一月だが、早く子供の顔が見たい。

男の子かな、女の子かな。

いずれにせよ、この子は天才として生まれてくるんだ……。

厚子は生命保険会社の営業課に勤めている。入社して八年以上が経つが、ずっと狭くて日当たりの悪いワンルームアパートに住み、食費は月三万に抑え、趣味は作らず、洋服すら買わず、質素な生活をしながらコツコツお金を貯めてきたが、今初めて、自制しながらお金を貯めてきた甲斐《かい》があったと思った。蓄えがあったからこそオークションで競り勝ち超天才数学者の子供を身籠《みご》もることができたし、英才教育だって受けさせてやることができる。

朝食を済ませると、着古したスーツに着替え家を出た。人にぶつからぬよう注意して歩き、小さな命を守るようにお腹に手を当てながら勤務先に向かった。

厚子のタイムカードにはすべて『八時四十五分』と印字されており、この日も同じ時刻であった。神経質な厚子は一分でもずれることを嫌った。

営業課のフロアに厚子が現れると全員が冷ややかな視線を向けた。営業成績が常に最下位の厚子を皆嫌っており、ついたあだ名は給料泥棒である。

厚子は同僚たちの視線を無視してデスクにつくと、雑務をこなしていく。すると同期の小田香織《おだかおり》がやってきて、すれ違いざま厚子を憐《あわ》れむように言った。

「相変わらず地味でブスだねえ」

近くで聞いていた男性社員は小田に味方して、厚子を蔑《さげす》むように笑った。

厚子は小田の背中を一瞥《いちべつ》したが、いちいち相手にはしない。レベルが低い女だ、と心の中で言った。

しかし現実は小田の方が容姿、学歴、営業成績、すべて上だ。さらに小田は既婚者で一歳の子供までおり、確実に厚子よりも充実した人生を送っていた。それにもかかわらず、小田は自分よりも劣る厚子を執拗《しつよう》に虐《いじ》めて楽しんでいる。周りの人間は小田に虐められる厚子を見てストレスを解消しているようであった。

周りの視線を無視して仕事する厚子であったが、突然デスクにコーヒーをかけられた。振り返ると小田が立っている。服装と化粧がけばけばしい小田は、化粧気のない厚子に言った。

「あらごめんなさい、つい手が滑っちゃったのよ」

厚子は無言のまま、ポケットティッシュで濡《ぬ》れたデスクを拭《ふ》く。自分の姿が惨めで、怒りが沸き立っていたが、ふと脳裏に子供の頃の記憶が蘇《よみがえ》った。暗くて勉強があまりできない厚子は虐めの標的であり、今みたいにクラスメートから牛乳をかけられたことがあった。中学ではトイレで水をかけられ、高校では弁当に木工用ボンドをかけられたこともある。

　これまでは虐められるたびに悔しい思いをし、勉強ができない、何の取り柄もない自分を呪ってきたが今は違う。

　厚子はそっとお腹に手をあて、この子がこいつらを見返してくれると自分に言い聞かせた。

　厚子にとってお腹の子は救世主であり、復讐《ふくしゅう》の手段でもあった。

　昔から子供が欲しいという願望はあったが、最初から夫はいらなかった。夫がいたら不幸になると厚子は思っている。

　父は厚子が幼い頃に外で女を作り、帰ってきたと思えば酒とギャンブルに使う金を母から巻き上げ、酔うと家族に暴力を振るうどうしようもない男だった。

　厚子にとって父は疫病神であった。父のせいで満足に勉強できなかったし、母が死んだのも心労によるものだと思っている。

　だから厚子は父親という存在を忌み嫌い、子供だけが欲しいと思うようになった。

　そんな厚子に希望の光を与えたのがジーニアスバンク設立者の鳥居篤郎である。厚子は鳥居の『優生学』に共感したと同時に、優秀な遺伝子を受け継いだ超天才児を産み、今まで自分を蔑んできた者たちを見返してやろうと思った。

　厚子は濡れたデスクを拭きながら心の中で小田たちに言った。

私のお腹にはＩＱ１８０の天才数学者の子供が宿っている。数年後、必ずお前たちを見返してやるから。

厚子は胎内に宿った新しい命を大事に大事に育てた。妊娠二ヶ月目に入ると悪阻《つわり》が酷《ひど》くなり苦しんだが、安定期に入ると胎教を始めた。言葉で算数を教えたり、教育用英単語のＣＤを聴かせたり、クラシック音楽を流したりした。

熱心に教育する厚子は、胎児の脳が働いて学習していることを確信している。何せＩＱ１８０の遺伝子を受け継いでいるのだから当然であった。

教育だけでなく胎児の健康維持にも努めた。食費を月三万円に抑えていたのが嘘のように、厚子は食材にもこだわり、無理してでも食べて栄養を摂取した。

六ヶ月目の定期検診で、母子ともに異常はなく胎児は順調に育っていると医師から告げられた。さらに医師は胎児が男の子だろうと診断した。

それを聞いた厚子は喜んだ。女の子よりも男の子を望んでいたのだ。男の子の方が競争社会に強いし、出世率が高いからである。

夢が膨らんでいくと同時に、七ヶ月目に入るとお腹の膨らみも目立ち始めた。

厚子はいつ会社に産休届を出そうか悩んでいた。社内の人間はまだ誰も妊娠に気づいていない。気づかれる前に産休届を出せば皆仰天するし、変な噂が立つのは明白である。

本当は気づかれぬうちに退職するのが理想だが、これから女手一つで息子を育てていくことになる。再就職先が決まらないうちに退職することはできなかった。

八月第二週の月曜日、厚子は会社に産休届を持参した。いずれ分かることだし、母子に影響が出ては元も子もない。

会社に到着した厚子は課長の出社を待った。課長に産休届を渡したらこの日はそのまま帰宅するつもりだった。

しかし課長はなかなか出社してこず、その前に小田香織が現れた。

男性社員が目を奪われるほどスタイルの良い小田は、モデルを気取ったような歩き方で厚子の元にやってくる。小田は出社すると最初に厚子の元にやってきて、嫌みを言うのが日課であった。

小田は厚子の前に立ちはだかると冷笑を浮かべながら言った。

「あら皆川さん、会社辞めたんじゃなかったの？　毎月毎月成績が悪いくせに、よく会社にいられるわね」

厚子は七月の営業成績も最下位であった。小田に一瞥もくれず雑務をこなしていたが、

「それよりあなた、太ったんじゃない？」

小田に体形を指摘されると動作が一瞬停止した。

小田は厚子を憐れむような目で見る。

「不細工な上にデブなんてみっともないわよ」

男性社員が声を上げて笑うので小田は調子に乗ってさらに罵詈《ばり》雑言を浴びせる。相変わらず厚子は小田に横顔を向けたままであったが、心臓は暴れていた。

小田は厚子の膨れたお腹に気づくと、表情を強《こわ》ばらせて言った。

「もしかしてあなた、妊娠してるんじゃないの」

その言葉に男性社員は敏感に反応した。

「どうなの？」

小田は厚子を詰問する。

「あなたには、関係ないでしょ」

厚子は俯《うつむ》いたまま、今にも消え入りそうな声で言った。

「本当なの？　誰の子よ。うちの社員なの？」

小田の興奮した声がフロアに響く。小田は厚子の顔をのぞき込んでしつこく尋ねた。

「答えなさいよ、誰の子なの？」

厚子は小田を一瞥すると、遠慮がちに答えた。

「何をそんなに興奮しているの？　あなたには関係のないことじゃない」

　小田の顔がみるみると紅潮する。

「あんたみたいな女を相手にする男なんていないのよ。もしかしてあなた……」

　小田は一つ間を置いて言った。

「ジーニアスバンクで妊娠したんじゃないの？　そうよ、そうに決まってる」

　フロア内にざわめきが起こる。厚子は冷静を装いながら言った。

「そんなわけないじゃない。あなたの知らない人よ」

　ジーニアスバンクで精子を競り落とし、人工授精で妊娠したことを厚子はまったく恥じてはいないが、事実を突かれるとそれを認めるのが癪《しゃく》であった。小田には、フィアンセがいると認めさせたかった。

　小田は、厚子に相手がいることが許せないというように、いつから付き合っている男なのかとか、証明しろだとかうるさく言ってきたが、厚子はそれを無視して立ち上がった。ようやく課長が出社してきたのである。

　全員が注目する中、厚子は課長の元に向かった。

　課長は鞄《かばん》の中身を取り出しながら言った。

「何か用か？」

　厚子をお荷物社員だと思っている課長も冷たい態度であった。厚子は課長が椅子に座る前に産休届を渡した。

「何だこれは？」

「産休届です」

あまりに突然だったので課長は絶句した。

「明日《あした》から産休をいただきます」

厚子は有無を言わさずフロアを後にした。


出産を一ヶ月後に控えた厚子は、ベビーベッドや洋服、玩具《おもちゃ》、〇歳から始める教材セット等を揃えていった。殺風景な部屋は色とりどりの華やかな部屋に一変し、もうじき生まれる赤ん坊を迎える準備は整った。

ただ大事なことをまだ決めていない。息子の名前である。産休をとった頃から考えているがなかなか決まらないのだ。生まれてからでも遅くはないが、生まれてくる前に決めたかった。

秀才、英俊、賢哲、聖哲、天才……。

この中から決めようと思うが、もう三ヶ月以上も迷っている。

子供の名前が決まったのは出産予定日の五日前、提携病院に入院する日であった。

厚子の身体に異常はないが、一人暮らしでは万一のことがあった時に適切に対処できないので、安全のために入院することになったのである。

家を出る際そっとお腹に手を当て、お腹の子に優しく声をかけた。

「それじゃあ行きましょうね。もう少ししたらお母さんに会えるからね、秀才《ひでとし》」

悩んだ末、厚子が決めたのは秀才であった。ただそのまま『しゅうさい』と読むのではなく、『ひでとし』と読む。候補の中で一番呼び名が自然であり、画数も縁起がいいことから秀才に決めたのであった。

厚子は秀才に話しかけながらバス停に向かう。身体が重く、すぐに息が切れる。休みながらゆっくりとバス停に歩いて行った。

バス停に着くとベンチに座っていた中年の女性が席を譲ってくれた。自分に優しくしてくれたことがとても嬉《うれ》しかった。

「ありがとうございます」

厚子はマタニティドレスの裾《すそ》を持ち上げ、ベンチに座ろうとした。

その時であった。突然下腹部に激痛が走り、ベンチに腰を落とした。

痛みは治まるどころか酷くなっていく。我慢できずベンチに横倒れとなった。

「陣痛が始まったんじゃないの？」

中年女性は呻《うめ》く厚子に叫ぶように言った。

「そうかも、しれません。助けてください。この子に何かあったら私は……」

混乱する厚子とは対照的に中年女性は冷静だった。

「大丈夫、落ち着きなさい。すぐに救急車を呼んであげるから」

中年女性は携帯を手にしたが、すでに隣に立つ若い女性が救急車を呼んでいた。

若い女性は現在地を告げたあと、厚子に尋ねた。

「掛かり付けの病院はどこですか？」

厚子が伊東《いとう》産婦人科と答えた時、二人の女性が目を合わせた。

伊東産婦人科がジーニアスバンクの提携病院であることは有名であった。

二人の女性は厚子がジーニアスバンクで子供を身籠《みご》もったことを知らないが、一瞬偏見の眼差《まなざ》しを向けた。

救急車が病院に到着すると、すぐに分娩《ぶんべん》室に運ばれた。病院に向かう途中破水したのである。

分娩台に乗せられた厚子はもがきながら担当女医に痛みを訴える。女医が耳元で叫んだ。

「大丈夫ですよ、頑張って」

助産師は厚子の手を握りながら、ひっひっふう、と呼吸法を行う。厚子も必死にそれを真似ようとするが、激痛で呼吸が乱れる。

女医は厚子の太ももをさすりながら言った。

「皆川さん、力まないで」

最初は下腹部に鈍い痛みを感じていたが、今度は激痛が走った。引き裂かれるような痛みである。お腹の子供が外に出てこようとしている証拠であった。

ベッドの支柱を握りしめ痛みに耐える。女医が厚子を励ますように言った。

「頭が出てきましたよ」

厚子自身もそれを実感していた。助産師の手からタオルを奪い、口の中に入れて食いしばる。

女医は厚子の股《また》を覗《のぞ》きながら言った。

「焦らないで、そう、ゆっくりゆっくり、ほら、お腹が見えてきましたよ」

助産師は厚子の耳元で声をかけた。

「もう少しだから頑張って！」

厚子はタオルを力一杯噛《か》みしめて息む。

女医は赤ん坊の足が見えてきたところでそっと引き上げた。

その数秒後、分娩室に赤ん坊の泣き声が響いた。

女医はへその緒を切ると厚子に赤ん坊を抱かせた。

「元気な子ですよ、よく頑張りましたね」

厚子は髪を乱し、疲労困憊《こんぱい》になりながらもまず赤ん坊の五体を確認した。

五体満足であることを知った厚子は心底安堵《あんど》し、その次に赤ん坊の顔を見た。

IQ180の遺伝子を受け継いだ、私の赤ちゃん……。

妊娠中の出来事が走馬灯のように蘇《よみがえ》ると喜びと感動がこみ上げ、一筋の涙がこぼれた……。


厚子は五日間病院で過ごしたが、寝るとき以外は秀才と一時も離れなかった。

新生児室で寝かせる時間が来ても看護師の指示に素直に従わず、やっと新生児室に預けたと思えば夜中になるまで新生児室から離れなかった。

初めて母乳を与える際、秀才にこう言い聞かせた。

「あなたは天才の子なのよ。その素晴らしい頭脳で、お母さんの長年の恨みを晴らしてちょうだいね」

母乳を与えるたび、同じような言葉を〇歳の子供に繰り返し聞かせた。

厚子は秀才を溺愛《できあい》したが、愛情以上に教育に熱を入れた。

まだ生まれたばかりにもかかわらず文字や数字を教え、離乳食を与える時期にはDHAの入った食品を食べさせ、秀才が眠るときは子守唄《うた》ではなくクラシック音楽を流した。

厚子の育て方は異常であったが、秀才の頭脳なら理解できると信じていた。

実際、ＩＱ１８０の遺伝子を受け継いだ秀才は、厚子の期待に応《こた》えて驚異的な成長を見せた。生後一年足らずで平仮名と片仮名を読めるようになり、その三ヶ月後には厚子の言葉をほとんど理解し、一歳とは思えないほど正確な受け答えをした。

秀才はその頃には完全に歩けるようになっていたのだが、さらに半年後にはパソコンを操り、厚子が与えた純文学の小説を読み、分からない漢字があれば自ら辞書を開き学習した。

秀才は天才数学者の遺伝子を受け継いだ子供だけあって、算数の勉強を特に好んだ。足し算と引き算を教えるとすぐに理解し、あっという間に小学一年用のドリルを解いてしまったのである。秀才が三歳になった翌春に保育園に入園させたが、その頃にはすでに掛け算と割り算もマスターしていた。

厚子は早くも秀才を、将来父親と同じ数学者の道に進ませることを決め、大きな夢を膨らませた。

秀才の頭脳がずば抜けているのは明らかであった。三歳で小学高学年程の能力を身につけていた。しかしそれでも満足しない厚子は秀才を数学塾に通わせ、さらに英語を覚えさせようと英会話教室に入れた。

当然ながら同じ保育園の子供たちは秀才についていけるはずがなく、秀才の周りには誰もよりつかなくなった。それでも秀才は平然としていた。

先生たちも秀才の頭脳の発達に恐れを抱き、妙に遠慮がちな態度で接したが、厚子はそんなことなど気に留めず、優越感で満たされていた。

3

厚子にとって秀才は救世主だった。驚異的な記憶力と理解力を持ち合わせた超天才児秀才が近い将来、世の脚光を浴びるのは確実であった。

今まで自分を見下していた人間たちへの復讐《ふくしゅう》心が燃え上がる。

ただその一方で、厚子は最近秀才にいくつかの不満を抱いている。

まず一つ目は性格だった。言葉を覚えて以来一度も話しかけてきたことがなく、厚子が話しかけても返答は一言で、すぐに小説やドリルに視線を戻す。表情にも変化がなく、感情がないのではと心配になるくらいだ。思えば三年と半年近く秀才の笑った顔を見ていない。

二つ目は顔立ちである。これが厚子の最大の不満だった。ドナーナンバー『クローバ113』のプロフィールには『美男子』と書かれてあったのに、秀才は一重まぶたで鼻が低く、エラが張っていてさらには頭の形は歪《いびつ》で、不細工というわけではないが全体的にバランスが悪いのだ。

秀才は『クローバ113』の頭脳は受け継いだようだが、容姿までは似なかったようである。

厚子は最近秀才の顔を見ていると、自分の顔を見ているようで気分が悪くなるのだった。

そんなある日のことである。テレビをつけると有名司会者が五歳と四歳の兄弟を紹介し、兄弟が大道芸の『天才』なのだと説明した。天才と聞いた瞬間、厚子はこの兄弟も『天才精子バンク』によって生まれたのだろうかと思った。次いで兄弟の顔に注目した。血の繋《つな》がった兄弟でも顔はまったく似ておらず、兄は不細工で、弟は日本人離れした美少年なのだ。その差は一目瞭然《りょうぜん》で、気の毒にさえ思うくらいであった。

厚子は兄弟の差に大きなショックを受けた。と同時に、もう一度ジーニアスバンクでスーパー精子を競り落とし、天才児を産んでみようかという想いが芽生えた。テレビに映る兄弟が証明しているとおり、次は容姿端麗の子供が生まれてくるはずなのだ。そう思うと段々熱を帯び、強い衝動に駆られる。秀才の頭脳には満足しているが、より完成された『パーフェクトベイビー』が欲しいのである。

厚子は秀才を一瞥《いちべつ》した。秀才は厚子の心の変化には気づかない様子で、黙々と算数のドリル学習をしている。

秀才も、弟妹が欲しいと思っているに決まっている。

次のオークションはいつだろう？

平日であれば、会社を休んで会場に向かうつもりだ。

テレビから歓声が湧くと、厚子は我に返った。

幼い兄弟は華麗な大道芸を大人たちに見せる。それを見た司会者がこう言った。

「素晴らしい！　まさに彼らは『麒麟児《きりんじ》』ですね！」


東京都文京区にある国立東都大学の正門前に一台のセンチュリーが停車し、ドアが開くと鳥居篤郎と秘書の野口美香子が降車した。

鳥居はいつになく緊張した表情だが胸は高鳴っている。東都大学には、去年ノーベル化学賞を受賞した青山卓治《あおやまたくじ》教授がおり、鳥居はこれからその青山と面会する。無論、精子売買の交渉のためだ。

青山は四十三の若さで高分子の研究に革新的な進歩をもたらしノーベル化学賞を受賞した天才科学者であるが、ノーベル賞受賞者の中で鳥居の面会に応じたのは青山が初めてであった。

ジーニアスバンクを設立して早五年。鳥居は設立当初からノーベル賞受賞者の精子を求め、過去に三人の受賞者にコンタクトをとったが、いずれも面会を拒否された。

三人が三人とも鳥居の『優生学』には共感せず、精子を売買するなど馬鹿げているという返答であった。

鳥居はどんな困難にも挫《くじ》けない精力溢《あふ》れる男であるが、さすがに一番欲しているノーベル賞受賞者から拒絶されると落ち込んだ。ノーベル賞受賞者にコンタクトを取るチャンスが少ないのも理由の一つだが、何より『優生学』に共感してもらえなかったのが悲しかった。

過去に三度も拒絶された経験があるため、青山にも拒絶されるのではないかと正直不安を抱いていた。しかし青山は拍子抜けするほどあっさりと面会を了承した。どうやら青山はかねがね鳥居に興味を持っていたらしく、ぜひ一度話をしたいと返答したのである。

念願のノーベル賞受賞者との面会が決まったその日から、鳥居は期待に胸を膨らませ、昨夜は一睡もできなかったくらい興奮していた。そしていざ大学の前に立つと身震いが止まらない。

大学の校舎内に足を踏み入れた鳥居は、必ずや青山の精子を手に入れ、より優秀な子供を世に輩出することを心に誓った。

青山卓治がいる教授室は四階にあった。扉は重厚感があり、扉にはめこまれたプレートには『高分子先端研究室　青山卓治教授』と彫られている。

扉をノックすると、中から低い声が返ってきた。

鳥居と野口は部屋の中に入り、白衣を着た青山に挨拶《あいさつ》した。

「青山先生どうも初めまして、鳥居篤郎と申します」

鳥居は自己紹介した後、野口を紹介した。野口は上品な笑みを浮かべ頭を下げた。

青山は鳥居と野口を笑顔で迎えた。

「鳥居社長、ようこそいらっしゃいました」

二人は握手を交わし、名刺交換をした。その後、野口が青山に菓子折を差し出した。

「さあ、どうぞお掛けください」

青山はソファに向かい、鳥居と野口に席を勧めた。しかし鳥居はすぐには腰を下ろさず、面会を了承してくれた青山に感謝の意を述べた。

「青山先生、この度はお忙しい中お時間を作っていただき誠にありがとうございます」

鳥居の慇懃《いんぎん》な態度に青山は戸惑いの表情を見せた。

「いやいや、私の方こそわざわざ来ていただいて恐縮です。鳥居社長とお会いできて光栄ですよ」

「先生にそう言っていただけると私は幸せです」

鳥居は青山に深く低頭した。ノーベル賞受賞者に『会えて光栄』と言われるだけで胸が震えた。

改めて青山に席を勧められ、鳥居と野口はようやくソファに腰を下ろした。青山も座ろうとしたが、二人にお茶を出していないことに気づき慌ててお茶を淹《い》れに行く。

鳥居は、お茶を淹れる青山の姿に思わず見とれた。

青山は超がつくほど優秀な頭脳の持ち主だが、それだけではない。俳優業でも成功するのではないかと思うくらい容姿端麗で、人格も素晴らしい。鳥居はこんなにも完璧《かんぺき》な人間を今までに見たことがない。ますます青山の精子が欲しくなった。

鳥居をさらに興奮させたのが、青山が昨年受賞したノーベル化学賞の賞状であった。壁にはいくつもの賞状が飾られているが、やはりノーベル賞の賞状が一際目立っている。

青山は鳥居たちにお茶を差し出すと対面に座った。しかし鳥居は未《いま》だノーベル賞の賞状を恍惚《こうこつ》とした表情で見つめている。

「鳥居社長？」

青山は怪訝《けげん》そうに声をかけた。鳥居は我に返ると青山を祝した。

「先生、ノーベル化学賞受賞、本当におめでとうございます」

青山は背筋を伸ばし、鳥居に一礼した。

「ありがとうございます。長年の研究が認められて幸せです」

「本当に素晴らしい。私は感動しております。先生は日本の宝ですね」

青山は薄い笑みを浮かべながら首を振った。

「そんな大げさですよ。それより、鳥居社長も素晴らしいご活躍ですね」

「ジーニアスバンクを設立して五年以上が経ちますが、今も多くの女性が優秀な精子を求めてオークション会場にやってきます。私は、私の考えに賛同し、優秀な遺伝子を受け継いだ子供を産んでくれる女性たちに感謝しております。つい先日、『天才精子バンク』で生まれた子供たちが二百人を超えました。そのすべての子供が将来素晴らしい功績を残すと私は確信しております」

青山は興味深そうに相槌《あいづち》を打つ。

「しかし、ものすごい発想ですね。最初に聞いた時は驚きましたよ」

鳥居は青山に真剣な目を向けて尋ねた。

「先生は『優生学』をどのようにお考えでしょうか？」

青山の表情が一瞬停止した。

「優生学、ですか」

「単刀直入に申し上げます。先生の遺伝子を、私にお売りいただけませんでしょうか」

鳥居はあえて間を与えず言葉を続けた。

「現代の日本は、無能な人間や知能の低い人間ばかりであり、また最悪なことに、無能な人間たちが子孫を残している。その結果、『退行人類』が数少ない有能市民を数で圧倒し、こうした『反優生学的危機』が、人類の進化を逆行させているのです。私は、人間の標本、つまり優秀な人間こそ子供を作らなければならないと考えております。特に青山先生、あなたのような素晴らしい頭脳、容姿、人格を併せ持った方に、私は子孫を残していただきたい。ノーベル賞という世界で最も名誉ある賞を受賞された先生の子孫なら、必ずや将来素晴らしい功績を残すはずです」

その後も鳥居は延々と『優生学』を語り、熱心に青山を口説いた。

「私は人類を遺伝的悲劇から救っているのです。ジーニアスバンクは、指導者層、科学者、政治家、スポーツ選手等を産み出し、彼らが遺伝的退行現象の逆転に尽くすでしょう」

鳥居は自分の想いを伝えきると最後にもう一度、必死の形相で青山に懇願した。

「どうか先生！　先生の遺伝子を私にお売り頂けないでしょうか？」

青山はしばらく考えた末、こう言った。

「鳥居社長の想いは十分伝わりました。いいでしょう、私の精子をお譲りします。後世のために役立てれば光栄です」

長年の夢が叶《かな》った瞬間、鳥居は顔を真っ赤にし、嬉《うれ》しさのあまり思わず立ち上がった。

「ありがとうございます！　ありがとうございます！」

「その代わり、私の名前は伏せていただけますか」

「もちろんです。簡単な経歴は記載しますが、名前は伏せます」

青山は納得するように頷《うなず》くと、遠くの一点を見つめながら喋《しゃべ》り出した。

「私には妻がありません。将来結婚するつもりはなく、研究に人生のすべてを捧《ささ》げようと思っております。ただ、子孫は残したいという気持ちはありました。男の、本能ですね」

最後の言葉を言う時、青山は薄い笑みを浮かべた。

鳥居は共感するように相槌を打つ。青山は一つ間を置いてこう言った。

「それと鳥居社長、私は自分の精子を売るようなことはしたくありません。無償で提供しますよ」

鳥居は止めなかった。青山がそう言っているのだから、ありがたく頂戴《ちょうだい》することにした。

もっとも鳥居は金のことなどどうでもよかった。ノーベル賞受賞者の子供がこれから生まれてくると思うと身体の血がドクドクと騒いだ。

四月下旬、厚子は秀才を近所の託児所に預け、ジーニアスバンクのオークションに参加した。

東京本社の会場には、天才児を望む女性が百五十人近く集まり、皆食い入るような目でドナーカタログを見ている。

最後列に座る厚子もドナーの経歴を順に確認していくが、この日最後の十五番目、ドナーナンバー『ハート333』の経歴を見た瞬間鋭く目が光った。

この日、納得できる精子が見つからなければオークションが始まる前に帰るつもりだったが、厚子が即決するほどの素晴らしい精子が出品されるのだ。

最大の魅力を感じたのは、『ノーベル化学賞受賞』の文字だった。まさかノーベル賞受賞者の精子が出品されるとは夢にも思っていなかった。

抜群の顔立ち、人格者、特技は英会話と将棋、趣味は読書とバードウォッチング、過去に三冊の著書を出版、年収千五百万。

さらにその下には、過去の受賞歴がずらりと並んでいる。

厚子は身震いした。厚子にとっては『クローバ113』よりも『ハート333』の方が優秀で魅力的な精子だった。

何もかもが理想的な精子。『ハート333』の精子を競り落とせば、必ずパーフェクトベイビーが生まれてくる！

こんなチャンスは二度とないと思った。

厚子はこの日、銀行で二百万円を下ろしてきたが、手持ちを超えても必ず『ハート333』の精子を競り落とすことを誓った。

壇上にタキシードの男が現れると、会場内は異様な緊張感に包まれた。

男は木槌《きづち》を叩《たた》き、オークション開始を告げた。

精子はランクが低い順番で出品されていく。

厚子は艶《つや》のない髪をかき上げ競りを静観する。

安い精子は次々と売れていき、一時間も経たないうちにドナーナンバー『ハート333』の番がやってきた。

「それでは今日最後の商品、『ハート333』です。ドナーはノーベル化学賞受賞者で、ノーベル賞受賞者の精子が出品されるのは今回が初めてであります」

男の説明に会場内の女たちは色めき立つ。厚子は目の色を変えて、125と書かれた番号札を握りしめた。

「この商品は値段が高騰することが予測されますので、三十万から開始したいと思います。では三十万！」

競りが始まった途端、五十人以上が一斉に番号札を上げた。

「三十五万！」

「四十二万！」

「五十万！」

ものの数秒で五十万まで上がったが、勢いは止まらない。

「六十万！」

「七十万！」

「八十万！」

半分以上が脱落したところで、厚子は初めて自分の札を上げた。

「百万！」

会場内の視線が一気に集まる。化粧気がなく、貧しそうな厚子が百万の大台に乗せたので、傍観していた女たちは驚いた。

競りに参加している女たちは、狂気に満ちた表情で値を上げていく。場内はいつしか殺伐とした雰囲気になっていた。

しかし百五十万になると一気に脱落者が増え、残ったのは厚子と同い年くらいの地味な女だけだった。

相手の女はどことなく厚子と雰囲気が似ている。自分と同じように子供で人生逆転を狙っているのかもしれない。

「百六十万！」

厚子は一気に十万値を上げた。相手の女は動じず、静かな声で言った。

「百七十万」

「百八十万！」

会場からは響《どよ》めきがあがり、やがてしんと静まりかえった。

相手の女は迷いながらも札を上げる。

「百八十二万」

「百八十四万！」

厚子は遮るようにして言った。心の中では、私の精子、パーフェクトベイビーは私のもの、と繰り返し唱えていた。

相手の女は躊躇《ためら》いがちに口を開いた。

「百九十万」

厚子はもちろん引き下がらなかった。

「二百万！」

そう告げると、相手の女は渋々と脱落した。

タキシードの男が木槌を叩き、

「『ハート333』は125番の方が二百万円で落札されました。おめでとうございます」

と祝福した。

女たちは厚子に拍手を送る。厚子は内心とは裏腹に、眼鏡の位置を直し静かに一礼したのだった。

執念でノーベル賞受賞者の精子を勝ち取った厚子は、ジーニアスバンクに二百万を支払うとすぐに伊東産婦人科へ向かい人工授精を行った。

出産予定は一月二十日。性別は、厚子の計画通り男の子であった。

厚子は妊娠期間中、パーフェクトベイビーが生まれてくることを念じながらお腹の子供に胎教し、大事に大事に育てていった。そして出産の時を迎えたのである。

陣痛が始まったのは予定通り、一月二十日だった。二日前から入院していた厚子はすぐに分娩《ぶんべん》室に運ばれた。分娩台に乗せられた厚子は腹部の強い痛みにもがく。

しかし、前回とは違い気分は楽であった。二度目の出産だから、という理由ではなく、今回厚子は無痛分娩を選んだのだ。秀才の時のように激痛に苦しみながら子供を産むのは御免だった。

麻酔が効き始めるとほとんど痛みは消え、厚子は苦しむことなくお腹の子を産んだ。

分娩室に、赤ん坊の泣き声が響く。

「皆川さん、元気な赤ちゃんですよ」

女医は嬉《うれ》しそうに、厚子に赤ん坊を抱かせる。

厚子は赤ん坊と向き合うが、痛みを感じず楽に産んだせいか、秀才の時のように感情がこみ上げてくることはなかった。

分娩室から病室に移された厚子は、助産師から安静にするよう命じられたが、麻酔が切れるとすぐに病室を出て、気が気でないといった様子で新生児室に向かった。

ガラスの向こう側で多くの赤ん坊たちが眠っているが、厚子はすぐに我が子を見つけた。

緊張の面持ちで我が子を眺める。まだ生まれたばかりだが、全体的に自分の顔には似ていないと思った。と同時に、『ハート333』のように整った顔立ちになることを早くも確信した。

自分の顔に似ていないことに安堵《あんど》した厚子は、我が子に微笑みかけると、

「麒麟《きりん》」

と初めて名で呼んだ。

妊娠前、大道芸をする兄弟に対し司会者が『麒麟児』と言ったが、あの瞬間、麒麟児という言葉が気に入り、次に生まれてくるのが男の子なら『麒麟』とつけることに決めたのだ。

無論、麒麟児に育つようにである。

厚子は、麒麟が幼い頃からずば抜けた能力を持ち、将来素晴らしい大物に育つよう期待した。

厚子は新生児室で眠る麒麟に語りかけた。

「あなたはノーベル賞受賞者の『すべて』を受け継いだパーフェクトな子なの。あなたは将来世界から賞賛を受けるような素晴らしい大人になるのよ。良かったわね、麒麟」

4

七日後、退院した厚子は麒麟を抱いて、託児所にいる秀才を迎えに行った。

託児所には十人ほど預けられており、四歳の秀才が最年長のようだった。秀才は他の子とは遊ばず、一人で算数の勉強をしている。厚子はその姿に満足した。

秀才は九日ぶりに厚子が迎えに来ても表情一つ変えずてきぱきと帰る準備をする。厚子の元にやってきた秀才は厚子には視線すら向けず、麒麟をじっと見つめた。厚子は秀才の目線まで屈《かが》み、麒麟の姿を見せた。

「秀才、今日からあなたはお兄ちゃんになったの。優しくしてあげてね」

厚子がそう言い聞かせても秀才は無反応だった。依然と麒麟を眺めている。

「お母さんが忙しい時は、あなたが麒麟の面倒を見てちょうだいね」

すると秀才はようやく返事した。

「はい」

厚子が立ち上がった時、秀才は抑揚のない声で尋ねた。

「名前は、何？」

厚子は再び屈んで言った。

「麒麟よ」

「首の長い動物と、同じ名前だ」

「そう、でも全然意味は違うの」

秀才は、そんなことどうでもいいというような様子で次の質問をした。

「麒麟は、僕みたいに頭がいいのかな」

厚子は目を輝かせて答えた。

「もちろんよ、この子は秀才と同じくらい頭がいいのよ。お母さんは二人の将来が楽しみだわ」

秀才は厚子の言葉には無反応だったが、突然麒麟に顔を近づけそっと頭に手を載せた。

「秀才、どうしたの？」

聞いても答えず、麒麟から手を離したと思ったら一人勝手に託児所を出て行ってしまった。

厚子は呆然《ぼうぜん》と立ち尽くす。

秀才がどういう意味で麒麟の頭に触れたのか理解できなかったが、嫉妬《しっと》に近い感情がこみ上げた。今まで甘えてきたこともない秀才が、生まれたばかりの麒麟に興味を持ったからである。

厚子は一方で、四歳の秀才に薄気味悪さを感じた。

あの子はとてつもなく優秀な頭脳を持っているが、性格に少々問題がある。

厚子は、麒麟が人格面でもパーフェクトな子に育ってくれることを祈った。

秀才よりも頭脳が優秀でなおかつ容姿や運動神経、人格、すべて優れた完璧《かんぺき》な人間に育てることに取り憑《つ》かれている厚子は、秀才の時以上の過熱ぶりで麒麟を育児、教育していった。

母乳を飲ませる際、あなたは天才だと繰り返し言い聞かせ、さらには、あなたはお母さんのことが大好きで大好きでたまらないのよ、とマインドコントロールし、離乳食を与える時期にはＤＨＡが多く含まれた食品や、肌が綺麗《きれい》になるようにコラーゲンを混ぜたりした。

それだけではない。厚子はゆりかごで眠る麒麟に、脳が活発になる薬を与えながら、言葉を教えていったのである。

厚子の『天才作り』はもはや歯止めがきかず恐ろしいまでになっていたが、ノーベル賞受賞者の遺伝子を受け継いだ麒麟は驚異的な頭脳の発達を見せた。

秀才よりも覚えが速く、一歳の誕生日には正確な言葉のやり取りができるようになっていた。その三ヶ月後には漢字を覚え始め、完全に歩けるようになった頃には小学一年生の算数問題を解いていた。

頭脳の発達の速さに狂喜する厚子は、幼い麒麟に小説や算数のドリルや歴史書等を次々と買い与え、秀才と同じ英会話教室にも通わせた。

厚子はその後も過度の教育を受けさせるが、麒麟は一度も嫌そうな表情は見せなかった。その一点は秀才と同じであった。ただ表情のない秀才とは違い、麒麟はその日に覚えたことを厚子に嬉しそうに話すのである。褒めてやると満面に笑みを浮かべ、さらに厚子を喜ばせようと勉強する。

感情をまったく表に出さない秀才とは対照的に、麒麟は活発で明るく、甘えん坊で、いつも厚子にべったりであった。

それ以上に厚子の心を満たしたのは、白人との子のような端整な顔立ちである。その可愛さは近所でも評判で、芸能プロダクションに入れてはどうかと勧められるくらいだった。

厚子は麒麟がお腹に宿る前から『パーフェクトベイビー』を望んでいたが、理想通りに育っていったのである。厚子は、パーフェクトベイビーを与えてくれた『ハート333』のドナーに感謝の思いで一杯であった。

片や五歳の秀才は相変わらず無口な子供であったが、超がつくほど優秀な頭脳は厚子を非常に満足させた。

IQ180の天才数学者の血を引いている秀才は特に算数の能力がずば抜けており、今通っている数学塾では中学二年生と一緒に勉強している。数学塾の講師は秀才の穎《えい》脱《だっ》した才に驚倒し、周りからは天才ともて囃《はや》されていた。

しかし厚子はそれでも麒麟ばかりを褒めた。何もかもが完璧で、自分に懐く麒麟の方がどうしても可愛く思えてしまうのだ。その光景を秀才は毎日のように目の当たりにしていたが、嫉妬の感情など一切見せず、それどころか意外なことに、麒麟に算数や英語を教えるのである。

厚子は初めてその光景を見たとき目を疑った。人間にまったく興味を示さない秀才が弟に勉強を教えていたのだから当然である。

秀才は必ずパソコンを使って教えるのだが、麒麟はパソコンを使った勉強が面白いらしく、厚子と勉強する時より楽しそうにする。

秀才は一切表情を変えず、また口調にも抑揚はないが、分かりやすいよう丁寧に教える。麒麟はそんな兄にも懐いた。

お兄ちゃんに勉強を教えてってお願いしたの？　と麒麟に聞くと首を横に振り、お兄ちゃんの方から言ってきた、と答えた。

厚子は、秀才が何を考えているのか皆目見当がつかず、どうして麒麟に勉強を教えてあげたの？　と聞いた。しかし秀才は何も答えず、厚子に背中を向けると数学の問題集を解き始めたのである。

秀才の頭の中は一体どういう構造になっているのだろうか、厚子はつくづくそう思った。

秀才が生まれて五年以上が経つが、厚子は秀才を知るどころか、逆に謎が深まるばかりであった。

5

時は流れ、秀才は八歳、麒麟は四歳となった。天才の血を引く二人はその後も驚異的な速さで知識を身につけていった。秀才は小学三年生ですでに大学の数学問題集を解き、英語は完璧に使いこなせるようになっている。麒麟はまだ保育園の年中組にもかかわらず、五科目すべて小学六年生までのカリキュラムをマスターしている。同い年の子供たちと圧倒的な差をつけた二人の頭脳に、厚子はいつも優越感を味わってきた。しかし依然、厚子は麒麟の方を可愛がっている。

相変わらず懐いてこない秀才より、何もかも理想通り成長している麒麟の方が育て甲斐《がい》がある。

ただ、この日に限っては秀才のことしか目に映っていなかった。

今日はこれからテレビ局で『ザ・ジーニアス』という特番収録があり、全国から天才と呼ばれる少年少女が十人集まる。そこで各々特技を見せ、審査員の投票によってグランプリが決まるのだが、先週のオーディションで秀才が選ばれたのである。エントリーナンバーは三番。秀才は数学の難問を解く。小学三年の幼い子供がそれを完璧に解けばグランプリは間違いなかった。

優勝賞金は百万円だが、厚子は金よりも名誉が欲しかった。

厚子はこれまで秀才と麒麟の頭脳によって幾度となく優越感を味わってきたが、今まで自分を見下してきた人間たちは、秀才と麒麟の優秀さをまだ知らない。もっとも、厚子に子供がいることすら知らない者も多い。

むろん会社の人間たちは厚子が二人の子を産んだことは知っているが、親と同様不出来な子供たちと思い込んでいるに違いなかった。

厚子は、これまで自分を蔑《さげす》んできた人間たちを思い浮かべると冷笑を浮かべた。ようやく奴らを見返すときが来たんだ。必ずグランプリを獲《と》って、私の力を思い知らせてやる。

厚子はアパートを出る前秀才の目線まで屈《かが》み、力強く手を握った。

「いい、秀才？　あなたにすべてがかかっているの。絶対にグランプリを獲ってちょうだいよ。あなたなら絶対に勝てるから！」

「はい」

秀才は厚子の胸の辺りに視線を置いたまま、小さく返事した。

「お兄ちゃん、頑張ってね！」

厚子と手を繋《つな》いでいた麒麟も秀才を応援した。

秀才は麒麟を見て頷《うなず》いた。

「じゃあ行きましょう」

緊張気味の厚子とは対照的に、麒麟は三人で出かけられるのが嬉《うれ》しくて、えいえいおう、と大きく左手を挙げたのだった。

テレビ局に着いた厚子たちは控え室に案内された。

大部屋にはこれから出演する子供たちとその家族が待機しており、子供たちは出演用の衣装に着替えたり、メイクや、本番の練習をしている。

どの母親もその横で、グランプリを獲るよう命じていた。厚子たちは母親たちの鋭い視線を受けながら空いた席に座る。秀才と麒麟の洋服はブランド品だが、厚子は着古したワンピースで、周りの母親たちはその身なりを馬鹿にするように笑った。

厚子は自分が笑われているのを知っていたが相手にはせず、秀才の手を取ると力強く言った。

「絶対にこんな奴らに負けないで。あなたがグランプリを獲るの。いいわね？」

本番前になると家族たちはスタジオに移動させられた。

厚子はオークションの時とは違い最前列に座る。

秀才が出場するのは三番目。まだ時間があるが、厚子はもう心臓が破れそうだった。

収録の準備は着々と進み、ＡＤが観客に収録開始を告げるとスタジオ内は静まりかえった。

ＡＤがカウントダウンし合図を出すとスタジオ内に音楽が流れ、同時に有名司会者が登場した。観客はＡＤの指示通り拍手するが、厚子は神に祈るように両手を交差したままだった。

司会者はまず番組の内容を説明する。その後十人の審査員を紹介した。

「さて今回はどんなスゴ技を持った天才児たちがやってくるのでしょうか。では早速参りましょう、エントリーナンバー一番、どうぞ！」

最初に登場したのは小学六年生の少年で、自己紹介するとステージにエレクトーンとトランペットが用意された。司会者が、どんな技を見せてくれるのかと尋ねると、少年はエレクトーンでディズニーランドのエレクトリカルパレードを弾き、同時にトランペットでルパン三世の主題歌を演奏する、と答えた。

司会者は興奮した口調で言う。

「いきなり凄《すご》い技が見られそうです、期待しましょう！」

少年はエレクトーンの前に座るとまずエレクトリカルパレードを弾き、その数秒後、トランペットでルパン三世を演奏した。

うまく重なり合うと観客は歓声を上げ拍手した。そんな中、厚子は興味なさそうに冷たい視線を送っていた。心の中では少年の失敗を念じていた。

演奏が終わるともう一度少年に盛大な拍手が贈られた。厚子は眼鏡の位置を直すと小さく舌打ちしたのだった。

次に登場したのは百以上の手品を持つ小学五年生の少年で、司会者は、日本の有名マジシャンが認めるほどの逸材だと紹介した。

少年はまずトランプを使った古典的なマジックから開始し、徐々に難度を上げ、最後は自分がステージから消えるマジックを見せた。高難度のマジックにスタジオが沸く。麒麟も嬉しそうに拍手した。その姿を見た厚子は麒麟の手を摑《つか》んで言った。

「あの子は敵なんだから拍手しちゃだめでしょ！」

怒られた麒麟はしょんぼりとして、はいと小声で返事した。

厚子はその直後、人が変わったように歓声を上げた。秀才が登場したのである。

厚子は麒麟の肩を叩《たた》きながら言った。

「ほら、麒麟も応援しなさい」

麒麟はすぐ笑顔を取り戻し、お兄ちゃん頑張ってと声をかけた。

秀才は無表情で自己紹介する。司会者が、今日はどんな特技を見せてくれるのかな、と尋ねた。すると秀才は抑揚のない声で、

「偏微分方程式」

と言った。

その答えにスタジオは静まりかえった。あまりに高等すぎて観客は理解できなかった。

「偏微分方程式と言えば、普通大学で解くような問題だよね？」

「はい」

「まだ小学三年生だよね。そんな難しい問題、本当に解けるのかな」

「見ればわかります」

秀才の素っ気ない返しにスタジオはざわつき、司会者は困惑げな表情を浮かべた。

「それでは皆川秀才くんに、その天才的な頭脳を見せてもらいましょう!」

国立大学の数学講師が二人登場し、ホワイトボードに問題を書いていく。

二人の講師が出した問題は全部で五問。高等すぎる問題に、司会者、審査員、スタッフ、そして観客、全員がぼんやりと口を開けていた。

講師が下がると秀才はホワイトボードの前に立ち、一切表情を変えることなくすらすらと数式を立て、答えを出した。その後も次々と問題を解いていく。

厚子は手に汗握り、秀才の様子を見守る。司会者は秀才の天才的な頭脳に驚き、喋《しゃべ》るのを忘れてしばらく硬直していた。

しんと静まりかえる中、秀才は最後の問題もあっという間に解きマジックペンを置いた。

二人の講師は顔を見合わせると答えを確認する。スタジオ内は妙な緊張感に包まれた。

「先生方、どうですか?」

司会者は恐る恐る問うた。講師たちは、

「全問正解です。数式も素晴らしいです」

信じられないといった様子で答えた。

その瞬間、観客は響《どよ》めいた。天才的頭脳を持つ秀才を気味悪そうに見る人間もいた。厚子はこの独特な空気に身震いした。秀才が一礼すると少し遅れて拍手が起こった。

厚子は茫然《ぼうぜん》とする観客を見ると静かに笑ったのだった。

その後も天才児と呼ばれる少年少女が次々と登場し、十人目の実技が終わると審査発表に移った。子供たちがステージに横一列に並ぶ。秀才以外の九人は、審査員たちに熱い視線を送る。秀才は遠くの方をぼんやりと眺めていた。

秀才はグランプリにまったく興味がなさそうだが、厚子は何としてでもグランプリを獲らなければならず、また、秀才がグランプリを勝ち取ると確信している。
一、二番目の子は観客を沸かせていたが、秀才はそれ以上に観客に強い衝撃を与え、まさに『天才』と呼ぶに相応《ふさわ》しい能力を見せた。
他の七人はだれもインパクトが弱く、比べるまでもない。秀才の圧倒的勝利だと、厚子は心の中で叫んだ。

「それでは審査員の皆さん、お手元のボタンを押してください、どうぞ！」

左から順に番号が表示されていく。四人目が表示されたところで一番が一票、二番が三票であったが、そこから六人連続で秀才の番号を押し、厚子が描いていた通り秀才がグランプリを獲得したのである。

「グランプリはエントリーナンバー三番、皆川秀才くんです！」

司会者がそう告げると紙吹雪が舞い、割れんばかりの拍手が湧いた。

厚子はあまりの興奮で全身が激しく震えた。隣に座る麒麟の手を握りしめ、

「やったわ、やったわよ！」

まるで自分自身がグランプリを獲《と》ったかのように喜んだ。

秀才は司会者からトロフィーと賞金百万円を受け取る。しかし全然嬉《うれ》しそうな表情を見せなかった。

「おめでとう秀才くん、君は本当に天才だよ、今の感想は？」

司会者は秀才にマイクを向けた。秀才は抑揚のない声で、

「当然の結果です」

その無愛想な態度に司会者は苦笑した。

「今日は誰と来てるのかな？」

秀才は厚子と麒麟の方を指さした。すると司会者は秀才から逃げるように厚子の元に歩み寄った。

「おめでとうございます、お母さん」

「あ、ありがとうございます」

厚子は眼鏡の位置を直しながら、何度も頭を下げた。

「小学三年生であんなに難しい数学問題を解くとは、本当に驚きました。僕も小さい子供がいるんですがね、どう育てればあんな天才児に育つんですか」

厚子は俯《うつむ》き加減で答える。

「私は、特に何もしていません」

「よほど素晴らしい教育をしてこられたのでしょう」

「いいえ、そんなことはありません」

謙遜《けんそん》した受け答えをするが、内心ではもっともっと褒めてくれと、賞賛の言葉を欲していた。

司会者は麒麟に視線を落とすとマイクを向けた。

「僕は秀才くんの弟かな」

麒麟は元気よく答えた。

「うん！」

「僕はいい顔立ちをしているね！」

司会者が麒麟の容姿を褒めると観客も納得するように頷《うなず》いた。

「お名前は？」

「麒麟です！」

妙ちきりんな名前に司会者は一瞬動作が停止したがすぐに目を輝かせ、

「麒麟くんか、格好いい名前だね、麒麟くんは何歳？」

「四歳」

「もしかして麒麟くんもお兄ちゃんみたいに天才なのかな」

「そうだよ！　僕は全教科得意だよ！」

四歳とは思えないその言葉に観客は響めき、拍手した。

「お母さん、今から二人の将来が楽しみですね、ちなみに百万円は何に使いますか？」

厚子は迷わず答えた。

「まずはたくさん玩具《おもちゃ》と絵本を買ってあげようと思います」

司会者は厚子に礼を言うと、最後にグランプリをとった秀才を改めて祝福した。するともう一度紙吹雪が舞い、観客は皆川家に盛大な拍手を贈った。

収録が終わると大勢のスタッフが撤収作業を始め、観客はADの指示でスタジオから出て行く。しかし厚子はまだ席に座ったままだった。隣には秀才と麒麟が座り、麒麟は不思議そうに厚子を眺めている。

厚子は秀才がグランプリを獲った瞬間を頭の中で再生しながら賞賛の拍手を感じていた。

自分の遺伝子を受け継いだ子供が他の子供を蹴《け》り落としてグランプリを獲得する。これ以上の快感はないと思った。

優越感に浸る厚子は、次にこれまで自分を蔑《さげす》んできた人間たちを思い浮かべた。今日の収録は一週間後の日曜日に放送される。その日が待ち遠しい。早く秀才の天才的頭脳を見せつけてやりたかった。皆愕然《がくぜん》とし、吠《ほ》え面をかくに違いない。

「ねえお母さん、早く行こうよ」

我慢の限界に達した麒麟が厚子にそう言った時であった。

「皆川さん」

男の声に呼ばれた厚子は振り返る前に立ち上がっていた。

声をかけたのは鳥居篤郎だった。その後ろには秘書の野口美香子が立っている。

厚子は鳥居の『優生学』を素晴らしく思い、今でも自分の人生を救ってくれた恩人だと思ってはいるが、その想いとは裏腹に鳥居の顔を見た瞬間表情が曇り、動悸《どうき》が激しくなった。ジーニアスバンクで精子を競り落とし、秀才と麒麟を産んだ事実を子供たちに隠している厚子は、鳥居が二人に真実を話してしまうのではないかと恐れたのである。

しかしすぐに厚子は、落ち着くことだと自分に言い聞かせた。突然鳥居が現れたから混乱してしまったが、よく考えれば秀才と麒麟がジーニアスバンクによって生まれた子供であることを鳥居が知っているとは限らない。何せ『天才精子バンク』で生まれた子供は五百人を超えている。それに鳥居とは面識がないのだ。

鳥居は一礼すると満面に笑みを浮かべて言った。

「このたびはグランプリ受賞おめでとうございます。秀才くんは素晴らしく優秀な子ですな」

厚子が軽く頭を下げると、鳥居はいきなり厚子に近づき耳元で囁《ささや》いた。

「実は今回の番組、ジーニアスバンクがメインスポンサーでしてね、ちなみにここだけの話、秀才くん以外にもジーニアスバンクで生まれた子が三人も出場していたんですよ」

厚子は鳥居の言葉に凍りついた。鳥居は秀才と麒麟が『天才精子バンク』で生まれた子供であることを知っている。

厚子は、最初に抱いた不安が現実に起こるのではないかと気が気ではなかった。

「皆川さん、どうしました？」

鳥居の声で我に返った。

「いえ、何でもありません」

秀才と麒麟に変に思われぬよう必死に取り繕った。

鳥居は秀才に視線を向けると膝《ひざ》を折り、目を輝かせて言った。

「秀才くん、君はまさしく天才だ、本当に素晴らしい！」

鳥居に絶賛されても秀才は表情一つ変えない。鳥居はそれでも熱心に尋ねた。

「おじさんに一つだけ教えてくれるかい、君は将来何になりたい？」

秀才は一言、

「数学者」

と言った。鳥居はその答えに満足した表情を見せた。

「君は必ず世界的な数学者になるだろう」

鳥居はそう言った後、今度は麒麟に視線を向けた。ぎらついた目で全身をなめ回すように見る。麒麟は気持ち悪そうに、

「おじさん、なあに？」

と言った。しかし鳥居には聞こえておらず、

「麒麟くん、君も将来必ず偉大な人物になる」

麒麟がノーベル賞受賞者の遺伝子を受け継いでいることを知っているから鳥居はそう言い切ったのである。

神経質になっている厚子は今の鳥居の言動だけでヒヤリとし、無意識のうちに秀才と麒麟の手を掴《つか》んでいた。

厚子が去ろうとした瞬間、鳥居が言った。

ある。

「最後に、一緒に写真を撮りませんか」

厚子は断りたかったが断れなかった。下手したら真実を暴露されると思ったからである。

仕方なく了承すると、野口はバッグの中から一眼レフカメラを取りだした。

厚子は野口に身体を向けると、秀才と麒麟の肩に手を置いた。鳥居は厚子の右隣に立ち、後ろで手を組んだ。

「では撮ります」

厚子は表情を和らげようとするが、できなかった。何も知らない麒麟は嬉《うれ》しそうな顔でピースした。

はいチーズ、と野口は合図すると、カメラのシャッターを切った。

テレビ局を出た厚子は、勝利の余韻に浸ることもできないくらい疲れていた。

先程は寿命が縮まる想いであった。まさかスタジオに鳥居がいるとは夢にも思っていなかった。

幸い秀才と麒麟は、鳥居とどのような関係なのか聞いてはこない。もし聞かれてもうまく誤魔化すつもりである。

ただ、今はよくてもいつまで誤魔化せるだろうか。まだ二人に父親のことを尋ねられたことはないが、いつか必ず聞かれる時がくるだろう。

麒麟に聞かれた場合は、麒麟が生まれる前に死んでしまったとか、離婚したとか嘘をつけるが、もし万が一秀才に聞かれたら今の嘘は通用しない。秀才からすれば、父親がいないのに突然麒麟がお腹に宿ったのだから別の嘘を用意しなければならない。しかし厚子はそれが思い浮かばない。思い浮かんでもすぐに見破られてしまいそうな嘘ばかりである。

秀才も麒麟も、大きくなれば必ずジーニアスバンクの存在を知る。頭のいい二人のことだから、父親のことを知ろうと思った時、先程の出来事が脳裏に蘇《よみがえ》り、ジーニアスバンクと父親を結びつけるだろう。

将来のことを考えると、鳥居が目の前に現れたことはマイナスであった。いや、鳥居が現れていなくても将来二人は真実を知るかもしれない。

母親に裏切られたという感情を抱く前に、二人に真実を話すべきだろうか。

厚子は首を横に振った。

真実を話したときの反応が怖い。最悪家族が崩壊することだって考えられる。

父親問題で命よりも大事な宝物を失いたくはなかった。

「ねえねえ、お母さん」

麒麟に話しかけられ、心臓がどきんとした。いつもと違い恐る恐るといった口調だから余計だった。

「どうしたの？」

微《かす》かに声が震えた。麒麟は厚子を見上げながら聞いた。

「さっきいっぱいお金もらったでしょ？」

心配していたことではなさそうなので、厚子は一先《ひとま》ず安心した。

「お兄ちゃんがグランプリを獲《と》ってくれたからよ。お金がどうしたの？」

問い返すと麒麟はなぜか黙った。心に思っていることを言おうかどうか迷っている様子である。

「どうしたの？」

もう一度聞くと麒麟は決心したように顔を上げ、元気な声で言った。

「そのお金で動物園に行きたい！」

「動物園？」

厚子は意外だった。麒麟は今まで一度も、どこかへ行きたいとかこれを買ってとか言ったことがないからだ。いや、言わせなかったという方が正しい。無論秀才もそうである。それゆえ厚子たちは今まで一度も三人で遊びに出かけたことがない。厚子は幼児の欲求を押さえつけ、勉強ばかりさせてきた。

麒麟は目をきらきらとさせながら、

「ずっと動物園に行きたいと思ってたんだ！　友達はみんないろんなところに連れて行ってもらってるんだよ。遊園地とか水族館とか野球場とかさ。僕は動物園に行きたい！　一番好きなのは、僕と同じ名前のキリンだよ。長い首を目の前で見てみたいな！　ねえお母さん、次の土曜日か日曜日連れて行って！」

いつもの厚子なら勉強の方が大事だと言い聞かせすぐに却下していたが、

「わかった、じゃあ次の土曜日、動物園に連れて行ってあげるわ、三人で行きましょう」

と了承したのである。

「やったやった、動物園だ、お兄ちゃん楽しみだね」

念願の動物園に麒麟は跳んで喜んだ。厚子はその姿に優しく微笑む。

二人の父親のことで大きな不安を抱える厚子はこの時、父親のこと以外であれば、どんな望みでも叶《かな》えてやろうと思ったのである。

6

その週は月曜からずっと雨が続いていたが、麒麟の祈りが通じたのか土曜日だけは晴天に恵まれた。麒麟は起きた途端に大はしゃぎで厚子は朝から大変だった。

動物園に出かける準備が整うと、厚子と秀才は麒麟に手を引っ張られながら家を出たのだった。

三人は電車を乗り継ぎ上野駅で下車した。上野公園が見えてくると麒麟が急に駆け出し、厚子と秀才に早くおいでよと手を振った。厚子はやれやれというように歩調を速めたが、秀才は動物園に着いても数学の参考書を読んでいた。麒麟はそんな秀才に不満の色を浮かべ、秀才の元に向かうと参考書を取り上げた。

「何するんだ」

「動物園に来たのに何で勉強しているの？」

秀才は答えなかった。麒麟は無言の秀才に笑顔で言った。

「お兄ちゃんも一緒に動物見よ！」

秀才は参考書に手を伸ばしていたがその手をおろし、

「わかった」

と素直に返事した。麒麟は秀才の手を取ると厚子の元へ行く。

「お母さん、早く中に入ろ！」

入園した麒麟は園内マップとパンフレットを眺めながら道順に従って進んでいく。最初の動物はサルだった。檻《おり》の中でたくさんのサルが遊び回っている。麒麟は大きな歓声を上げると、こっちへおいでとサルに話しかけた。すると赤ちゃんのサルが近づいてきたのだが、麒麟が手を伸ばすと驚いて逃げてしまった。麒麟は無邪気に笑う。

「可愛いね、お母さん」

「そうね」

「これはエリマキキツネザルって言うんだって」

麒麟はパンフレットを見ながら厚子と秀才に説明した。秀才は一言も発さないがじっとサルを眺めている。厚子は、秀才が今何を感じているのかまったく分からなかった。

「お母さん、お兄ちゃん、次の動物見にいこ」

サルの前から離れたのは二十分後のことであった。ようやくサルに飽きた麒麟は二人の手を取って走った。

次の動物はサイだった。雄雌合わせて六頭いるが、サルとは対照的にのんびりとしている。飼育係が餌をあげても仲間同士争うことなく食事する。

麒麟はそんなサイを見ながら、厚子に言う。

「のんびり屋さんだね、まるで賢一《けんいち》くんみたいだ」

厚子は、賢一くんというのが保育園の友達だということは分かるが、顔が全然浮かんでこない。その友達だけに限らず、厚子はどの友達も顔が浮かんではこなかった。

麒麟はサイにもたっぷり時間をかけ、サイに手を振ると次の場所に移動した。

その後、カバ、クマ、ゾウ、パンダと見ていったが、すべてに時間をかけていったので、たった六ヵ所だけで正午になってしまった。

次は大人気のライオンだが、飲食店を探し、厚子は昼食を摂《と》ることにした。

席に着くなり麒麟がカレーライスを食べたいと言った。秀才に聞くと同じでいいと答えた。厚子はどれにしようか迷ったが、結局二人と同じカレーライスを注文した。

カレーライスが運ばれてくると麒麟は夢中になって食べた。落ち着いて食べなさいと注意したが、聞こえていないようだった。厚子はやれやれと息を吐いた後、クスリと小さく笑ったのだった。

麒麟はカレーライスを食べ終わると厚子に甘い声で言った。

「ねえお母さん、ソフトクリームが食べたいよ」

厚子は普段滅多にお菓子や甘い物を食べさせない。太るし、ニキビができるし、頭だって悪くなりそうだからである。厚子が食べさせるのは、脳の働きを活発にさせるＤＨＡが多く含まれている食材や、美容と健康に良い野菜ばかりである。

でも今日は特別に許可した。今日は思い通りの一日にさせてやろうと思っているからだ。

厚子は五百円玉を渡して言った。

「お兄ちゃんの分も買ってきてあげなさい」

麒麟は返事して、ソフトクリームを買いに行った。

やがてバニラソフトを二つ買って戻ってきた。

「はい、お兄ちゃん」

麒麟がソフトクリームを渡すと秀才は無言で受け取り、どんなものか確かめるように舌をちろりと出して舐《な》めた。麒麟の方は大きく口を開けて一気に三分の一を食べた。

麒麟はあっという間に平らげたが、まだ物足りないというように秀才のソフトクリームを眺めた。物欲しそうにしている麒麟に気づいた秀才は、ソフトクリームを差し出した。

「え、いいの？」

秀才は頷《うなず》いた。

「ありがとうお兄ちゃん」

ソフトクリームを受け取ると今度は大事そうに食べた。

「そんなに食べたらお腹壊すわよ」

厚子が注意すると、取り上げられると思ったのか残りを一気に頬張り、

「全然平気だよ。お母さん、次はライオンだよね、早く行こ」

口をもごもごとさせながら言った。厚子はその姿に愛らしさを感じたのだった。

飲食店を出た瞬間、麒麟は駆け足でライオンのいる所へ向かった。厚子が呼び止め

ても振り向きもせず行ってしまった。

厚子と秀才がライオンのいる所に到着すると、麒麟はすでにライオンに釘付《くぎづ》けになっていた。

ライオンが吠《ほ》えると驚いた声を上げ、欠伸《あくび》すると大きい口だねと笑った。それから二十分近くライオンを観察し、ライオンが昼寝すると麒麟は何も言わずに次の場所に行ってしまった。

その後、トラ、ゴリラ、フラミンゴ、オランウータン、シマウマ、クジャクの順で見ていったが、午後も完全に麒麟のペースで、一ヵ所一ヵ所に時間をかけていったため、最後のキリンに辿《たど》り着いた時、時刻は四時四十分を過ぎており、閉園まで残り二十分と迫っていた。

麒麟が最も楽しみにしていたのは自分と同じ名前のキリンであり、三頭のキリンを間近で見ると、その大きさと迫力に感動の声を上げた。

「保育園で見た動物図鑑より、ずっとずっと首が長いよ！」

麒麟は嬉《うれ》しそうに言った。

「おーい、キリン、こっちを向いてくれよ」

手を振ると、一頭が振り向いた。目が合うと麒麟は跳んで喜んだ。

「きっと僕の言葉が分かるんだ」

「お母さん、今までこんな近くでキリンを見たことがなかったんだけど、案外可愛い顔してるのね」

貧しい家庭で育った厚子は幼い頃ほとんど遊びに連れて行ってもらったことがなく、実は今日初めて動物園に来たのだった。

恍惚《こうこつ》とした表情でキリンを眺める麒麟はこう言った。

「今日たくさんの動物を見たけど、やっぱり僕はキリンが一番好きだ！」

その言葉が通じたかのように、先程こちらを向いたキリンがまたこちらに頭を向けた。

麒麟はキリンに微笑みかけたが、なぜか急に悲しそうな表情を見せた。

「みんな、僕の名前をからかうんだ。麒麟なんてかっこわるいとか、弱そうとか、トロそうとかさ」

厚子は心臓を突き刺されたような思いだった。まさか名前のせいで麒麟がからかわれているなんて。厚子の中で怒りが沸き立つ。身体中が震え、奥歯がギリと音を立てた。

「でも僕はキリンが一番かっこいいと思うんだ！」

生き生きとした声に厚子は我を取り戻した。

「だって一番背が高いし、一番優しそうだからさ！」

厚子は、麒麟をからかう子供たちを恨むように言った。

「頭の悪い子供たちの言うことをいちいち聞かなくていいのよ。麒麟が天才だからみんな僻《ひが》んでるんだわ。能力のない子はこれだから困る！」

厚子は麒麟を抱っこするとキリンを見上げながら言った。

「あなたは将来世界が認めるほどの大物になるのよ」

「大物？　キリンさんみたいなことを言うの？」

「そういう意味じゃないわ」

麒麟はふうんと頷いた後、

「お母さん、今日は動物園に連れてきてくれて本当にありがとう」

「楽しかった？」

「うん、また来たいね、お兄ちゃん」

秀才はキリンを眺めたまま何も答えなかった。

「また動物園がいいの？」

厚子が聞くと、麒麟は行きたいところをたくさん言った。

「じゃあ塾のテストでいい点を取ったら好きなところへ連れて行ってあげるわ」

「やった、僕勉強いっぱい頑張る！」

塾のテストは中学一年生レベルであるが、四歳の麒麟はご褒美が欲しい一心で、よりいっそうのやる気を見せたのであった。

7

翌々日の月曜日、厚子はいつもとは違い自信に満ちあふれた顔で会社に出かけた。昨日の夕方、先週収録した番組が放送されたのである。厚子はもちろんリアルタイムで確認し、DVDにも録画した。番組が終わるとすぐにDVDを再生し、秀才が難問を解く場面や、グランプリを獲《と》った場面、そして自分がインタビューを受ける場面を繰り返し観たのだった。

厚子は昨日から家を出たくてうずうずしていた。放送されたのはゴールデンタイムではないが、厚子の周りで番組を観た者はたくさんいるはずである。早く皆に賞賛されたかった。最大の楽しみは、会社の人間が悔しがる姿である。

この日、最初に放送を観たと言ってきたのは麒麟の担任だった。送迎バスから降りると、グランプリを獲った秀才を賞賛し、厚子に祝福の言葉を贈った。厚子は全身が痺《しび》れるほどの快感を味わい、もっともっと褒めてと心の中で繰り返し叫んだ。

その後会社に向かったのだが、今度は途中の電車の中でたくさんの視線を浴びた。今まで誰も厚子に興味を示さなかったのに、多くの人間が注目している。電車を降りると思わず笑みがこぼれた。

厚子は最高の気分で会社に到着した。タイムカードはいつもと変わらず八時四十五分である。

仕事場に着いた瞬間、皆いつもとは違う目で厚子を見た。厚子は勝ち誇った顔を浮かべながら自分の席に着く。ふと振り返るとほとんどの者が顔を伏せた。

顔を伏せた者は全員子持ちである。自分の子供と天才的頭脳を持つ秀才とでは比べものにならないくらいの差があるから、厚子と目を合わせることができないのだ。しかしその顔は屈辱で歪《ゆが》んでいる。厚子は愉快そうに、ふふふと笑った。

それからしばらく経って、営業課フロアに小田香織が現れた。小田は厚子に鋭い視線を向けながら『課長席』に座りふんぞり返った。

厚子は今の会社に入社してもう十五年以上が経つが、成績が悪いため未《いま》だ平社員である。一方成績が良かった小田は、主任、係長を経て二年前に課長に昇進したのである。

同期の厚子に大きな差をつけた小田は昔以上に厚子を蔑《さげす》んだ。一番意地汚いのは、新入社員に厚子を虐《いじ》めるよう指示することである。そのせいで厚子は年下からも馬鹿にされてきた。

しかしもう何も言わせない。厚子は静かにしているが、復讐《ふくしゅう》心がメラメラと燃え上がっていた。

横から小田の鋭い視線を感じる。しかしあえて目を向けず、俯《うつむ》き加減で艶《つや》のない髪をかきあげた。

「皆川さん」

小田が声をかけるとフロアに緊張が走った。厚子は俯いたまま、

「はい」

と小さく返事した。

「昨日テレビ観たわよ」

小田はそう言ったが厚子を祝福しなかった。

「そうですか」

厚子のぶっきらぼうな態度に小田は舌打ちし、こう言った。

「どうせあれはイカサマなんでしょ？　最初から出される問題が分かっていて、教えたとおりに式と答えを書いただけでしょ。まったく卑怯《ひきょう》にも程があるわ」

下らない発想だというように厚子は鼻で笑った。すると小田は机を叩《たた》いて立ち上がった。

「何がおかしいの！」

「すみません、つい」

小田は厚子の目の前に立ち、

「あんたは私にもう一つ嘘をついたわね」

「嘘？」

「あんたが一人目の子を身籠《みご》もった時、私言ったわよね、ジーニアスバンクで作った子供だと」

厚子は平静を保ちながら、言った。

「違いますけど」

「この嘘つき女、やっぱりお前はジーニアスバンクで子供を作ったんじゃないか」

「だから違うと言っているじゃないですか。証拠もなくそんなこと言うのやめてもらえますか」

「昨日のあの番組、ジーニアスバンクがスポンサーだったし、お前がインタビューを受けた時、隣に父親がいなかったじゃないか。父親はどこにいる？　父親がいる証拠を見せてみろ」

厚子はやれやれというように溜《た》め息を吐いた。

「隣に父親がいないだけでジーニアスバンクの子供だと決めつけるんですか」

「うるさい！　お前は天才の精子を競り落としたんだろ。だから子供があんな問題を！」

「矛盾してますよ」

厚子は小田を遮った。

「さっきあなたはすべてイカサマだと言ったじゃないですか。今の言い方だと、私の子供が優秀であることを認めることになりますよ」

小田は痛いところを突かれたというように言葉に詰まった。

「そんなことよりなぜそんなにムキになるんです。ああ、そういえば小田さんにも息子さんがいらっしゃいましたね、何歳でしたっけ？」

小田は厚子をキッと睨《にら》みつけた。

「お前には関係ないだろう」

「息子さんはうちの秀才より年上ですけど、秀才が昨日解いた問題、解けますかね？」

その言葉に他の社員たちは凍りついた。

小田は口を動かすが、厚子には聞こえなかった。

「無理でしょうね、あなたの子供には到底。ちなみにお子さんの成績は学年で何番目ですか？」

小田は即答した。

「決まってるだろ一番だよ。しかもうちの子は！」

厚子はその先を言わせなかった。

「でもそれはあくまで頭の悪い子が集まった中で、でしょ？　そこに秀才がいたら確実に二番でしょうね。いや四歳の次男にも勝てるかどうか。そんな子供じゃ将来不安ですよ。せいぜい今のうち……」

その先を言おうとした時だった。突然小田が奇声を上げて襲いかかってきた。

厚子は髪を摑《つか》まれ顔を引っ掻《か》かれるが、立ち上がると小田を力一杯突き飛ばした。

厚子は尻餅《しりもち》をついた小田を見下ろしこう言い放った。

「触るな汚らわしい！　自分の子供が不出来だからって私に八つ当たりしてくるんじゃないよ！　親が馬鹿だから子も馬鹿に育つんだ。悔しかったら私みたいに天才を産んでみろ！」

長年の恨みを一気にぶつけた厚子はフロアから出て行った。

階段を下りた瞬間、小田の金切り声が響いた。

その後しばらく経ってから営業課フロアに戻ったが、課長席に小田の姿はない。何事もなかったように席に着くと、隣に座る若い社員が小さな声で、小田課長はあれからすぐ気分が悪いと言って帰宅しました、と告げてきた。厚子は返事せず、ふと後ろを振り返った。全員厚子を見ていたが素早く目をそらし、仕事をするふりを見せた。

厚子はとうとう小田とやり合ったが、誰も厚子を攻撃してくる者はいなかった。子供で差をつけられたうえに、小田を完膚なきまでに叩きのめしたものだから、全員厚子を恐れ始めたのである。

しかし厚子は、皆と立場が逆転しても優越感には浸らず、むしろ気分は最悪だった。今でも憎き小田の言葉が耳から離れない。罵声《ばせい》を浴びせた時は痛快だったが、フロアを出ると小田が秀才を侮辱した言葉がすぐに蘇《よみがえ》り怒りが沸き立った。

小田を徹底的にやり込めたが、まだまだ許すつもりはない。

厚子は小田の顔を思い浮かべると、死ねばいいのにと呟《つぶや》いた。


この日厚子は一日中気分が悪かった。秀才と麒麟が塾から帰ってきても怒りはおさまらず、麒麟が今日の出来事を話しても厚子は無言のままだった。

麒麟は厚子の異変に気づくと何も聞かずに塾の復習を始めたが、復習を終えると心配そうに厚子の袖《そで》を摑み、

「ねえねえお母さんどうしたの？　嫌なことがあったの？」

と聞いてきた。しかし厚子はうるさいと声を上げ、その手を振り払ってしまった。

怒鳴り声に驚く麒麟の顔を見た厚子はハッと我を取り戻した。

「ああ私は何てことを。ごめんね麒麟、一緒にお風呂《ふろ》入りましょうね」

いつもの厚子に戻ると麒麟は嬉《うれ》しそうな顔を見せ、うんと元気よく返事し、風呂場に走っていった。

一緒に浴槽に浸《つ》かるとお湯が溢《あふ》れて滝のように流れた。麒麟はいつもその一瞬を喜ぶ。

「お兄ちゃんも一緒に入ればもっとたくさんお湯が流れて楽しいのに」

秀才は今リビングで大学の数学問題集を解いている。

麒麟は秀才と一緒にお風呂に入りたがっているが、秀才が一緒には入りたがらないから、麒麟が秀才を誘うことは滅多になかった。

「お母さん今日ね、みんなに動物園に行ったって自慢したんだ。みんな羨《うらや》ましがってたよ！」

麒麟は目を輝かせながら話した。

「そう、それは良かったわね。ところで今日の塾はどうだったの？」

麒麟は先程、塾での話もしたが、厚子は聞いていなかったので改めて聞いたのだ。

麒麟は、中学一年生でやる数学と理科の勉強をしたと答えた。

「次のテストでも必ずいい点取るのよ」

「いい点取ったらまた遊びに連れて行ってくれるんだよね！　僕、頑張るよ！」

そう言うと浴槽から出た。少しの時間しか浸かっていないがいつもより多少温度が高かったせいか、麒麟の顔は真っ赤になっていた。

「お母さんが身体を洗ってあげるわ」

厚子はボディタオルにボディソープを垂らし泡立てる。そして小さな身体を優しく洗っていく。前が終わると、厚子は背中を向けさせた。

その瞬間、厚子の顔から血の気が引いた。

「なによ、これは？」

麒麟の背中に薄茶色のシミがたくさんできているのである。大きさも形もバラバラで、まるでキリンの肌のようであった。

いったいいつからこんなことになっていたのか。動物園に行った日も一緒に風呂に入ったが、こんなシミはなかった。

「麒麟、これどうしたの？」

厚子は鏡で背中を確認させた。麒麟は薄茶色のシミを見ると、

「なにこれ」

と声を上げた。しかし怖がることはなく、むしろ珍しがった。

「笑ってる場合じゃない！　友達に叩《たた》かれたりしたの？」

厚子は痣《あざ》かと思ったが、麒麟は首を横に振った。

「じゃあ何！」

「わからないよ」

今にも泣きそうな声で言った。

厚子は原因不明のシミに戦《おのの》く。

麒麟の身体の中で、いったい何が起こっているというのか。謎のシミよりも、痣の方がまだ安心であった。

まさか、重い病にかかっているのではないか。

そう思った厚子は頭が真っ白になったと同時に過呼吸となり、とうとう気を失って倒れた。

翌朝、厚子は会社を休んで麒麟を近くの総合病院に連れて行った。

皮膚科と内科のどちらに診てもらおうか迷ったが、まずは皮膚科に診察券を出した。

厚子は待合室の椅子に腰掛けるが落ち着かない。麒麟の背中に突然できた謎のシミの原因は何なのか。一時的なもので大事に至らないことを祈るが、医師の診断結果を聞くのが怖かった。

看護師に呼ばれたのはそれから二十分後のことだった。麒麟を抱き上げて診察室に向かう。扉を開けると髭《ひげ》を生やした医師が優しい笑みを浮かべ挨拶《あいさつ》した。

「おはようございます」

厚子は挨拶もせず、麒麟を回転椅子に座らせると医師に麒麟の背中を見せた。

「先生、このシミはいったい何ですか、この子悪い病気ですか！」

厚子の言動に医師は唖然《あぜん》としたが、麒麟の背中に浮かぶたくさんのシミを見ると眉《み》間《けん》に皺《しわ》を寄せた。

「これは……」

「先生何ですか、正直に言ってください」

医師は厚子を一瞥《いちべつ》するが何も答えず、麒麟の背中に触れると問診した。

「痛いかい？」

麒麟は首を横に振った。

「痛くない」

「どこかに背中を強くぶつけたということはないかな？」

「ううん、ない」

厚子はじっとしていられず横から説明した。

「昨日の夜に知ったんです。土曜日もこの子の背中を見てますが、何もありませんでした。本当に突然なんです」

医師は頷《うなず》きながら、

「何かアレルギーはありませんか？」

「生まれて間もない頃調べましたが、その時はありませんでした」

「そうですか、でも念のため血液を調べておきましょう。小さい時は体質が変わりやすいですから」

医師はそう言うと看護師に血液採取をするよう命じた。看護師は注射器と消毒液を用意する。麒麟は注射器を見た瞬間立ち上がり、厚子に縋《すが》り付いた。しかし心に余裕がない厚子は麒麟をむりやり椅子に座らせ怒声を放った。

「大事な検査をするんだからじっとしてなさい」

麒麟は怖々と返事すると、看護師に言われた通り右腕を出した。看護師は麒麟の腕に消毒液を塗るとゆっくり注射器を射し、血液を採取した。終わったよ、と看護師が声をかけると麒麟は目を開け、溜《た》めていた息を一気に吐き出した。

「よく頑張ったな」

医師は麒麟の頭を撫《な》で、優しく褒めた。

「すぐに結果が分かるからな」

医師は安心させるためにそう言うが、厚子の不安は消えなかった。

「先生、もしアレルギーが原因じゃなかった場合、何が原因なんでしょうか？」

医師は再び難しい表情を浮かべて言った。

「母斑《ぼはん》でしょうかね」

「母斑？」

「俗に青痣、黒痣、ほくろなどと呼ばれるものです。実は出生時すでに存在していて、段々目立つようになってくるのです。しかし突然こんな広い範囲で変色するという症例は初めてです」

「どうしてうちの子だけ……」

その時、厚子の動作が停止した。麒麟が生まれて間もない頃、頭脳が活発に働く薬や精神活動が活発になる薬を定期的に投与していたが、もしやそれが原因なのではないかと思ったのだ。

厚子は一瞬動揺したが、首を横に振った。そんなことで背中にシミができるわけがないと心の中で叫んだ。

「もし母斑やアレルギーではないとしたら、ストレスが要因となっている可能性も考えられます。ストレスというのは、さまざまな形で外部に表れますからね」

医師のその言葉に厚子は過敏に反応した。

「この子がストレスを感じているはずがありません！」

医師は一瞬驚いたが、慌てて失礼しましたと頭を下げた。

「もしくは単純に、ただのシミでしょうか。シミというのは内分泌系の失調によるものだと考えられていますが……」

医師は喉《のど》を鳴らす。

「しかしそれはなさそうだな。突然こんな多くのシミができるなんてあり得ない」

「では先生……」

「皮膚科の私には、今のところそれ以上思い当たりません。とにかくアレルギー検査の結果を待ちましょう」

診察室を出た厚子はすぐに内科に向かった。幸い患者の数が少なくすぐに診てもらえた。

しかし医師の出した診断は、皮膚科の医師と同じであった。簡易検査をしても身体の内部にはまったく異常がなく、先程皮膚科で採取した血液を内科でも調べると言う。厚子はそれでも何か薬を出してくれと頼んだが、シミの原因が分からないのに薬など出せるはずがないと強い口調で断られた。厚子は納得できるはずがなかったが、その日は仕方なく家に帰ったのだった。

それから数日後、厚子と麒麟は再び総合病院に向かった。血液検査の結果が出たのである。

厚子はまず皮膚科の診断結果を聞きに行った。内科で異常が発見されるよりも、アレルギーによるものが原因であることを祈った。

しかし医師はアレルギーが原因ではないと言った。医師はなぜ突然こんなにも多くのシミができたのか謎だと首を傾げ、一時的なものでない場合はレーザー治療で治すしかないでしょう、と言った。

厚子と麒麟はその後すぐに内科に行ったが、内科でも同じ結果だった。血液を調べてもまったく異常はなく、シミの原因が分からないと言う。結局、皮膚科と同じで、経過観察という診断であった。

麒麟の背中に突然現れたキリンのようなシミが深刻な病によるものではなかったので厚子は安心したが、麒麟の背中にたくさんのシミがあることが許せなかった。重い病によるものでなければこの際どんな原因でもいい。とにかく麒麟の背中のシミを消したかった。

厚子は麒麟が不憫《ふびん》だという気持ちよりも、麒麟の見た目を気にしている。こんな恥ずかしいシミがある子供を人前には出せない。しかし医師から経過観察と言われている以上、様子を見るしかなかった。

厚子は翌日からコラーゲンが含まれている食材ばかりを麒麟に食べさせた。コラーゲンをたくさん摂取させればシミが消えると考えたのである。しかし十日経っても効果は出ず、むしろ最初より若干色が濃くなっているような気がする。

厚子は焦燥感に駆られ、同時に恐怖心を抱いた。

麒麟の背中は一体どうなっているのか。この様子だとさらに色が濃くなっていくのではないか。

医師は経過観察だと診断したが、これ以上観察するのは無意味だと厚子は思った。

厚子は、皮膚科の医師が言ったようにレーザー治療をする決意をした。最初レーザー治療と聞いた時、麒麟の身体にレーザーの跡が残るのではないかと心配したが、もうそんなことを言っている場合ではない。今すぐにでも消さなければ手遅れになるかもしれないのだ。

レーザー治療をするには多額の治療費が必要になるだろうが、厚子は金のことよりも麒麟のシミが消えることで安堵《あんど》したいのだった。

しかし、麒麟の異変は実は身体だけではなかったのである。

レーザー治療を決意したその日、麒麟は塾のテストを受けた。科目は主要五教科であり、すべて中学一年生レベルである。中学一年のテストを受けるのは初めてであるが、厚子は今までのように全教科九十点以上取れることを確信していた。何せノーベル賞受賞者の遺伝子を受け継いだ超天才児なのだから。

しかし厚子の期待とは裏腹に、麒麟が持ち帰ってきたテストは信じられないことにすべて十点以下だったのである。

厚子は自分の目を疑った。今まで九十点以下を取ったことがない麒麟がなぜかすべて十点以下なのである。

「なによ、これは？」

解答欄にはほとんど何も書かれておらず、正解しているのは選択問題だけで、明らかに『まぐれ』である。

厚子は信じられないというように麒麟を見た。麒麟は怯《おび》えた表情で固まっている。

「これは麒麟のものじゃないんでしょ？　他の子が受けたテストでしょ？」

厚子は現実を受け入れられず確かめたが、麒麟は首を横に振り、

「ごめんなさい」

と怖々と謝った。

「どうしてこんな点になるの？　どうして何も書いてないの？　いつもいい点を取っていたじゃないの」

厚子は声を震わせながら問うた。するとこう答えたのだ。

「今まではできたけど、中学一年生の問題はどれもすごく難しいんだ」

厚子はその言葉に強いショックを受けた。麒麟はノーベル賞受賞者の遺伝子を受け

継いだ子なのだから、秀才と同じようにこんな問題は簡単に答えられるはずなのだ。それなのに中学一年生レベルが難しいと言う。

「そんなことないわ。麒麟にとったら簡単なはずよ。だってあなたは！」

厚子は思わず真実を告げそうになってしまい慌てて誤魔化した。

「あなたは今日具合が悪いのよ。だからテスト用紙に答えが書けなかったんだわ。そうよ、きっとそうよ」

厚子は俯《うつむ》く麒麟の手を取るとテーブルの前に座らせ、全教科の問題集を開いた。すべて中学一年生レベルのものであり、厚子は次々と問題を出していく。しかし麒麟は一点も取れない。理数系の問題では式も立てられず、歴史や世界史の問題では頭を抱え、英語の問題では英単語のスペルすら書けなかった。厚子は納得がいかず、次は一番簡単な漢字の問題を出した。しかしやはり読み書きができない。

麒麟の突然の異変に厚子は茫然《ぼうぜん》となった。

「一体どうしちゃったのよ？」

麒麟はシャーペンをテーブルに置くと、今にも消え入りそうな声で言った。

「ごめんなさい。難しくてできないんだ」

厚子はショックが大きすぎて叱りつけることはしなかったが、麒麟と問題用紙を見比べていると、だんだん怒りがこみ上げてきた。

こんなはずはない。麒麟は天才の子なんだから！

厚子はシャーペンを手に取ると、

「ほら、しっかり持つんだよ！」

むりやりシャーペンを握らせ、もう一度各教科の問題を出していった。

「今日は満点取るまで寝かせないよ」

厚子は問題を解かせようと躍起になるが、結果は同じだった。それでも現実が受け入れられず、問題を出し続ける。

気づけば夜中の三時を過ぎており、疲れ果てた麒麟はぐったりとなった。厚子は麒麟の肩を激しく揺らし起こそうとするが、なかなか目を覚まさない。その時厚子は背後に気配を感じた。

振り返ると、隣の部屋で勉強していたはずの秀才が立っていた。一体いつからいたのだろうか。

秀才はじっと麒麟の姿を見つめている。

「どうしたの？」

厚子は、麒麟が突然勉強ができなくなったことを秀才にすら言いたくなかった。

「麒麟、頑張りすぎて眠ってしまったわ」

そう言うと秀才は無言のまま隣の部屋に戻っていったのだった。

麒麟の不成績は何かの間違いだと、どうしても現実が受け入れられない厚子は翌日、東大に通う男性家庭教師を雇い、麒麟の頭脳に各教科の知識をたたき込ませた。だが東大家庭教師の力をもってしても麒麟は中学一年レベルの問題をできず苦しんだ。

家庭教師は麒麟と話し合いながら、今度は小学六年生レベルの問題を出した。すると今度は簡単に問題を解き、家庭教師を驚かせた。家庭教師は麒麟のことを素晴らしい頭脳の持ち主だと褒めたが、厚子は全然嬉《うれ》しくなかった。もう一度中学一年生レベルの問題を出されると、麒麟は脳みそを取り換えられたみたいに何もできなくなるのだ。

家庭教師は、焦らずじっくりやっていけば必ずできるようになる、何せ小学六年生までの問題は完璧《かんぺき》にできるんだから、と厚子に言った。

厚子は家庭教師の言葉を信じ、その後一週間、毎日家庭教師に勉強を教えさせた。だが麒麟は漢字以外はまったく覚えず、家庭教師も段々不思議がるようになっていった。

麒麟は驚異的な速さで小学六年生までのカリキュラムを終えたが、中学レベルに上げるとなぜか急に理解できなくなった。まるで頭脳の容量に空きがなくなったみたいだった。

厚子はずっと現実を受け入れなかったが、この子は実は天才じゃないのではないかという思いが膨らんでいった。今まで天才と言われてきたが、実はどの子でも教えさえすれば小学六年生レベルまでは簡単に理解できるのではないか。

その先が理解できない麒麟は、ただの凡人なのではないか。

厚子は『凡人』の二文字に恐怖心を抱く。と同時に、麒麟に裏切られたという感情が芽生えた。ノーベル賞受賞者の遺伝子を受け継いでいるのに、なぜ頭脳の発達がストップするのだ。

麒麟だけではない。ジーニアスバンクにも裏切られたという思いがわき上がった。『ハート333』のデータは秀才よりも優れていて、パーフェクトな子供が生まれてくると思ったのに、これでは麒麟を産んだ意味がないではないか。

双方に裏切られたという感情を抱く厚子は、突然不出来になった麒麟の顔を怒りの眼差《まなざ》しで見た。するとその顔がだんだん自分の顔に見えてきたのである。

厚子は半狂乱に陥った。幻覚ではない。美しい顔立ちをしていた麒麟が、微妙に自分の顔に似てきている。

麒麟のすべてが劣化していく……。

なぜだ、なぜ麒麟は突然？

原因を探る厚子はハッとなった。もしや、麒麟の背中に突然できたキリンのようなシミが原因なのではないか。

そうだ、そうに違いない。謎のシミができてから麒麟はおかしくなった。あのシミは呪いのシミなんだ。あれを消せば麒麟はパーフェクトな子に戻る。

厚子は急いで風呂場《ふろば》に向かい、軽石を持って戻ってきた。そして麒麟の洋服を脱がせると、その軽石で背中を力強く擦《こす》ったのである。

麒麟は激痛に泣き叫ぶ。それでも厚子は、消えろ消えろと叫びながら擦り続けた。

その時である。隣の部屋にいた秀才がやってきて言った。

「そんなシミ消したって無駄だよ」

厚子は動作を止め、振り返った。

「なんですって？」

しかし、振り返った時にはすでに秀才は麒麟に視線を向けていた。

秀才は麒麟を見下ろしながらこう言ったのである。

「麒麟、もう俺がお前に勉強を教えることはないよ」

麒麟は涙声で聞き返した。

「お兄ちゃん、どうして」

「俺は今までお前も俺と同じように優れた頭脳を持っていると思っていたから勉強を教えていたんだ。でももう無駄のようだ。がっかりだよ」

秀才は息を吸い込むと、こう言い放った。

「俺はこの世で馬鹿が一番嫌いなんだ」

8

厚子は『麒麟』と名付けたことを心底後悔した。そんな名前をつけたから背中にキリンのようなシミができ、そのシミが麒麟を劣化させたのである。

元凶はシミにあると考える厚子は翌日、総合病院にレーザー治療を申し込み、その三日後麒麟を皮膚科に連れて行った。

治療は二週間かけて終了した。麒麟の背中は包帯で巻かれていたが、医師は治療後、一切跡を残さず綺麗《きれい》に消したので安心してくださいと厚子に言った。

厚子はシミが消えたことに喜び、そして優秀で容姿端麗な息子に戻ることに安心感を抱いた。

しかし厚子の期待とは裏腹に、秀才が言ったようにシミを消しても麒麟は元に戻ることはなかった。

厚子は完全に期待を裏切られたことに激しく憤ったが、実は『失敗作』だったと分かると麒麟をあっさりと見限ったのである。

その翌日、厚子は塾から帰ってきた秀才と一緒に夕ご飯を食べた。いつもと違い、隣に麒麟はいない。昨日、塾と英会話をやめさせたので、習い事には出かけていない。時刻は九時を過ぎているが、今もまだ保育園にいるはずである。厚子はそれを知っていて、あえて迎えに行かなかった。これまで習い事がない日は、仕事が終わるとすぐに迎えに行っていたのにである。

食事を終え、食器洗いをしているときだった。扉がゆっくりと開き、麒麟が帰ってきた。寂しそうに靴を脱いで家の中に上がる。しかし厚子はリビングには行かせなかった。顔と洋服が砂で汚れており、厚子はその汚れが許せなかった。

厚子は麒麟の首根っこを摑《つか》むと、厳しく言い放った。

「汚い子だねえ、今すぐ風呂で洗っておいで。綺麗にしてこなかったら許さないよ。それと、洋服も自分で洗うんだよ」

麒麟は厚子の変貌《へんぼう》ぶりに驚きながらも弱々しい声で返事した。

麒麟が風呂場に入った直後、今度はチャイムが鳴った。不機嫌な声で返事すると、

「山王《さんのう》保育園の桜井《さくらい》です」

と遠慮がちな声が聞こえてきた。扉を開けると麒麟の担任である桜井道子《みちこ》が一礼した。

「こんばんは」

まだ二十代前半の新米保育士は、恐る恐る厚子に挨拶《あいさつ》した。

「何でしょうか」

厚子は白々しく言った。

「あの、今日はどうなされたのでしょうか。いつもの時間に来られなかったので」

「ああ、忙しくて迎えに行くのを忘れてました」

厚子は煩わしそうに言った。桜井は不満そうだが反論はしてこなかった。

「先生、長い間お世話になりました」

その言葉に桜井は困惑する。

「それは、どういう意味でしょうか？」

「保育園をやめさせることにしたんです」

桜井は酷《ひど》く慌てた。

「え、ちょっと待ってください」

「明日《あした》退園届を出しますから」

厚子は桜井の背中を押し、有無を言わさず扉を閉めた。

「あの、皆川さん、話をさせてください、皆川さん！」

桜井は扉を叩《たた》きながら叫ぶ。

「これ以上うるさくすると警察呼びますよ」

厚子がそう言うと、桜井は諦《あきら》めて帰って行った。

桜井を追い払った厚子は秀才のいるリビングに戻ろうとするが、脱衣所から麒麟が覗《のぞ》いているのを知り扉を開けた。

「お母さん、僕明日から保育園に行けないの？」

「そう、お金がもったいないから。それよりちゃんと身体洗ったの？」

強い語調で聞くと、麒麟は俯《うつむ》きながら頷《うなず》いた。厚子は目を細めながら身体が少しも汚れていないか確かめる。麒麟は厚子に言われた通り隅々まで綺麗にしてきたが、厚子はリビングには連れて行かず、その手前にある納戸の扉を開けた。一・五畳の納戸には、洋服や掃除機等がぎっしりとしまわれているが、僅《わず》かな隙間に麒麟の布団が敷かれ、その横にはアイロン台と、塾で使っていた教科書が置かれている。

「あんたはここにいな」

納戸に閉じ込めるのには二つの理由があった。一つは単純に『失敗作』である麒麟と同じ部屋で生活するのがどうしても我慢ならないからである。そしてもう一つは、同じ部屋で一緒に生活させたら、『成功作』である秀才まで頭が悪くなりそうだからであった。

「さあ入って」

厚子が手を掴むと麒麟は激しく首を振った。

「こんなところにいるなんて嫌だよ。僕もあっちの部屋に行きたい」

厚子はその言葉に激昂《げきこう》し、麒麟を無理矢理納戸に押し入れた。

「なぜ納戸に閉じ込められるのか、自分が一番よく分かっているだろう」

怒声をぶつけると、憎むような目つきに変わり、

「何がノーベル化学賞受賞だ。生まれてきたのは失敗作じゃないか」

リビングにいる秀才に聞こえないように言った。

「ノーベル化学賞って、何？」

厚子は咄嗟《とっさ》に麒麟を睨《にら》みつけた。

「うるさい！　お前には関係ないんだ。そんなことよりここから出たければ、教科書にある問題を完璧《かんぺき》に解くんだ。解けるようになったら、また出してあげるよ」

「こんな狭いところで、どうやって勉強するの？」

厚子はアイロン台を顎《あご》で示した。

「それを勉強机にすればいいでしょ」

麒麟は古びたアイロン台を見ながら頷いた。

「いいかい？　トイレの時以外勝手に出たら、殺すよ」

最後の言葉に麒麟は身震いした。

「わかったの？」

「はい」

麒麟は小声で返事した。

厚子は扉を閉めるとリビングに戻り、問題集と向き合う秀才の隣に座った。秀才は厚子に一瞥《いちべつ》もくれず数式をすらすらと立てる。

厚子は先とは打って変わって秀才の頭を優しく撫《な》でながら言った。

「秀才は何て良い子なんでしょう。秀才はお母さんにとって、命より大事な宝物よ」


麒麟を納戸に閉じ込めてから五日間が過ぎた。麒麟は厚子に言われた通りトイレ以外は納戸から出てこず、叱られるのを恐れてリビングにすら近づかなかったので、皆川家はまるで二人家族のような生活を送っていた。

パーフェクトチャイルドだと思っていた麒麟が『失敗作』だと知った途端に見限り、麒麟が生まれる前のように秀才に再び強い愛情を注ぐようになった厚子は、麒麟が納戸にいることなど一切気に留めず、秀才にべったりであった。

厚子は、自分の子供は秀才だけであり、麒麟は自分が産んだ子供ではないと思い込んでいる。できれば無能な麒麟を捨てたいとさえ思っていた。

この日厚子は仕事が休みであり、朝から秀才の横で、秀才が問題集を解く姿をうっとりと眺めていた。

それから二時間後のことであった。アパートの前にトラックが停止し、足音と物音がした。厚子は立ち上がるとカーテンを開けて外を見た。やってきたのは男性一人と女性一人で、

「一〇二号室でしたよね」

と女性の声が聞こえてきた。厚子の住むアパートの玄関は薄い木なのでちょっとした声でも聞こえるのだ。

厚子はチャイムが鳴る前に扉を開けた。目の前にはペットショップの店員が二名立っており、二人は厚子に元気よく挨拶した。

「皆川さんのお宅ですね、ご注文の品をお届けに参りました」

ペットショップの店員は、大人が二人くらい入れる大きな犬小屋を持ち上げた。犬小屋はプラスチックでできており、厚子が選んだサイズの中では一番安価な物である。

「ベランダに置いてください」

厚子は窓を開けて言った。ペットショップの店員は返事して、ベランダの隅に大きな犬小屋を置いた。

「ありがとうございました。おいくらですか」

厚子は店員にお金を渡すと、ご苦労様ですと言って扉を閉めた。

ペットショップの店員はトラックに乗るとエンジンをかけ、アパートの前から去っていった。それを確認した瞬間、厚子は納戸に向かい扉を開けた。

麒麟は中で正座しながら国語の教科書を見ていた。

「お母さん」

顔の血色は悪いが、厚子が納戸を開けたから表情と声は嬉《うれ》しそうだった。

よく見るとこの五日間で少し痩《や》せたようであった。毎日厚子と秀才の食べ残ししか与えていないからである。

厚子は麒麟の腕を摑《つか》むと引きずるようにしてベランダに連れて行き、犬小屋に押し入れた。

「今日からお前はここで生活するんだよ」

麒麟が納戸で生活していると何かと邪魔なので、ベランダで生活させることにしたのである。

「こんなところ嫌だよ。僕、犬じゃないよ。お願いだから家に入れてよ」

麒麟は今にも泣きそうな声で、必死に訴えた。

「うるさい！　お前は私の子じゃないんだ。それなのにこうして住まわせてやってるんだからありがたいと思え！」

厚子はそう言い放つと一旦《いったん》納戸に行き、床に敷いてある布団を抱え、それを犬小屋の中に放り投げた。すぐその後、アイロン台と教科書も投げ入れた。

「絶対に騒ぐんじゃないよ、周りに迷惑だからね。それにいいかい、私の許可なく家に上がったら容赦しないから。トイレは排水溝にしな。大便の時は特別にトイレに行かせてあげる。その代わり隣の部屋から行くんだよ。秀才の勉強の邪魔になるからね」

麒麟は目を潤ませながら言った。

「僕、勉強頑張るからここから出して。お願いだから優しいお母さんに戻ってよ」

「だから言ったでしょ。教科書にある問題をすべて解くことができたら出してあげるよ」

麒麟は顔を伏せ、

「僕には、できないよ。だってすごく難しいんだ」

「だったら一生そこにいな!」

厚子はそう言い放つと窓を閉めた。麒麟は窓を叩《たた》いて懇願するが、厚子が一喝すると静かになった。

「さっさと犬小屋に入って!」

厚子は大声で命令すると、カーテンを強く閉めた。

その日は午後から急に土砂降りとなった。犬小屋はベランダにあるとはいえ風が強いせいで微《かす》かに雨が入り込んでくる。

麒麟は隅っこに小さくなって座るが、それでも服に雨が染みこみ、身体は段々冷たくなっていく。

麒麟は寒さに震えるが、窓ガラスを叩いたり、泣き叫んだりはしなかった。これ以上厚子に嫌われたくないからだ。犬小屋から出たいという気持ち以上に、大好きな厚子と秀才に優しくしてもらいたいという思いの方が強い。だから一日中教科書と向かい合っていた。

夜になると雨は上がったが、今度は空腹に苦しんだ。今日は朝から何も食べさせてもらっていないのだ。お腹をさすりながら、ご飯まだかなあと呟《つぶや》く。唯一の救いは季節が初秋だということだった。空腹の上に寒さが襲ってきたら死んでしまうかもしれないと、子供ながらに思った。

お腹に手を当てながら夜空を眺める。見つめる夜空には、優しい厚子と勉強を教えてくれる秀才の姿が映っていた。

笑みがこぼれるが、すぐにその笑みが消えた。今日厚子に言われた言葉が突然耳を掠《かす》めたのだ。

『お前は私の子じゃないんだ』

麒麟には何よりこの言葉がショックだった。厚子にそう言われた時、自分なんか生まれてこない方がよかったのかなと思ったくらい傷ついた。

麒麟は、あれほど優しかった厚子と勉強を教えてくれていた秀才が自分に冷たくする理由を、四歳ながら十分に理解している。

悪いのは勉強ができない僕なんだと、納戸に閉じ込められて以来ずっと自分に言い続けていた。

二人に振り向いてもらうためには、また勉強ができるようになるしかなかった。お母さんに優しくしてもらいたい、お兄ちゃんにまた勉強を教えてもらいたい。麒麟はその一心で、納戸に閉じ込められてから今日までの約一週間、自分なりに勉強を頑張ったのである。

しかしやはり中学一年にレベルが上がるとどうしても分からなくなる。小学六年生までの問題は解けるのに、なぜ一つレベルが上がると頭がこんがらがってしまうのか、自分でも不思議だった。

厚子は、麒麟がおかしくなった元凶は背中に突然できたキリンのようなシミだと思い込み、消せば前みたいに勉強ができるようになると言ったので、麒麟はそれを信じていた。しかし結局シミを消しても何も変わらなかった。

確かに今思えばすべてが狂いだしたのは背中にキリンのようなシミができてからだ

った。でもあのシミはまったく関係なくて、今まで勉強ができていたのはどんな子供でも解けるような簡単な問題だったからであり、自分は特別勉強ができる人間じゃなかったんだと、麒麟は今そう考えている。

いったいどうすれば前みたいにスラスラと問題が解けるようになるのだろう。問題が解けるようになれば、二人ともまた優しくしてくれるんだ。

しかし今の麒麟に中学一年の問題は高すぎる壁であった。家庭教師に教えてもらっても分からなかったのだから、独学で完璧《かんぺき》にこなせるようになるはずがないのだ。

お兄ちゃんが勉強を教えてくれれば……。

そう思った時だった。突然カーテンと窓が開いた。犬小屋の中で夜空を眺めていた麒麟はハッと振り返った。すると秀才が窓際に立っており、両手に食器を持っている。

麒麟は嬉しそうに犬小屋から出て、

「お兄ちゃん」

と声をかけた。しかし秀才は言葉を返さなかった。

秀才は目も合わさず、手に持っている食器を犬小屋の中に入れた。

皿には硬くなったご飯が半膳《はんぜん》に、ほとんど身が残っていない煮魚、そしてマヨネーズのかかった野菜が混ざってのっている。茶碗《ちゃわん》には冷たい味噌汁《みそしる》が僅《わず》かだけ入っていた。

すべて二人の食べ残しだが、食べ物に飢えていた麒麟は貪《むさぼ》るようにして食べた。秀才はその姿を冷ややかな目で見下ろす。麒麟は魚の骨を夢中になってしゃぶっていたが、何かを思い出したように顔を上げると秀才に言った。

「ねえお兄ちゃん、お願いだから僕に勉強教えて。僕もお兄ちゃんみたいに勉強ができるようになりたいんだ」

秀才は表情を一切変えず、

「無駄だよ」

と言った。

「お兄ちゃんに教えてもらえば、きっとできるようになるよ」

「家庭教師をつけてもできなかったんだから、お前はただの馬鹿だったってことだ」

「馬鹿でもいいから、できるようになりたいんだ」

「無駄だよ。そもそもなぜ俺が教えなければならない？　赤の他人のお前に」

秀才に他人と言われても麒麟は挫《くじ》けなかった。

「お願いだよ、お兄ちゃん。優しいお兄ちゃんに戻ってよ」

目を潤ませながら訴えたが、秀才は一方的に窓とカーテンを閉めてしまった。

一人になった麒麟はしばらく動けなかったが、厚子の声が聞こえると窓際に立ち、カーテンの隙間からリビングの様子をそっと見た。

厚子は秀才の横に座り、秀才を褒めちぎっている。その笑顔を見ていると、優しかった頃の厚子が脳裏に浮かんできた。

麒麟は、大好きな厚子と秀才に見限られ、今は犬小屋生活をさせられているが、すぐにまた幸せな毎日を送れることを信じている。

だって本当は二人とも心が優しいから。二人とも今は怒っているけど、きっとすぐに許してくれてまた優しくしてくれるはずだから。

麒麟は元の優しい厚子と秀才に戻ってくれることを信じていたが、二ヶ月が過ぎてもその想いは届かなかった。それどころか、厚子は麒麟が犬小屋で生活しているのを忘れているかのように一切目を合わさず、話しかけても無視で、罵声《ばせい》を浴びせることすらなくなっていった。秀才も食事を与える以外はベランダに姿を見せず、麒麟が喋《しゃべ》りかけてもほとんど相手にしなかった。

犬以下の扱いを受ける麒麟であるが、それでも厚子と秀才に好かれたくて、まだ一人で勉強を頑張っている。

この日もそうであった。実はこの日は麒麟にとって大事な日であるが、日付がまったく分からないため今日が大事な日であることに気づかず、暗くなるまで勉強をしていたのだった。

勉強を終えた麒麟は毛布を頭から被《かぶ》りながらお腹をさすった。二ヶ月前とは違い、夜になると空腹と同時に寒さが襲ってくる。最も恐れていた冬が、とうとう来てしまったんだと肌で感じていた。

せめてご飯を食べたかった。食べなければ寒さに負けて死んでしまうと思った。しかし二人はまだ帰ってきていない。麒麟は震えながら二人が早く帰ってきてくれることを祈った。

扉が開く音がしたのはそれから二時間以上が経ってからだった。カーテンの隙間からリビングを見ると二人は一緒で、どうやら厚子は仕事帰りに秀才の通う塾まで迎えに行ったらしい。

厚子はスーツから普段着に着替えると機嫌良さそうに料理を始めた。麒麟は、やっとご飯が食べられると安心した。しかし一時間半が経ってもなぜか料理は完成しない。まだかなあ、と見ているとやっと料理が終わり、厚子はテーブルに豪華な料理と大きなケーキを並べた。

麒麟はそのケーキを見た瞬間、自分にとって今日が大事な日であることに気づいた。今日は十一月十一日、秀才の『誕生日』だと。

厚子は鼻歌を唄《うた》いながらケーキに蠟燭《ろうそく》を立てていく。麒麟はわくわくしながらその様子を見つめた。

厚子は九本目の蠟燭を立てると火をつけて部屋を暗くした。そして秀才の目を真っ直ぐに見つめながらバースデーソングを歌った。僅かな隙間から秀才の誕生日パーティーを眺める麒麟の脳裏には、昨年の思い出が蘇《よみがえ》っていた。

去年は秀才の隣に座って三人で仲良く誕生日パーティーをしたのに……。

僕もあの輪の中に入りたいなと切望するが、望みは叶《かな》わなかった。秀才の誕生日でも厚子は麒麟を一切気に留めなかった。

厚子は歌い終わると秀才に、蠟燭を吹き消してちょうだいと言った。秀才は無表情ではあるが、蠟燭に息を吹きかけた。蠟燭がすべて消えると厚子は部屋を明るくして嬉《うれ》しそうに手を叩《たた》いた。

「秀才、九歳のお誕生日おめでとう。さあ今日はいっぱい食べてちょうだいね」

真っ暗なベランダとは対照的にリビングは幸せ一杯であるが、麒麟に僻《ひが》む気持ちはなかった。むしろその逆で、大好きな秀才を心からお祝いした。

「お兄ちゃん、九歳のお誕生日おめでとう。来年は、一緒にお祝いできたらいいなあ」

9

それからさらに十ヶ月の時が流れた。一月に五歳の誕生日を犬小屋で迎えた麒麟はなおも犬小屋生活をさせられ、気づけば一年が過ぎていた。

この一年間満足に食べていないせいで痩《や》せ細り、血色は悪く、肌は荒れ、さらには体臭がし、髪は肩まで伸び、とても五歳とは思えないみすぼらしい姿であった。

当然身につけている衣服も襤褸《ぼろ》で汚れていて、特に犬小屋に敷いてある布団は一年間で一度も洗っていないから悪臭を放っていた。

まだ五歳にもかかわらず『失敗作』という理由でこんな生活を長くさせられている麒麟だが、それでもまだ厚子に対して恨みの感情はなく、むしろ強い愛情を抱いていた。秀才に対しても同じ気持ちである。

ただ、麒麟はもう勉強をしていない。やめたのは先月であった。

この約一年間で習得した知識は皆無に等しい。理数系の問題はいくら教科書を読んでも意味すら分からず、漢字や歴史の年号といった暗記系の問題も、その日は覚えても翌日になると教科書を確認しなければわからなくなってしまうのだ。

まるで容量が一杯のコンピューターのように、中学レベルの教科書をいくら読んでも覚えられないのである。

麒麟は厚子と秀才に優しくしてもらいたい一心で勉強を頑張ってきたが、自分の能力にとうとう限界を感じ、実力を認めてもらうことを諦《あきら》めた。だから今は、二人の怒りが冷め、また自分に優しくしてくれる時がくるのを、ただ待っているだけである。

この日も空腹で目が覚めた。しかし最近は前ほど飢えに苦しんではいなかった。その理由を厚子と秀才は知らない。

麒麟は厚子と秀才が家からいなくなると犬小屋の扉を開けて四つん這《ば》いになって出た。そしてベランダの壁をよじ登り道路に飛び降りた。外に出ると胸を躍らせながら全力で走った。

厚子と秀才に隠れて外に出るようになったのは約一ヶ月前。それまでは一日中犬小屋で勉強していたが、勉強をやめて目標を失った麒麟は、厚子に怒られるのは怖かったが、外に出たいという感情に抗《あらが》えず、勇気を出して外に出たのである。

この日最初に向かったのは近所の商店街にあるパン屋だった。まだ店は準備中だが、外から覗《のぞ》いていると女性店主がやってきて、食パンの耳がたくさん入った袋をタダでくれた。麒麟は目を輝かせ、

「いつもありがとう、おばちゃん」

元気な声で礼を言った。女性店主はにっこりと笑って、

「いいよいいよ、遠慮しないで食べな」

痩せ細った麒麟に言った。

麒麟がこのパン屋に通うようになったきっかけは二週間前、外から物欲しそうに店内を眺めていると、ひもじい思いをしているのが一目で分かったのだろう、店主が出てきて食パンの耳をたくさんくれたのである。それ以来、休日以外毎日このパン屋に通って食パンの耳をもらっている。

「おばちゃん、明日《あした》も来ていい？」

女性店主は麒麟の頭を撫《な》でながら頷《うなず》いた。

「ああいいよ、おばちゃん楽しみに待ってるよ」

「ありがとう！」

パン屋を後にするとすぐに袋を開けて食パンの耳をかじった。ほとんど味がしないが、腹を空《す》かせている麒麟には大満足だった。

その後、商店街から一キロほど離れたところにあるショッピングモールに行き、その中に入っている大型書店に入ると漫画を手に取り立ち読みした。

今読んでいるのは大人気アクション漫画で、ハラハラしながらページをめくる。もうすっかり漫画の世界に入り込んでいた。

最近の麒麟の生き甲斐《がい》は漫画であった。食パンの耳をもらった後は必ずこの書店に向かい漫画を立ち読みする。今まで漫画なんて買ってもらったことがなかったから余計に面白いのだ。

漫画を読んでいると今の自分の置かれている状況を忘れて架空の世界に飛び込める。だからゲームショップでゲームをしたり、オモチャ屋で遊んだりするより漫画を読むのが好きだった。

麒麟は無意識のうちに台詞《せりふ》を声に出し、主人公の動きを真似していた。気づけばこの日も四時を過ぎており、今手に持っている漫画を棚に戻すと書店を後にした。


ショッピングモールを出た麒麟は自宅アパートに歩を進めるが、途中、近所の小さな公園に立ち寄った。遊具がある方には向かわず、水道の前で足を止めると人目も気にせず洋服を脱ぎ、汚れた身体と服を洗った。

身体からは大量の垢《あか》が出て、洋服からは濁った水が垂れた。公園にいる大人や子供が麒麟を見て笑っているが、全然恥ずかしくなかった。それよりも身体と洋服が綺麗《きれい》になることのほうが大事だった。

麒麟は外に出て以来週に二回ほどこの公園にやってきて身体を洗い洗濯をする。帰りはびしょ濡《ぬ》れのまま帰ることになるが、今はまだ初秋だからまったく平気だった。むしろ気持ちがいいくらいだ。しかし冬になったらそうはいかない。また冬になったら犬小屋にある替えの洋服を持って来て洗濯するつもりだ。あんな寒い中びしょ濡れで帰ったらさすがに死んでしまうから。

全身と洋服を洗い終えると肩まで伸びた髪をブルブルと振り、次に濡れた洋服を手に取った。

力一杯洋服を絞っていたその時だった。白い中型犬がすり寄ってきた。初めて見る犬だが不思議と懐いている。麒麟は怖がることなく犬を抱きしめた。

「よしよし、可愛いな」

よく見ると犬は汚れており、鼻をつくほどの臭いがした。

「もしかして身体洗ってほしいの？　よし僕が洗ってあげよう」

蛇口を捻《ひね》ると犬の身体をゴシゴシと洗ってやった。

「君は男の子かな、女の子かな」

股《また》を見た麒麟は男の子だと判断した。

「君は何歳？　どうして一人なの？」

麒麟が話しかけても犬は振り向きもせず、夢中になって水を飲んでいる。

「もしかして、お腹が空いているの？」

どうやらそのようなので、水道の上に置いてある袋を手に取り、食パンの耳を犬に差し出した。すると犬は耳を貪《むさぼ》るようにして食べた。美味《お》しそうに食べてくれるのが嬉しくて、残りの耳をすべて犬に与えてやった。

「お腹いっぱいになった？」

声をかけると犬は濡れた身体をブルブルと振った。麒麟はその動作に笑った。

「なんだか僕と似ているね」

そう言うと犬は元気そうに吠《ほ》えた。麒麟は犬の頭を撫でながら聞いた。

「君はもしかしてここに住んでいるの？」

犬は寂しそうに遊具の方を見た。滑り台には小さな男の子がおり、近くで父親と母親が見守っている。麒麟はその光景を見つめながら言った。

「お父さんとお母さんはいないの？」

その時、麒麟の脳裏に厚子が浮かんだ。次いでその隣に父親が浮かぶが、顔は見えず真っ黒で、すぐに姿が消えてしまった。すると、父親に一度も会ったことがないのにたまらなく寂しい気持ちになったのだった。

今まで父親の存在を気にしたことがなかったが、最近、特に父親のいる家族を見た時に思う。

どうして僕の家にはお父さんがいないのだろう？　僕のお父さんはどこにいるのだろう？

憶《おぼ》えていないだけで、自分が生まれて間もない頃は家にいたのだろうか。

僕のお父さんはどんな顔をしているのだろう。一度だけでもいいから会ってみたい……。

厚子に聞いてみたいが、厚子は一度もそのことに触れたことがないから、子供ながらに聞いてはいけないことなのかもしれないという想いもある。もっとも、聞いても無視されてしまうだろう。

突然犬に顔を舐《な》められた麒麟は我に返ったように顔を上げ、犬の円《つぶ》らな瞳《ひとみ》を見つめて言った。

「もしかして君は、捨てられてしまったのかい」

犬は再び麒麟に身体をすり寄せた。

「そうか、一人で寂しいんだ。僕と一緒に帰りたいのかな。でもそれはできないんだ。きっとお母さんに怒られる。すぐに捨てられてしまうよ」

犬は弱々しい声で鳴いた。

「ごめんね、でも大丈夫、すぐに優しい飼い主と出会えるよ。それまで僕が面倒見てあげる。ご飯は、食パンの耳しかあげられないけどさ」

そう言うと犬は嬉《うれ》しそうに吠えた。

「そうだ、君の名前を決めよう。何がいいかな」

すぐにひらめいた。

「決めた！　食パンの耳が好きだから、ミミだ。どうかな、気に入った？」

犬はジャンプしながら吠えた。

「そっか、気に入ってくれたか。じゃあ今日から君の名前はミミだ」

ミミを強く抱きしめ、頭をいっぱい撫でてやった。ミミは麒麟に甘え、顔をペロペロと舐めた。

その後、ミミと走り回ったりして楽しい時間を過ごし、空が暗くなるとミミに手を振った。

「ごめんねミミ、もう帰らなきゃ。明日も来るからそれまでお利口さんにしておくんだよ」

ミミは帰る時だけは吠えなかった。寂しそうに麒麟を見つめている。

「お母さんとお兄ちゃんが帰ってくる前に帰らないといけないんだよ。じゃあね、ミミ」

ミミは最後まで返事しなかったが、危機感を抱く麒麟はミミに背を向けると全力で走ったのだった。

翌日も朝早くに商店街のパン屋に行き、女性店主に食パンの耳を恵んでもらった。しかし自分はあまり食べずにミミにたくさんとっておいた。その後、いつも通りショッピングモールの中にある大型書店に行き、漫画の立ち読みをした。いつもなら夕方近くまでいるが、この日は昼過ぎに本屋を出た。もっとたくさん漫画を読みたいが、それ以上にミミのことが気になって落ち着かないのだ。ショッピングモールを出ると、ミミのいる公園に走った。

公園に着いてもミミの姿はなかったが、名前を呼ぶと茂みからミミが出てきて麒麟に向かって走ってきた。

「ミミ！」

麒麟はミミを抱きしめ頬ずりする。ミミは麒麟の顔をしつこく舐めた。

「くすぐったいよ。ミミ、お利口さんにしてた？」

ミミは元気よく吠えた。

「よしよし、じゃあご飯をあげよう」

麒麟は袋に入っている食パンの耳をミミに食べさせた。ミミはこの日もお腹が空《す》いていたらしくあっという間にすべて食べてしまった。

それから麒麟とミミは遊具で遊んだり、昼寝をしたりして時間を過ごした。

麒麟とミミは出会ってまだ一日足らずだが、もうすっかり信頼関係で結ばれていた。

朝早くに商店街のパン屋で食パンの耳をもらい、本屋で漫画を立ち読みした後ミミに会いに行く。

その後も同じ毎日を繰り返し、気づけばベランダの壁を乗り越えて外に出るようになってから二ヶ月が経っていた。いつも同じことの繰り返しであるが、麒麟はそんな毎日がとても幸せであった。特にミミと一緒にいるのが楽しくて、最初は飼い主が見つかることを望んでいたが、ミミに愛着を感じる麒麟は一生一緒に暮らせることを願うようになっていた。

しかし十一月に入ると幸せな日々から悪夢のような日々へと一転した。

麒麟は今、何よりミミの命が心配である。一番恐れていた冬がとうとう目の前にやってきたのだ。十一月に入った途端ぐんぐん気温が下がり、朝晩は厳しい寒さが襲う。犬小屋で布団を被《かぶ》っていても寒いのだから、ミミはもっと辛《つら》いはずだった。

麒麟はミミのために段ボールで家を作り、その中にゴミ置き場から拾ってきた毛布を敷いているが、それでも寒さが凌《しの》げず死んでしまうのではないかと毎日気が気でなかった。

幾度となくミミを連れて帰ろうとしたが、今の厚子が許してくれるはずがないし、連れて帰れば外に出ているのがばれて、下手したらミミの面倒すら見られなくなってしまうかもしれない。

連れて帰るのが無理なら、やはり他の飼い主を見つけるしかないと思った。ミミと離れるのは嫌だけれど、ミミの命を助けるにはそれしか方法はない。

その日の夜、夕食の残り物を運びにきた秀才に尋ねた。

「ねえお兄ちゃん、お兄ちゃんの友達に犬を飼いたい人はいないかな」

犬小屋の中に食器を置く秀才の動作が止まった。

「犬？」

秀才は麒麟の手元の方を見ながら聞き返した。麒麟は厚子がそばにいないことを確認すると勇気を出して言った。

「お母さんには内緒にしてほしいんだけど、近くの桜台《さくらだい》公園に白い犬がいるんだ。名前はミミ。僕の大事な友達なんだ。今はまだ元気だけど、こんな寒いのにずっと外にいさせたら死んじゃうよ。お兄ちゃんお願い、飼ってくれる人を探してよ」

今の言葉で麒麟がこっそり外に出ていることが知れたが、秀才はそのことには触れず、立ち上がると抑揚のない声でこう言った。

「俺には友達なんかいない」

「お兄ちゃん！」

縋《すが》るような声で呼び止めたが、秀才は背を向けてしまった。ミミを助けることに必死の麒麟は、咄嗟《とっさ》にある手段を思いついた。

「お兄ちゃん！　僕たちのお父さんが今どこにいるか知ってる？　もし知っているなら教えてよ」

麒麟はここ最近ずっと父親のことを知りたかった。だから咄嗟に父親のことが頭に浮かんだのだ。もしかしたら父親がミミを助けてくれるかもしれないと思い、秀才に父親の居所を尋ねたのだった。

「ねえ、僕たちのお父さんは！」

その先を言おうとした時だった。

リビングからガラスの割れる音が聞こえ、振り返るとすでに窓際には厚子の姿があった。厚子は鬼のような形相で、犬小屋の中にいる麒麟に摑《つか》みかかった。

「お前、今、今、何て言った！」

厚子は異常なくらい興奮しており、怯《おび》える麒麟は口を動かすが言葉にならなかった。怒りに震える厚子は麒麟の頰を何度も平手打ちした。そして恨むようにこう言った。

「失敗作のくせに余計なことをべらべらと！　この疫病神！　私の大切な家族まで壊す気か！」

「ごめんなさい」

麒麟は硬直しながらも謝った。

秀才は二人の様子を黙って見据えている。厚子は秀才を一瞥《いちべつ》すると急に慌てだした。

「秀才、何でもないのよ。さあ部屋に入りましょうね」

厚子は笑顔で秀才とリビングに戻ったが、振り返ると再び鬼のような形相となり、

「今度余計なこと言ったらタダじゃ済まさないから！」

と言って窓を強く閉めた。

麒麟はしばらく茫然《ぼうぜん》としていたが、我に返ると今度は頬に強い痛みを感じた。

厚子に殴られたのはこれが初めてだった。

乱心したように暴力を振るう厚子がまだ網膜に焼き付いている。

今までどんなに怒っても一度も手を上げなかったのに……。

厚子が激昂《げきこう》したのは父親のことに触れた瞬間だった。

お母さんはどうして、お父さんの話をしたらあんなに怒ったのだろう。

その理由が気になるが、それ以上に厚子にまた嫌われてしまったことがとても悲しかった。

どうして僕はお母さんに嫌われることばかりしてしまうのだろう。お母さんは、きっとお父さんのことを知られたくないんだ。

麒麟はそれでも父親のことを知りたいが、もう二度と厚子の前で父親について触れないことを心に誓った。

翌日、いつものパン屋で食パンの耳をもらうとすぐにミミの元へ向かった。ついこの間までは本屋で漫画を立ち読みした後公園に行くのが習慣だったが、寒くなってからはミミのことが心配で、ここ最近は漫画どころではなかった。

公園に着くと、ミミの家がある茂みの方へ向かって、

「ミミ！」

と大きな声で呼んだ。するとミミはすぐに家から飛び出して走ってきた。ミミが凍死してしまっているのではないかと気が気でなかったが、元気な姿を見て心底安心した。

「ミミ、おはよう。寒かったろう」

優しく抱きしめてやると、ミミは嬉《うれ》しそうに頬ずりした。

「お腹空いたろう。ご飯食べような」

手に持っている袋から食パンの耳を取りだし、ミミに食べさせてやった。その後自分も食べたが、ミミの夕食分を残しておかなければならないのでほんの少ししか食べなかった。

朝食を終えるとミミの家に移動し、汚れた毛布に腰を下ろした。ミミはやはり寒いらしく、麒麟にくっついてお座りした。

よしよしとミミの頭を撫《な》でた後、昨夜の出来事を話した。

「昨日の夜、僕、お母さんをまた怒らせてしまったんだ」

頬を叩《たた》かれたことは話さなかったが、ミミは何かを感じ取ったのか麒麟の頬を優し

く舐《な》めた。

「お父さんならミミを助けてくれるかもしれないって思って、お兄ちゃんにお父さんがどこにいるのか聞いたんだけど、お母さんはきっとお父さんのことを聞いてほしくないんだね。それなのに僕はダメな子だね」

ミミはずっと麒麟の頬を舐めていたが、麒麟が溜《た》め息を吐くと今度は甘えるように麒麟の膝《ひざ》に寝転がった。

ミミの身体にそっと手を置いた。

「いつまでもこんな辛い思いさせてごめんね。早く新しい飼い主さんが見つかってくれるといいんだけどなあ」

そう言うとミミが突然悲しそうな声で鳴いた。麒麟にはその鳴き声の意味が分からなかったが、とにかく不憫《ふびん》で、ミミを強く抱きしめたのだった。

ミミとの幸せな時間はこの日もあっという間に過ぎた。気づけば公園の時計は七時を回ろうとしている。遅くても六時までには帰ることにしているが、どうしてもミミが心配でこんな遅い時間になってしまったのだ。

麒麟は立ち上がると言った。

「ミミ、僕もう帰らなきゃ」

ミミは寂しそうな声で鳴くが、さすがにこれ以上は一緒にいられなかった。ミミに夕飯を与えると急いでアパートに戻った。

アパートに着いた麒麟は、まだ部屋の明かりがついていないことに安堵《あんど》した。壁をよじ登るとベランダに飛び降りた。

しかし、その時だった。カーテンと窓が突然開いたのである。

血の気が引いた。麒麟の瞳《ひとみ》には、恐ろしい形相をした厚子が映っていた。厚子は部屋の明かりもつけず、麒麟が帰ってくるのを静かに待っていたのである。

厚子は震えながら眼鏡の位置を直し、

「昨日から様子がおかしいと思ってたのよ」

と静かに言った。しかしその静かな口調が不気味だった。

「今までどこへ行ってたの」

「それは……」

答えに迷っていると、厚子に胸ぐらを掴まれ高く持ち上げられた。

「お母さん、苦しい、苦しいよ」

厚子は目を見開いて叫んだ。

「お前、父親を探しに行ったんだろう。ええ？　そうなんだろう！」

麒麟は首を横に振った。

「違うよ、僕は」

厚子はその先を言わせなかった。

「失敗作の分際で！」

麒麟をコンクリートに落とすと、何度も踏みつけた。

「お母さん止めて。お願いだから優しいお母さんに戻って」

泣いて訴えても厚子の耳には届かなかった。

「そんなに父親のことが知りたいなら教えてあげるよ。お前の父親はジーニアスバンクのドナーだ。ノーベル化学賞を受賞したドナーだから精子を買ったのに！」

厚子はその後も麒麟を踏みつけながら真実を告げ、そして罵声《ばせい》を浴びせた。

厚子は息が切れると、再び麒麟の胸ぐらを摑《つか》んで言った。

「今私が話したことを秀才に言ったら今度こそ本気で殺すよ。それと、もう二度と父親を探しに行くんじゃないよ。わかったね」

返事をすると、厚子は部屋に戻り窓とカーテンを閉めた。

麒麟は激痛で立ち上がれず、四つん這《ば》いになって犬小屋に戻った。

横倒れとなった麒麟は、先《さっき》の厚子の言葉を思い出していた。

ジーニアスバンク、ドナー、ノーベル化学賞、精子……。

厚子は父親のことをすべて告げたが、五歳の麒麟にはまったく意味が分からなかった。

しかしどれも特別なキーワードであることだけは分かる。

その中でも特に、ジーニアスバンクという言葉が妙に印象に残った。

10

次の日は土曜で厚子も秀才も休みだったが、二人は朝早くから出かけていった。その様子をカーテンの隙間から見ていた麒麟は、どこへ行ったのだろうと考える。土曜日は秀才の塾があるから、もしかしたら一緒に塾に行ったのかもしれない。それにしても普段より随分と早い。それとも二人でどこかに遊びに行ったのだろうか。

数ヶ月前までは二人が出かけるたびに羨《うらや》ましく思っていたが、今の麒麟はそんなことよりミミのことが心配だった。

寒空に震えながらお腹を空《す》かせるミミを想像すると胸が締め付けられる。

リビングの時計を見た。

二人は何時に帰ってくるのだろうか。

二人が一緒に外出した時は大抵夜まで帰ってこない。今日だってすぐに帰ってくる感じではなかった。

ミミの元に行ってあげようかと思う。さすがに二、三時間なら全然平気だろうと。

しかし麒麟は一歩を踏み出すことができない。昨夜の恐ろしい厚子が目の前に蘇《よみがえ》り、厚子にばれたらという思いが麒麟を躊躇《ため ら》わせる。

今度ばれたらきっと、死んでしまうほどに殴られるだろう。

麒麟は厚子の暴力が怖い。もう、大好きな厚子に殴られたくない。

でもそれ以上に、この家にいられなくなることを恐れていた。次約束を破ったら絶対に捨てられる。大好きな二人と別れるのだけは嫌だった。

その時、ふと外の様子を見た。

厚子は秀才と出かけたが、実は出かけるふりをしただけで、近くで監視しているのではないかと思ったのである。

見る限りでは姿は見えないが、厚子がどこかで見ているのではないか。そう思うと余計に壁を乗り越えることができず、ミミのことは気になるが、犬小屋の中に入ってしまったのだった。

一方厚子と秀才はその頃、秀才が通う塾の講師から、先日受けた試験の結果報告を受けていた。

その試験とは、超一流国立大学の模擬試験である。

秀才は現在一流大学を目指す高校生たちに交じって勉強しており、先日一緒に模擬試験を受けさせてもらったのである。

判定は余裕で合格ラインを超え、数学はトップの成績であった。

厚子はその結果を知った瞬間、講師が目の前にいるにもかかわらず秀才を抱きしめ、廊下に響くほどの声で褒めた。秀才は何も言わずにただじっと試験結果を見据えている。当然だと言わんばかりの態度であった。

塾の講師は天才的頭脳を持つ秀才を称《たた》えた後、厚子に対し、これからは個別に数学講師をつけ、さらに専門的な授業を受けさせることを提案した。そして最後に、小学校をやめさせて大学に通わせたらどうですかお母さん、と冗談交じりに言ったのだった。

塾を出た厚子は秀才の手を引きながら堂々とした顔つきで街中を歩いた。この子はまだ十歳直前にもかかわらず、超一流国立大学の合格判定を取ったのよと、心の中で言い続けた。

それでも満足しない厚子は鞄《かばん》の中から判定結果を取りだし、それを通行人に見せつけるようにして歩く。通行人は厚子を気味悪そうに見るが、厚子はその視線に優越感を覚えた。

厚子は特に、数学の採点結果に興奮した。一流大学を目指す高校生たちを抑えてトップに立ったのである。

IQ180の天才数学者の遺伝子を受け継いでいるのだから当然だと心の中で言った。

しかし、『成功作』である秀才のことを考えていると、『失敗作』の麒麟のことが脳裏に浮かんだ。と同時に、一昨日の夜、麒麟が秀才に向けて言った言葉が頭を過《よぎ》った。

『僕たちのお父さんが今どこにいるか知ってる？　もし知っているなら教えてよ』

その言葉が聞こえてきた瞬間、厚子は麒麟に殺意を抱いたが、一方では秀才に父親のことを聞かれるのではないかとビクビクしていた。

今もそうである。父親のことについて聞かれるのではないかと内心気が気でない。

幸い秀才は無口で父親について触れることはしてこないが、一昨日の麒麟の言葉で父親のことを意識しているはずだった。

もし聞かれたら終わりだった。頭にあるのはどれも不自然な嘘ばかりで、すぐに論破されるのは明白である。

厚子は、忌々しい麒麟の首を強く絞め付ける映像を浮かべた。『失敗作』というだけでも許せないのに、そのうえ幸せな家庭をも壊そうとしている。

あれだけ痛めつけたからしばらく父親のことを秀才には聞かないだろうが、また数年後父親のことを聞いたり、他の災いを起こしたりするかもしれない。

何せ麒麟は、自分たちのことを恨んでいるから。

まさに疫病神であった。厚子はずっと麒麟を捨てたいと思ってきたが、一昨日の件があって以来本気で捨ててしまおうかと考えている。


厚子と秀才はその後、塾の近くにある洋食屋で昼食を摂《と》り、アパートに戻った。

カーテンを開けると犬小屋にいる麒麟が寂しげな顔を見せた。厚子は恨むような目で見下ろした後カーテンを閉めた。

その時、チャイムが鳴った。

厚子は返事をせずに扉を開けた。すると背広を着た二人の男が立っていた。

二人とも四十代前半くらいで、一人は長身で痩《や》せ形。もう一人は短身でまん丸と太っていた。

「皆川厚子様のお宅でしょうか」

「どちら様ですか?」

厚子が尋ねると二人は名刺を取りだし、それを差し出した。

背の高い方が『長峰義男《ながみねよしお》』で、背の低い方が『中田友昭《なかたともあき》』と書いてある。その横には株式会社ジーニアスバンクとあった。

二人がジーニアスバンクの人間と知った瞬間、厚子は外に出て扉を閉めた。

「何ですか、突然？」

二人は厚子の慌てように一瞬顔を見合わせ、深く低頭した。

「皆川様、失礼いたしました。突然の訪問をお許しください」

背の高い長峰が言った。厚子は部屋の方を気にして、

「何ですか、用があるなら早くしてください」

小さな声で聞いた。すると今度はまん丸と太った中田の方が言った。

「現在弊社ではある調査を行っておりまして」

「調査？」

中田は頷《うなず》くと手に持っている資料を確認し、今度は厚子を気遣うように小声で言った。

「皆川様には、精子をご購入頂き、お二人のお子様を出産されましたが……」

中田は一つ間を置いてこう言った。

「お二人とも、皆川様の理想通りのお子様にご成長されておりますでしょうか？」

厚子はずっと伏し目がちで聞いていたが、中田がそう言った瞬間に顔を上げ鋭い視線を向けた。

「冗談じゃありませんよ、上の子はとても優秀ですけど、下の子はもう酷《ひど》いなんても

んじゃありませんよ。頭は悪いし、年々容姿は醜くなってくるし。私はパーフェクトな子供が欲しくて『ハート333』の精子を競り落としたんですよ。それなのに生まれてきたのは『失敗作』だった。何がノーベル化学賞受賞者の遺伝子ですか。私が払ったお金返してくださいよ」

長年の不満をぶつけると、長峰と中田は額に汗を滲《にじ》ませながら、申し訳ありません皆川様、と深々と頭を下げた。

厚子はそれでも言い足りず、麒麟に対する愚痴を二人にぶつけた。

長峰と中田はずっと黙って聞いていたが、厚子の言葉が止まると長峰が頭を下げたままこう言ったのである。

「そういうことでしたら私どもの方から一つ提案があるのですが」

落ち着いた静かな声であった。

「提案？」

長峰はすっと顔を上げると、

「下のお子様を、私どもにお任せ頂けませんでしょうか？」

「どういうことですか」

「弊社の『天才養成学校』に入校させて頂くのです」

厚子は長峰の目を真っ直ぐに見た。

「天才養成学校？」

長峰は頷いた。

「今年の四月に開校いたしまして、生徒の数は申し上げられませんが、現在弊社の独自学習カリキュラムを受けております」

興味深そうに聞いていると、中田が厚子に提案した。

「皆川様、もしよろしければ近くの喫茶店かどこかでお話しさせていただけませんか。お子様の将来に関わるとても重要なお話ですので」

厚子は首を横に振った。

「いいえ、ここで結構です。それで学校の場所はどこです？　寮はありますか？」

学校に寮があれば麒麟をすぐにでも入校させるつもりだった。

「申し訳ありません、場所はご契約頂くまで申し上げることができませんが、施設には生徒たちの共同生活スペースが完備されております」

厚子はその言葉で即決した。

「入校させます。今すぐに。それで、どれくらいの期間預かって頂けるのですか」

「今のところ二十歳までのカリキュラムを組んでおります」

厚子はさらに熱を帯びた。十五年もお荷物を放り込んでおけるのはありがたい。十五年後、麒麟が学校を卒業しても、その頃にはきっと今のアパートには住んでいないはずだからもう二度と会うことはないだろう。

「弊社はその日々の中で才能を見いだし、その能力を向上させていくことを考えております」

厚子にとってそんなことはどうでもよかった。一刻も早く麒麟を引き渡し絶縁したかった。

「入学金やその他、いくらくらい必要になりますか？」

真剣な口調で聞くと、中田が低頭しながら言った。

「入学金、授業料、生活費等、一切不要でございます。すべて弊社で負担させていただきます」

一切金がかからないことを知った厚子は、天才養成学校にさらに魅力を感じた。無償で『失敗作』を処理できるなんて願ったり叶《かな》ったりであった。

「では今すぐ引き取ってください」

そう言うと、長峰が封筒から一枚の用紙を取りだした。

「その前に同意書にサインして頂けますか」

「同意書？」

「お子様の教育方法を、天才養成学校に一任していただきたいのと、天才養成学校のことを世間には一切口外しないという同意書です」

厚子はこの時、長峰と中田に疑惑の目を向けた。表向きでは天才養成学校という響きのいい名称をつけているが、実は『失敗作』を隠蔽《いんぺい》するための施設なのではないかと思ったのだ。天才児が生まれてくると謳《うた》っているジーニアスバンクにとって、『失敗作』が生まれているという事実が世間に知れ渡るのは致命的だからである。

もしそうだとすれば、ジーニアスバンクでは『失敗作』がたくさん生まれていて、『失敗作』を産んだ母親から抗議が殺到しているということになる。

ただ厚子にしてみれば、いずれにせよ関係のないことであった。『失敗作』の麒麟を引き取ってもらえればそれで満足であった。

「分かりました」

厚子は躊躇《ためら》うことなく同意書にサインした。

サインを確認した長峰は厚子に言った。

「皆川様、申し訳ありません、言い忘れていたことがありました。天才養成学校ではお盆とお正月のそれぞれ五日間、保護者の方に迎えに来ていただき一時帰宅することができます。それと、お子様の能力の向上に満足していただけた時点で退校することも可能でございます」

長峰はそう言った後、天才養成学校の所在地が記された地図を厚子に差し出したが、厚子はそれを一瞥《いちべつ》しただけで受け取らなかった。

「結構です。私は一時帰宅させるつもりもないし、退校させるつもりもありませんから。それより早くあの失敗作を連れて行ってください」

その冷淡な言葉に長峰と中田はちらりと顔を見合わせたが、厚子は全然気にしなかった。そんなことよりも、これでやっと家庭を壊す疫病神を捨てることができると心底安堵《あんど》したのだった。

麒麟は、厚子が急に外に出て行ったことを気配で感じていたが、誰が訪問してきたのかまでは知る由もなく、犬小屋の中でひたすらミミのことを心配していた。せめて誰かが餌を与えてくれれば安心なんだけれど……。

親切な人が現れてくれるのを祈っていたその時、玄関の扉が開く音がした。

厚子が部屋に戻ってきた、と思ったら突然カーテンと窓を開け、

「出なさい」

と言った。麒麟はまた殴られるかもしれないという恐怖心を抱いたが、素直に犬小屋から出た。

すると厚子は麒麟の手を取り、

「良かったわね、もう犬小屋で生活しなくていいのよ」

麒麟はその言葉にホッとした。やっと許してくれたと思ったのである。

しかし厚子はこう付け足した。

「ここはもうお前の家じゃない。お前は今日から別のところで生活するんだ」

最初厚子の言っている意味が分からなかったが、二人と別々に暮らすという意味を理解した瞬間、麒麟は捨てられる恐怖に怯《おび》えた。

「やだやだ、行きたくない！」

必死に抵抗するが、厚子の力にはかなわなかった。ずるずると引きずられていく。

「お願い、お母さん、許して。犬小屋でもいいから一緒がいい」

厚子は振り向くと麒麟の頬を思い切り平手打ちした。

「うるさい、この疫病神！　最後くらいおとなしくしろ」

殴られ怒鳴られても麒麟は抵抗を止めなかった。

「お母さん、ごめんなさい。いい子にしてるから捨てないで！」

泣いて訴えたが、厚子は考え直してくれなかった。

外に出ると黒い車が停まっていた。厚子に引っ張られ、後部座席に放り込まれた。厚子は扉を強く閉めると運転席側と助手席側に立つ長峰と中田に早く行くよう指示した。二人は厚子に一礼して車に乗り込んだ。

その時だった。部屋から秀才が出てきた。

「お兄ちゃん助けて、お兄ちゃん！」

麒麟は車の窓を開き、必死に助けを求めたが、秀才は表情一つ変えず、黙って様子を眺めているだけだった。

間もなく車が発進した。厚子と秀才がだんだん小さくなっていく。

麒麟はこの時、子供ながらに一生の別れを予感した。すると、幸せだった頃の思い出が走馬灯のように蘇《よみがえ》った。

「お母さん、お兄ちゃん」

悪い予感を振り払い、最後の最後で厚子の気持ちが変わってくれることを願った。

しかし厚子は車が見えなくなる前に部屋に戻っていった。秀才は最後まで車を見据えていたが、やはり無表情のままだった。


二人の姿が見えなくなってもなお、後ろを向いたまま二人の名前を呼び続けていたが、桜台公園が見えてきた瞬間、今度は前方に視線を向けた。

麒麟は、最愛の家族に捨てられたと同時に、大切な親友をも失うことを知った。

麒麟を乗せた車は桜台公園に差し掛かる。

公園は閑散としていたが、真ん中にミミが座っていた。まるで麒麟を待っているかのように、辺りをキョロキョロと見ている。

麒麟は再び窓を開けて叫んだ。

「ミミ！」

ミミはその声に気づき、麒麟がどこにいるかを探す。

「ミミ！　こっちだよ！」

ミミは麒麟が車に乗っていることに気づくと走ってきた。しかし追いつけず、徐々に距離が広がる。

「停めて！　ミミが可哀想だよ！」

必死に訴えても聞いてはもらえなかった。

「ミミも一緒に連れて行く。僕がいないとミミ死んじゃうよ！」

ミミは麒麟の危機を察知したように激しく吠《ほ》えながら走る。

「停めて！」

運転席に向かって、もう一度叫ぶが、車は停まるどころかさらに速度を上げた。

ミミとの距離はあっという間に広がり、やがて見えなくなってしまった。

「ミミ！　ミミ！」

大切なミミとの別れに、麒麟は悲痛な叫び声を上げた。

最愛の家族に捨てられ、同時にミミをも失ってしまった麒麟は、魂が抜け落ちたようにぼんやりと一点を見つめ、金魚のように口をパクパクとさせていた。お母さん、お兄ちゃん、ミミ、と呼んでいるつもりだが、微《かす》かな声すら出なかった。

11

車は高速道を走っているが、どこへ向かうのか知らされてはいない。麒麟自身まったく予測もつかないが、とにかく遠い所で生活することだけは分かる。

虚《うつ》ろな表情を浮かべる麒麟の瞳《ひとみ》から一筋の涙がこぼれた。大好きな厚子、秀才、そしてミミとの一生の別れを予感したからであった。

車はその後すぐに高速道をおり、竹芝《たけしば》桟橋のフェリー乗り場に到着した。

麒麟は桟橋に停留している大型船をぼんやりと見つめる。この船に乗るのかなと考えていると、後部座席の扉が開いた。

扉を開けたのは助手席に座っていた中田だった。中田は優しく言った。

「着いたよ、おりられるかな」

素直に車からおりた。すると車は去っていき、麒麟は中田にフェリー乗り場へと連れていかれた。

三十分後、麒麟は中田と一緒に船に乗り込んだのだが、先程見ていた大型船ではなく古い小型高速船だった。

船客が全員乗り込むと間もなくフェリーは出港した。

窓から海を眺めていた麒麟は港が見えなくなると、これからどこへ連れて行かれるのか段々不安になり行き先を尋ねた。しかし中田は、

「心配することないよ」

と言うだけで、行き先を教えてはくれなかった。

目的地に着いたのは、出港してからおよそ三時間後のことだった。

麒麟は中田に手を取られ船をおりた。

待合室のあちらこちらに『東京都神津島《こうづしま》』とか『御蔵島《みくらじま》』と書いてあるが、麒麟は東京都以外読めなかった。

待合室を出るとスーツを着た若い男が中田の元にやってきて、

「中田さん、ご苦労様です」

と頭を下げた。中田は若い男に会釈して、

「お待たせしました。では行きましょうか」

と言った。すると若い男が、

「ちょっと待ってください。同じ船に酒井《さかい》さんが乗っているはずなんですが」

その時後ろで、声が聞こえた。

「中田さん」

麒麟はその声に反応し振り向いた。

待合室の方から中年の男が手を挙げながらやってくる。

その後ろには、白いワンピースを着た、麒麟と同じ歳くらいの気弱そうな女の子がいた。


中田と酒井が挨拶《あいさつ》している間、麒麟は不思議そうに女の子を見ていた。女の子は麒麟よりも若干背が高く、長い髪の毛を二つに結んでいる。気になったのは、瞼《まぶた》が腫《は》れていて、目が真っ赤になっていることだった。それと、左手にはめている白い手袋。

腫れた瞼に視線を戻し、この子も僕と同じようにずっと泣いていたのかなと思った。

「麒麟くん」

中田に呼ばれて顔を上げた。中田は女の子を見ながらこう言った。

「今日から一緒に生活するお友達だよ」

「お友達？」

聞き返すと酒井が言った。

「星野利紗《ほしのりさ》ちゃんだよ」

「星野、利紗」

　復唱し、利紗の顔を見た。

「この子は皆川麒麟くん」

　今度は中田が麒麟を紹介した。

「こんにちは」

　麒麟は挨拶したが、利紗は目が合うと顔を伏せてしまった。

「行こうか」

　中田に手を取られ、駐車場に連れて行かれた。駐車場に着くと、最初に迎えに来た若い男が小型バスの扉を開けた。麒麟は中田と一緒にバスに乗り込み、最後尾の席に座った。利紗と酒井は麒麟たちの隣に座った。

　バスが出発すると、中田と酒井は楽しそうに世間話を始めたが、麒麟と利紗は一言も発さなかった。麒麟の方は、家族やミミと離れ離れになった悲しさと、これからどこへ連れて行かれるのだろうという不安とが入り交じっている。

　ふと、隣に座る利紗を見た。利紗も同じように悲しそうな表情をしている。もしかしたら、この子も僕と同じように捨てられてしまったのかもしれないと思った。

　バスは海岸沿いを一直線に走っていく。島は非常に静かで、民家や商店は数えるほどしかない。このバス以外に車は皆無だった。

都会で過ごしてきた麒麟は、人の姿や車がまったくないことにさらに不安を募らせた。

車は山道に入りぐんぐんと登っていく。暗い森の中からはカラスの鳴き声が聞こえてくる。

不気味そうに辺りを見渡す麒麟は、もしかしたら利紗と一緒に山の中に捨てられてしまうのではないかと思った。厚子は別の所で生活すると言ったが、この先に建物があるとは思えなかった。

もう僕とこの子は死ぬんだ。

そう思った時、前方に巨大な茶色い門と外壁が見えてきた。

運転手の若い男は、門の前でバスを停車させるとクラクションを二度鳴らした。すると中にいた警備員が片側の門を開いた。

バスは敷地内を進んでいく。前方には、白い大きな建物が聳《そび》え立っていた。最初、病院かなと思ったが、そんな雰囲気ではなかった。

バスは建物の前で停車した。

「麒麟くん、おりようか」

中田に促されてバスをおりた。利紗も不安そうにバスをおりる。

麒麟は中田と手を繋《つな》いで建物内に入る。利紗と酒井はその後に続いた。

中田と酒井はスリッパに履き替えた。麒麟と利紗には上履きが用意されていた。

「さあ行こうか」

中田は優しい口調で言って、リノリウムの廊下を歩いて行く。

麒麟は、五十メートル程先にある部屋が明るいことを知った。その間にいくつか大部屋を通ったが、どの部屋も暗い。いずれも室内には黒板とたくさんの机が並べられており、塾みたいだと思った。

明かりのついた部屋の前に到着した時だった。建物内にチャイムが鳴り響いた。麒麟は背が小さいので見えないが、

「今日の算数の授業はここまでです」

と女性の声が聞こえてきた。

中で勉強していたんだ、と思ったら扉が開き、スーツを着た若い女性が出てきた。女性は教科書を持っており、麒麟と利紗を見ると小さく屈《かが》んで、

「あら可愛い子たち、明日《あした》から一緒に勉強しましょうね」

と明るい声で言って去っていった。女性の背中を見つめていると、今度は後ろの扉から黒いジャージを着た体格のいい男が出てきた。

男は短髪色黒で、いかにも怖そうな顔をしている。中田と酒井は男を見た瞬間に何度も頭を下げた。

麒麟は、何で二人ともあんなに怖がった感じなのだろうと思った。

男は中田と酒井に言った。

「ご苦労様でした。後は私が」

中田と酒井はもう一度頭を下げ、失礼しますと言って去っていった。

男は麒麟と利紗に微笑むと、部屋の中に入った。そして教壇に立ってこう言った。

「みんな、今日は新しい友達が二人も来てくれたぞ」

顔に似合わず優しい声であった。

麒麟と利紗は男に手招きされる。二人は顔を見合わせ、躊躇《ためら》いながら部屋の中に入った。

部屋の中には青いジャージと赤いジャージを着た幼い子供たちが三十人いて、全員机の前に座っていた。

麒麟は、ほとんどが自分と同じくらいの歳で、一番年上でもお兄ちゃんと同い年くらいかなと思った。

男女の割合は男子が圧倒的に多く、女子は四人だけである。

麒麟は、ここにいるみんなも親に捨てられたのだろうかと思った。なぜなら、保育園や塾にいた子たちとは違い、ほとんどの子が暗くて寂しそうな顔をしているからである。

二人は全員から注目を浴びる中、男に名前と歳を聞かれた。

まず麒麟が答える。

「皆川麒麟です。五歳です」

その名前を聞いた瞬間に噴き出す子がいた。丸刈りの体格がいい子で、見る限りでは一番年上だった。

「何だよキリンって。だっせえなあ」

からかうと三人の男子が笑ったが、あとは皆、無反応だった。

男は丸刈りの子を注意した。

「悠輔《ゆうすけ》、人の名前で笑ってはいけないよ」

そう言った後、今度は利紗に自己紹介させた。

「星野利紗です。五歳です」

利紗は恥ずかしそうに言った。

自己紹介が終わると、男は二人に言った。

「麒麟くん、利紗ちゃん、今日からよろしく。私の名前は熊野《くまの》孝広《たかひろ》。この学校の校長先生だ。校長先生って意味分かるかな。つまり一番偉い先生だ。呼び方は校長先生、熊野先生、どちらでもいいぞ」

麒麟が頷《うなず》くと、熊野は続けた。

「今日からここでみんなと生活しながら一日十時間勉強する」

麒麟は一日十時間と聞いても驚くことはなかった。塾に通っていた頃はそれくらい勉強していたからだ。

「午前中に五時間勉強して、お昼ご飯を食べた後また五時間勉強する。教育科目は、国語、算数、理科、社会、英語、体育、音楽、家庭、美術、技術で、みんな二十歳になるまでここで勉強するんだ。麒麟くんと利紗ちゃんは今五歳だから、十五年間分のカリキュラムが組まれているよ」

熊野の口調は優しいが、麒麟の顔は真っ青となった。

「十五年間も、ここにいるの？」

震えた声で聞いた。怯《おび》える麒麟とは対照的に、熊野は笑みを浮かべて頷いた。

「そうだよ」

背筋が凍り付いた。脳裏に浮かぶ、厚子、秀才、そしてミミが遠くなっていき、やがて消えた。麒麟は首を激しく横に振った。

「十五年間もお母さんとお兄ちゃんと会えないのは嫌だよ。ミミだって、死んじゃうよ！」

「私も嫌！　帰りたい！」

利紗も熊野に必死に訴えた。

熊野は小さく屈むと、麒麟と利紗を交互に見ながら言った。

「なぜここで二十歳になるまで勉強するか分かるかい？　天才になるためだよ。ここはね、普通の学校とは違う。『天才養成学校』なんだ」

「天才養成学校？」

「そうだ。麒麟くんと利紗ちゃんは、なぜここに連れてこられたか分かっているかい？」

麒麟は、自分が悪い子だから厚子に捨てられたことを十分理解しているが、みんなの前でそれは言えなかった。

「君たちだけじゃない。みんなもそうだ。ここにいるみんなは、ジーニアスバンクで生まれたにもかかわらず、お母さんの、いやお父さんがいた子もいるだろう、とにかく、親の期待を裏切ったからなんだよ」

麒麟はジーニアスバンクの名前に強く反応を示した。昨日の夜、厚子もジーニアスバンクと言っていたからだ。

「ジーニアスバンクって、何？」

熊野は迷った末、言った。

「今は知らなくていい。いずれ分かるよ。それよりいいかい」

熊野は再び真剣な顔つきになった。

「ジーニアスバンクで生まれたからには、天才と呼ばれるようにならなければならないんだ。勉強ができないなら、何か一つでもいい、他人よりも優れた才能がなくちゃだめだ」

麒麟は俯《うつむ》きながら、

「才能」

と呟《つぶや》いた。麒麟は、本当の才能の意味を知らない。勉強ができることを天才だと思っており、またそれが才能だと考えていた。

「そうだ、才能。それを教育課程の中で先生が見つけてやる。そして先生がその分野の天才にしてみせる」

「僕には無理だよ。お兄ちゃんのようにはなれないよ」

麒麟がお兄ちゃんと言った瞬間、熊野は眉《まゆ》を上げ、

「お兄ちゃんか」

と呟いた。

「うん」

熊野は顔を上げて言った。

「いや、なれる。麒麟くんだって、お兄ちゃんのような天才に必ずなれるんだ」

熊野は一拍間を置いて、二人に尋ねた。

「二人ともお家《うち》へ帰りたいかい？」

麒麟と利紗は顔を上げ力強く頷いた。

「帰れるよ。お正月とお盆の二回。一時帰宅だけどね」

それを知った麒麟は胸を撫《な》で下ろしたが、

「ただ」

熊野は息を吸い込んでこう言った。

「親が迎えに来てくれればだけどね」

麒麟はその言葉でまた暗くなった。別れる際、せいせいしたようにアパートに戻っていった厚子の姿が脳裏を掠《かす》める。

一時帰宅でも、迎えにきてはくれないかもしれないと思った。

「迎えに来てくれなければ、やはり天才になることだ。親がそれを知れば必ず迎えに来てくれる。そして昔みたいに一緒に生活できるよ」

熊野は熱を込めてそう言うと、二人に笑みを見せた。

「麒麟くん、利紗ちゃん、明日《あした》から一緒に頑張ろうな」

麒麟は今すぐここから抜け出して厚子と秀才、そしてミミに会いたいが、帰り方なんて分からない。もっとも、抜け出せるはずがないし、仮に抜け出しても帰る所はない。

力なく返事した。利紗も諦《あきら》めたように頷いた。

「よし、じゃあこれからみんなで夕飯を作る。二人にはこれからジャージを渡すから、先生についておいで。生活用品もその都度渡していくから、心配しなくていいよ」

熊野は親切に言うと教室を出た。

椅子に座っていた三十人もぞろぞろと教室を出て行く。ほとんどの子が無言のままで、喋《しゃべ》るのは先程麒麟をからかった丸刈りの悠輔と三人の仲間たちであった。

麒麟と利紗は最後まで部屋に残っていた。利紗と顔を見合わせた麒麟は、みんなの後ろをついていく。しかし利紗がまだ部屋に残っていることに気づき、振り向いて手招きした。

「行こう」

すると利紗は頷いて、麒麟の横に並んだのだった。

三十人の子供たちは二階の調理室に向かったが、麒麟と利紗は熊野についていく。熊野は三階にある『倉庫』と書かれた部屋の前で立ち止まると、二人に少し待つよう言った。

倉庫から出てきた熊野はジャージと下着とエプロンを手に持っていた。二人はジャージと下着を渡されるとその場で着替えた。

麒麟は青いジャージで、利紗は赤いジャージである。麒麟は約一年ぶりに新しい服を着たのだった。

「じゃあ調理室へ行って、みんなと一緒にご飯作ろうか」

熊野はそう言って調理室に向かう。二人は後をついていった。

調理室は百平米近くあり、子供たちが授業を受ける部屋よりも多少広い。

キッチンにはさまざまな料理器具が置いてあり、少し離れたところには大きなテーブルが三つある。子供たちはすでにエプロンを身につけており、熊野の指示を待っているようだった。

熊野は手を叩《たた》いて注目を集めると、子供たちにカレーを作るよう指示した。すると子供たちは冷蔵庫の中からカレーの食材を取りだし、無表情ではあるが声をかけながら調理を始めた。皆麒麟と同い年くらいであるが、慣れた手つきである。相当教え込まれているようだった。

麒麟と利紗は、皆が調理している姿を見つめることしかできなかった。

「今日からこうしてみんなで協力しながら生活するんだ。料理だけじゃないぞ、掃除、洗濯、全部自分たちでやるんだ」

熊野はそう言うと、二人にエプロンをかけた。

「二人とも料理はしたことあるかい？」

麒麟はないと答えたが、利紗は少しだけあると答えた。

「料理なんて簡単だ。二人ともこっちへきなさい」

キッチンの前に立たされると、熊野から野菜の皮を剝《む》く道具を渡された。

「少しずつ覚えていこう。今日はジャガイモとニンジンの皮を剝くんだ」

二人は熊野に道具の使い方を教わると、ジャガイモとニンジンの皮を剝いていく。

「そうそう上手だ。慌てなくていいから丁寧にな」

麒麟はいつしか作業に集中していた。ジャガイモを一つ剝き終えると、横で見守っていた熊野が耳元で言った。

「麒麟くん、あの子を見てみなさい」

熊野が指さしたのは六、七歳の女の子で、まな板にあるニンジンを包丁で素早く切っている。

「あの子はね、勉強はまったくできないが、料理はとても上手なんだ。先生は将来あの子をコックさんにしようと考えているよ。さらに上達したら個別に先生をつけて才能を伸ばしてあげるんだ」

熊野は目を輝かせながら言った。

料理が出来上がると、皆は皿を持ち、順番に盛りつけていく。麒麟もご飯を皿に盛り、その上に具がたくさん入ったルーをかけた。

どこに座ろうか迷っていると、熊野が隣に来るよう言った。熊野の右隣には利紗がいた。

全員が席に着くと熊野がいただきますと号令をかけた。子供たちはスプーンを手に取り黙々と食べる。喋っているのは丸刈りの悠輔とその仲間たちだけだった。

スプーンを手に持ちカレーを一口食べる。まともな食事をとるのも約一年ぶりだが、喜ぶことができなかった。

カレーを食べた瞬間にミミのことが頭に浮かんだのである。公園でお腹を空《す》かせているであろうミミのことを考えたら、申し訳ない気持ちでいっぱいになった。

「美味《おい》しいかい？」

麒麟は熊野の質問には答えず、二口目を食べたのだった。

全員がカレーを食べ終えると、熊野はごちそうさまでしたと大きな声で言った。皆囁《ささや》くような声でごちそうさまでしたと言い、各々食器洗いを始めた。

麒麟も立ち上がったその時、熊野が麒麟の長い髪の毛を見ながら言った。

「この後お風呂《ふろ》に入るんだが、その前に先生が麒麟くんの髪の毛を切ってあげよう。そんなに長いと気持ち悪いだろう」

ずっと長い髪の毛が邪魔だと思っていたが、犬小屋で生活をしていたから切ることができなかったのだ。麒麟は小さく頷《うなず》いた。

「先生がみんなの髪の毛を切ってるんだぞ。意外とうまいんだ」

熊野は得意気にそう言ったのだった。


食器の片付けを終えると、麒麟は熊野に最上階である四階に連れて行かれた。熊野は『校長室』と書かれた部屋に入る。麒麟は校長室の前にある手洗い場で待たされた。

校長室から出てきた熊野は散髪道具と椅子を手に持っており、流し台の前に椅子を置くと、

「座りなさい」

と優しく言った。椅子に座ると、熊野はいろんな角度から麒麟を見る。どういう風に切ろうか想像を膨らませているようだった。

「麒麟くんは直毛だから、真ん中分けが一番似合うかもしれないね」

熊野はそう言いながら、髪の毛に触れる。髪は細くパサパサで、まったく栄養が行き渡っていない。次いで熊野は改めて麒麟の痩《や》せ細った身体を見た。

「今まで、ご飯すら満足に食べさせてもらってなかったんだね」

熊野は気の毒そうに言った。

「ずっと犬小屋で生活していたから」

麒麟が俯《うつむ》きながらそう言うと、熊野は悲しげな表情になった。

「犬小屋……」

「僕が悪いんだ。中学一年生の問題ができなくなってしまったから」

「中学一年って、麒麟くんはまだ五歳じゃないか」

「お兄ちゃんはもう大学生の勉強をしているんだよ」

「しかし、たったそれだけで犬小屋に放り込むなんて」

「お母さんは悪くないよ。お母さんは本当はすごく優しいんだ。僕が悪い子だからいけないんだ」

「麒麟くんはいい子じゃないか」

麒麟は首を横に振った。

「悪い子だよ。勉強はできないし、お母さんとの約束を破って外に出るし、お母さんが嫌がっているのに、お父さんの話をするし」

熊野は不憫《ふびん》そうに言った。

「お父さんのことを知りたいんだね」

麒麟は頷いた。

「でも今はいい。今はお母さんとお兄ちゃんとミミに会いたい」

「さっきもミミって言ってたね。ペットの名前だろう？　犬かい？　猫かい？」

「犬だよ。今家の近くの公園に住んでるんだ。きっと今頃お腹を空かせてるよ。僕が行ってあげないと死んじゃうよ」

「そうか、公園で飼っていたんだね」

「大切な友達なんだ」

熊野は麒麟の肩に手を置いて言った。

「大丈夫さ。犬は人間と違って一人でも生きていける。麒麟くんがいなくても自分で餌を見つけて強く生きていくさ」

「でも」

麒麟はそれでも心配で、目に涙を浮かべた。その涙を見た熊野は仕方ないというように、

「そこまで心配なら、先生の友達にペットショップを経営している人がいるから、預かってもらうよう頼んであげようか」

麒麟は顔を上げ、嬉《うれ》しそうに言った。

「本当に？」

「ああ本当さ」

熊野の言葉に胸を撫《な》で下ろした。

「よかった、新しい飼い主さんが見つかって」

麒麟はそう言った後、ミミを頭の中に浮かべ、良かったねミミ、新しい飼い主さんと幸せに暮らすんだよ、と言ったのだった。

熊野はミミがいる桜台公園の詳しい場所を聞くと、ようやく麒麟の髪の毛にハサミを通した。

麒麟は目を瞑《つぶ》りながら、熊野に言われた通りの方向を向く。

「ところで麒麟くんは何が得意だ？」

「得意なもの？　わからない、今まで勉強ばかりしてきたから」

「そうか、じゃあこれから麒麟くんの才能を見つけていこう。そしてその能力を伸ばし、天才になるんだ」

熊野は将来を期待した言い方をするが、麒麟には自信がなかった。

「本当に僕なんかが天才になれるのかな」

「なれるさ。自分が気づいていないだけで、麒麟くんにも必ず何か才能がある！」

麒麟は首を傾げた。

「そうかな」

「お母さんとお兄ちゃんが大好きなんだろ？　また二人と一緒に暮らしたいんだろ

う？」

「うん！」

麒麟は目を輝かせ、力強く頷いた。

「先《さっき》も言ったが、それなら天才になるしかないんだ。麒麟くんが幸せになるには、もうそれしか道がない」

「天才……」

「天才になれば、お母さんとお兄ちゃん、それにミミとだって一緒に暮らせるぞ」

「本当に？」

「本当さ。だから必ず天才になるんだ」

熊野はそう言い聞かすと、麒麟の頭をいろんな角度から確認する。熊野は満足そうに頷いた。

「よし終わった、かっこよくなったぞ」

麒麟は自分の頭を触ると熊野に言った。

「先生、どうもありがとう」

熊野は嬉しそうに頷いた。

「よし、じゃあこれからお風呂に入ろうか。ついてきなさい」

風呂場《ふろば》は地下一階にあった。扉を開けると広い脱衣場があり、浴場は男女に分かれている。

熊野はフェイスタオルとバスタオルが入ったカゴを麒麟に渡した。

「使ったタオルはまたこのカゴに入れて、汚れたら自分で洗濯するんだ。洗濯する場所はお風呂を出た後に教えるから」

熊野はそう言った後、女子の浴場を見て呟《つぶや》いた。

「ところで利紗ちゃんはどうしただろう。みんなと部屋にいるのかな」

麒麟はどうしたらいいのか分からず、熊野を眺める。熊野はジャージを脱いで風呂に入るよう促した。ジャージと下着を脱ぎ、衣類をカゴに入れる。

「入ってきなさい」

麒麟は小さく返事して熊野に背を向けた。

その瞬間、熊野の動きが止まった。

「麒麟くん……」

振り向き、熊野の顔を見た。熊野は明らかに驚いているが、

「いや、何でもない。先生は利紗ちゃんを探しに行ってくる。麒麟くんが出る頃にまた戻ってくるから」

そう言って脱衣場を出て行った。

どうしたんだろうと思いながら、浴場の扉を開けた。

浴場は古びているがとても広く、洗い場の奥に子供が一度に二十人は入れるタイル張りの大浴槽がある。

浴槽には丸刈りの悠輔と三人の仲間がいた。

「おいみんな、キリンがきたぞ」

悠輔はからかうように言った。

麒麟は下を向きながら浴槽に入った。

その時、麒麟の背中を見た悠輔が気味悪そうに言った。

「なんだよこいつの背中、変なシミがたくさんあるぞ。本当にキリンみたいじゃねえか」

悠輔の言葉にギョッとした。急いで浴槽から出て鏡で背中を確認した。

背中には、昔消したはずのシミがなぜか再び浮かび上がっている。

シミを見た瞬間、昔できたシミが脳裏に蘇《よみがえ》る。位置や形や大きさ、すべて同じような気がした。

再び浮かび上がってきたキリンのようなシミに麒麟は青ざめた。

このシミができた途端、幸せだった生活が一転狂いだしたからだ。

もしかしてまた何かが起こるのではないか。

恐怖が湧き上がるが、それ以上に悪い予感が麒麟を震え上がらせた。

麒麟が風呂から上がると、ちょうど熊野が脱衣場に戻ってきた。身体を拭《ふ》きジャージに着替えた後、熊野に洗濯機の使い方等を教えてもらった。だが、背中に再びできたシミのことが頭から離れず、熊野の言葉はほとんど耳に入っていなかった。

「麒麟くん、それじゃあみんなのいる部屋に行こうか」

熊野はそう言って階段を上がっていく。麒麟は上の空で熊野の後をついていった。

熊野は二階の廊下を歩いて行く。そして一番奥の部屋の扉を開けた。

中は広い和室で、部屋中に布団が敷いてある。皆その上で絵本を読んだり、動物図鑑を見たり、パズルをしたり、将棋をさしたり、塗り絵で遊んだりしている。

悠輔と三人の仲間は、部屋に一つしかないテレビを占領している。利紗は布団の上で小説を読んでいた。

麒麟は熊野に呼ばれると顔を上げた。

熊野は最初に専用ロッカーの場所を教えてくれた。番号は三十一で、麒麟は手に持っていたカゴを中にしまった。

熊野は次に押し入れに歩を進め、この中に布団があるから自分で敷きなさい、と言った。麒麟は返事して押し入れの下段から布団を取り出す。敷く場所を探していると、熊野は利紗の隣を指さした。そこが一番スペースに余裕があったからだ。

利紗の隣に布団を敷く。女の子と一緒に寝るのは今日が初めてだから、少し恥ずかしい気持ちになった。

熊野は布団を綺麗《きれい》に敷いた麒麟を褒めた。

「上手に敷けたな。偉いぞ。十時になったら電気が消えるから、それまでは自由にしていていいぞ」

部屋の時計を見た。時刻は間もなく九時半になろうとしている。

次に、部屋の隅にある本棚を見た。中には小説や絵本や図鑑がずらりと並んでいる。その横にある棚には、将棋やオセロやトランプ、その他にもたくさん種類があるが、どれも頭を使うゲームの道具ばかりだった。

熊野に視線を戻すと、熊野は明日《あした》一日の流れを告げた。

「朝は五時四十五分に起きて、その後調理室で朝食を作り、七時から勉強開始だ。いいね？」

「はい」

熊野は笑顔で頷《うなず》くと、今度は隣で小説を読む利紗に言った。

「利紗ちゃんは小説が好きなのかい？」

利紗は熊野を一瞥《いちべつ》し、はい、と返事した。

「そうか、ならたくさん読みなさい。利紗ちゃんには小説家の才能があるかもしれない」

「はい」

熊野は声の調子を変えて聞いた。

「ところで利紗ちゃん、本当にお風呂に入らなくていいのかい？」

利紗はその質問にはただ頷くだけだった。

「わかった。じゃあ明日入ろうな」

利紗はやはり何も答えなかった。

熊野はふと時計を見ると、麒麟と利紗に言った。

「今日は二人とも疲れたろう。ぐっすり休みなさい。それじゃあお休み」

麒麟がお休みなさいと言うと、熊野は部屋を出て行った。

その直後、背後に気配を感じた。振り返ると、悠輔と三人の仲間が立っていた。

悠輔たちは冷笑を浮かべている。

「なあに？」

怯《おび》えながら尋ねた。すると悠輔がみんなに向かってこう言ったのだ。

「みんな、こいつの背中にはキリンのような変なシミがあるんだぜ。見たい奴はこいよ」

全員興味なさそうな表情だが、こちらに視線を向けている。麒麟は何も言い返せず顔を伏せた。

「おいキリン、お前の首は長くならねえのか？」

悠輔の言葉に仲間たちはへらへらと笑った。

「なあキリン、さっきのシミもう一度見せてくれよ」

悠輔はそう言って麒麟に手を伸ばした。

その時である。

「やめなよ！」

隣で見ていた利紗が声を張り上げた。ずっとおとなしかった利紗が突然大声を出したものだから麒麟は驚いた。

「何だよ、女のくせに俺に文句があるのかよ」

利紗は悠輔を睨《にら》みながら言った。

「人が気にしていることを言っちゃだめなんだよ」

「うるせえ、お前には関係ないだろ！」

悠輔がそう怒鳴った時、仲間の一人が利紗の左手を指さして言った。

「なあ悠ちゃん、こいつさっきからずっと左手に手袋してるよ。なんか変じゃない？」

利紗は顔色を変えて左手を後ろに隠す。

「おい、左手見せてみろよ」

悠輔が低い声で言った。利紗は首を横に振る。

「見せろって言ってるんだ！」

悠輔が目で合図を出すと、仲間たちは利紗の身体をおさえつけた。

悠輔は暴れる利紗の左手を摑《つか》み、強引に手袋を取った。

そして利紗の左手を見た瞬間、気味悪そうな顔をして、こいつの手、プラスチックでできてやがる、と叫んだ。

利紗は義手であることが皆にばれると、何も言い返せず俯《うつむ》いてしまった。

「お前が風《ふ》呂《ろ》に入りたがらない理由がわかったぜ。その変な手を見られたくないからだな」

悠輔にそう言われると、利紗の肩が震え出した。麒麟は最初怒っているのかなと思ったが、利紗は泣いていた。悠輔は利紗が泣いていることを知ると舌打ちして、こう言った。

「おいキリン、お前やそいつ、それに他の奴らもそうだ。ここには変な身体してたり、頭が悪い奴らばかりいるけど何でか分かるか？　それはな、ここにいる奴全員ジーニアスバンクで作られたからだよ。お前さっきジーニアスバンクのこと知りたがってたよな。俺の母ちゃん言ってたぜ、ジーニアスバンクで作られた俺を買ったんだって。でも俺はお前らとは違うぜ。絶対違う！」

最後は自分に言い聞かせているような感じだった。

「作られたってどういうこと？」

麒麟は異常に興奮する悠輔に尋ねた。すると悠輔は、

「知るかよ」

と言って自分の布団に戻っていった。

「悠ちゃん、待ってよお」

仲間たちが声をかけるが、悠輔は振り返りもしなかった。

麒麟は悠輔の背中を見ながら、今度は呟《つぶや》くようにして言った。

「作られたって、どういうことだろう？」

「利紗ちゃん、大丈夫？」

麒麟はしくしくと泣く利紗に声をかけた。利紗は義手に手袋をはめると麒麟を一瞥して、

「私がこんな手しているから怖くなったでしょ？」

「ううん、全然怖くないよ。何で怖いの？」

そう言うと、利紗は意外そうな目で麒麟を見た。

「本当に怖くないの？」

麒麟は笑顔で頷いた。

「本当だよ」

慰めるためではなく本心であった。

「そう言ってくれるのは麒麟くんが初めて。ありがとう」

「僕だってキリンみたいなシミがあるんだ」

利紗はふふふと笑った。

「可愛いね」

麒麟は複雑な気持ちになった。

「可愛くないよ。お母さんはシミをすごく嫌ってたし」

そう言うと、利紗は再び暗い顔になった。

「私のお母さんもね、この手をすごく嫌ってた。あと、私が勉強できないことも嫌ってた」

自分の話を聞いているみたいだった。

「僕と似ているね。僕も勉強ができないからお母さんに嫌われちゃったんだ」

「ねえねえ、利紗ちゃんにはお父さんいる？」

「ううん、いない」

「僕にもいないんだ。他の子たちもいないのかなあ。どうして僕たちにはお父さんがいないんだろう」

利紗は首を傾げた。

「わからない」

「僕のお母さんもジーニアスバンクって言ってたけど、よくわからないや」

それからしばらく沈黙が続いた。会話が途切れると、脳裏には厚子と秀才とミミの姿が浮かぶ。

「ねえ、麒麟くん」

利紗が沈黙を破った刹那《せつな》、部屋の明かりとテレビの電源が落ちた。どうやら十時になったらしい。

「なあに？」

聞き返すと暗闇から声が返ってきた。

「私、家に帰りたい」

利紗も家族のことを考えていたのだった。

「僕も家に帰りたいよ。今頃お母さんとお兄ちゃんとミミはどうしているかなあ」

厚子と秀才、そしてミミと再会した映像を頭に浮かべる。

「会いたいなあ」

そう呟いた時、肝心なことに気づいた。

「ねえねえ利紗ちゃん、今日って十一月の何日だっけ」

「今日は多分十日よ」

麒麟は十一日でないことに安堵《あんど》した。

「そっかあ、十日かあ」

「どうしたの？」

「明日《あした》はお兄ちゃんの十歳の誕生日なんだ。今年こそ一緒にお祝いしたいって思ってたのに……」

秀才は今何を考えているのだろう。きっと勉強のことばかり考えているんだろうけど、頭の片隅に僕がいてくれたらいいなあと思った。

消灯してからもしばらくは床には就かず、小さく座りながら厚子や秀才やミミの姿を思い浮かべていたが、疲れていたのだろう、横になった途端眠りに落ちた。

目が覚めると施設内にはベルが鳴り響いていて、時計を見るともう五時四十五分を回っていた。

「おはよう、麒麟くん」

利紗はすでに布団を畳んでいる。部屋を見渡すと、ほとんどの子が起床していて布団を片付けていた。

麒麟は急いで布団を畳み、それを押し入れにしまうと、皆と一緒に調理室へ向かった。

調理室にはすでに熊野がいて、早速子供たちに朝食を作るよう告げた。この日の朝は、米に焼き魚に味噌汁《みそしる》といったシンプルな献立だった。

皆は熊野の指示を理解してすぐに動くが、まだ不慣れな麒麟と利紗は皆の動きにはついていけず、突っ立っていた。すると熊野に呼ばれ、米の炊き方を教えると言われた。

熊野の手本を見ながら一緒に米を研ぐ。しかし二人とも米をこぼしてしまったり、水を注ぎすぎてしまったりと、熊野のように上手《うま》く研ぐことができない。麒麟は首を傾げ、難しいなあと言った。すると熊野は、少しずつ上手くなっていく、昼と夜も一緒に練習しようと優しい口調で言った。

朝食が出来上がると、各々ご飯を装《よそ》いテーブルの前に座る。麒麟と利紗は昨晩と同様、熊野の横に座った。

全員が席に着くと熊野が号令をかけた。しかし誰もいただきますとは言わず、黙々と食事を摂《と》る。食事を終えた子は食器を洗い、片付けをすると調理室から出て行った。

「これから勉強するの？」

熊野に尋ねた。

「そうだよ。一、二時間目は算数だ。麒麟くんと利紗ちゃんは算数は得意かな？」

麒麟は悩むような仕草を見せるが、利紗ははっきりと首を横に振った。

「大丈夫さ、すぐにできるようになるから。さあ二人ともそろそろ授業が始まるぞ。後片付けして二階に行こう」

麒麟と利紗は熊野について二階におり、昨日皆が勉強していた大部屋に入った。二人の机はすでに用意されていて、熊野に言われた場所に座る。麒麟は一番後ろの窓際で、利紗はその前だった。机の中を見ると教科書がたくさん入っていて、すべて小学一年生レベルのものだった。

麒麟は教科書をしまうと後ろを振り返った。部屋の一番後ろでは熊野が腕を組んで皆の様子を見守っている。どうやら授業を見学するようだった。

部屋の時計が七時になると同時にチャイムが鳴り、間もなく算数の教師がやってきた。昨日算数の教科書を持ってこの部屋から出てきた若い女性である。若い教師は二

人の顔を見るとにっこりと微笑み、

「皆川麒麟くんと星野利紗ちゃんね。先生の名前は尾上美代子《おのうえみよこ》って言います。今日からよろしくね」

少し緊張しながら、はい、と返事した。算数に自信のない利紗は俯《うつむ》いたままだった。

「二人は、足し算と引き算は分かるかな?」

麒麟は一応頷《うなず》いたが、利紗は先と同じようにはっきりとできないと言った。

「大丈夫、基礎からやっていけば算数なんて怖くないから」

尾上はそう言って勇気づけるが、利紗は返事をしなかった。

「では算数の授業を始めます。よろしくお願いします」

尾上が挨拶《あいさつ》しても子供たちは無言だった。部屋の後ろに立っている熊野だけが挨拶をした。

尾上は最初全員に教科書を開かせ、昨日の授業のお浚《さら》いから始めた。内容は三桁《けた》の足し算と引き算である。

尾上は三十二人の生徒に熱心に教える。しかし理解しているのはほんの数名で、ほとんどの子が頭を悩ませている様子である。それを見かねた熊野が各々に教えに行く。だが皆覚えが悪く、首を傾げる子ばかりだ。悠輔と三人の仲間も問題が解けず、終《しま》いには授業とは関係のない話を始めた。

授業を開始して三十分が過ぎた頃、尾上は全員に問題用紙を配り、できた子は手を挙げてくださいと言った。

麒麟は利紗から問題用紙を受け取ると、ずらりと並んだ問題を見る。最初から最後まで三桁の足し算と引き算だった。

全員に問題用紙が渡ると、尾上は利紗の側へ行き、基礎から教え始める。

その直後、麒麟が手を挙げた。あまりの速さに皆が驚いた視線を向ける。

「麒麟くん、もうできたの？」

うんと返事する。尾上は問題用紙を手に取り確認した。

「どうですか？」

熊野が尾上に歩み寄り、尋ねた。すると尾上は顔を上げ、興奮気味に言った。

「すごいわ、全問正解している」

熊野は満足そうに頷き、麒麟の肩を叩《たた》きながら言った。

「すごいじゃないか、始まって三分も経ってないぞ。それなのに全問正解だなんて！」

熊野に褒められても麒麟は嬉《うれ》しそうな表情を見せなかった。

「昨日も言ったでしょ。小学生の問題は完璧《かんぺき》にできるんだ。でも中学生の問題になると全然できなくなっちゃう。だから僕はお母さんとお兄ちゃんに嫌われてしまったんだ」

その言葉に熊野と尾上は顔を見合わせ、気の毒そうに麒麟を見つめたのだった。

12

夕陽で紅《あか》く染まる多摩川沿いを、秀才は参考書を片手に歩く。

今日は日曜日で、そのうえ秀才の十回目の誕生日だが、朝から塾へ行き、塾が終わってもこうして参考書を読んでいる。

前方では同じクラスの子供たちが野球をしているが、秀才は見向きもしない。秀才が通り過ぎると一人の子が気づいて、

「ガリ勉くん、今日もお勉強ですか？」

嫌みを言ってきたが、秀才は聞こえていないかのように歩いて行く。

「お勉強がそんなに楽しいのかね！　毎日一人で可哀想だな！」

秀才はいくら侮辱されても相手にしなかった。

「おい無視すんなよ、生意気なんだよ！　これでもくらいやがれ！」

後ろから背中にボールを当てられたが、それでも振り向くことすらしなかった。

同じクラスの子供たちは、何をやっても無反応な秀才に飽きて野球を再開した。

賑《にぎ》やかな声を背に、土手をのぼって市道に向かって歩いて行く。すると後ろからクラクションが聞こえた。

「秀才くん」

生き生きとした男の声がした。秀才は立ち止まるが、振り返りはしない。

横に黒塗りのセンチュリーが停まり、中から鳥居篤郎と秘書の野口美香子がおりてきた。

鳥居は秀才の目線まで屈《かが》むと肩に両手を置き、

「久しぶりだね。おじさんのこと覚えているかね？」

心底嬉しそうに言った。鳥居と会うのはテレビ収録以来である。

秀才は無表情のまま頷いた。

「そうか、覚えてくれているか。おじさん嬉しいよ」

秀才は鳥居をじっと見据える。鳥居は秀才の参考書を見ると、目を輝かせて言った。

「素晴らしい。小学生で大学の参考書を読むとは！　秀才くんは日本の宝だ！」

どんなに褒められても秀才は表情一つ変えなかった。鳥居は興奮をおさえると、声の調子を変えて言った。

「ところで、今日は秀才くんの十歳の誕生日だろう？」

秀才の眉《まゆ》がピクリと動いた。

「なぜ分かるって？　おじさんはね、優秀な子が大好きなんだ。優秀な子の誕生日はすべて分かるのさ！」

鳥居は続けて言った。

「どうだい秀才くん、これから私の家にこないかね？　すぐそこなんだよ」

秀才は何も答えない。鳥居はさらに説得した。

「一時間くらいは大丈夫だろう？　秀才くんの誕生日をお祝いしたいのさ。帰りは送らせるから、何も心配はいらないよ。どうかな？」

秀才に熱い視線を向ける。秀才はしばらく反応を見せなかったが、後部座席のドアを開けると乗り込んだ。

鳥居は満足そうに頷くと、野口美香子に言った。

「近くのケーキ屋で、とびきり大きなケーキを買っていこう！」

鳥居邸は成城の一等地にあり、敷地面積三百坪、延べ床面積二百十坪の豪邸であった。

車は洋風の門をくぐり、車寄せで停車した。運転手はまず鳥居が座っている方のドアを開け、次に秀才が座っている方のドアを開けた。

「さあさあ、おいで」

秀才は鳥居の後をついていく。その後ろを歩く野口美香子は大きな箱を抱えていた。

鳥居は玄関扉を開けると、秀才を招き入れた。玄関床は大理石が張られており、天井には豪華なシャンデリアが垂れている。廊下には白薩摩《さつま》の壺《つぼ》と姿見が置かれ、壁には油絵がかけられている。

五十平米もあるリビングは吹き抜けで全面大理石。家具はすべて外国製の高級品である。

鳥居は秀才をソファに座らせると、野口にジュースを何本も持ってくるよう命じた。野口は冷蔵庫の中から色々なジュースを運びテーブルに並べた。

「秀才くん、何を飲むかね？」

秀才はジュースではなく、最初からテーブルにあったミネラルウォーターを指さした。期待とは違う答えだったが、鳥居は秀才を褒めた。

「さすが秀才くんだ、ジュースは身体によくないからな」

そう言った後、野口にミネラルウォーターを注ぐよう指示した。しかし秀才は自分で注ぎ、何も言わずに飲み干した。

鳥居は秀才のマイペースぶりに愉快そうに笑うと、シャンパンと途中で買ったケーキを野口に用意させた。野口は鳥居にシャンパンを注ぐと、大きなケーキに蠟燭《ろうそく》を十本立て火をつけた。

お祝いの準備ができると、鳥居は秀才の横に座り、顔を近づけて言った。

「急だったからケーキしか用意できなかったが許してくれ」

秀才はゆらゆらと揺れる蠟燭の火を眺めている。

「では秀才くん、今日は十歳の誕生日おめでとう。さあ火を吹き消してくれ」

秀才は息を吸い込むと、一息ですべての火を消した。火が消えると鳥居と野口は拍手して、右手に持っていたシャンパンを飲んだ。

鳥居は一杯で頰を赤らめ、さらに機嫌がよくなった。

「しかし今日は本当にいい日だ。天才的頭脳を持つ秀才くんに再会できて、しかも誕生日までお祝いできたのだからね。こんなに嬉しいことはないよ。さあさあ、ケーキを食べてくれ」

その後も鳥居は一人で熱い想いを語るが、酒が回ってきた鳥居はふと秀才の横に、昨日成戸島《なるとじま》の天才養成学校に送られた麒麟の姿を見た。

ジーニアスバンクを設立して早十年以上が経ち、この十年で優秀な遺伝子を受け継いで生まれてきた子供たちは千二百人を超えた。鳥居はそのすべての子供の頭脳が優秀であり、また豊かな才能を持っていると思い込んでいた。

しかしそうではなかった。一部の子供たちはいわば『失敗児』であり、その母親たちからクレームが殺到したのである。鳥居は、それは精子のせいではなく母親の遺伝子に問題があると確信しているが、とにかく『失敗児』が生まれているのは事実で、その事実が公になれば、天才が生まれてくることを謳《うた》っているジーニアスバンクが存続の危機に立たされるのは明白である。そうなるのを恐れた鳥居は、親を納得させるために『天才養成学校』という名の施設を作ることを思いついたのである。

成戸島の天才養成学校はかつて陸軍の研究施設で、建物面積が二万五千坪、学校を作るには大きすぎる施設だった。しかし鳥居は今後も『失敗児』が生まれてくることを想定し、すべての『失敗児』が入校できるよう巨大施設を買い取ってリフォームし、次々と『失敗児』を入校させたのだ。

しかし天才養成学校とは名ばかりで、鳥居は『失敗児』が天才になるとは思っていない。つまり『失敗児』の隠蔽《いんぺい》が真の目的であった。それゆえ『失敗児』を無償で引き取り、世間に口外しないという同意書にサインさせるのである。

天才養成学校を開校させるために鳥居は巨額の財産を失ったが、金のことなどどうでもよかった。それよりこの先もたくさん天才を作ることの方が『優生学』を信奉する鳥居にとっては大事であった。

それにしても、と鳥居は麒麟を思い浮かべながら思う。

まさかノーベル化学賞を受賞した青山卓治の遺伝子を受け継いだ麒麟が『失敗児』だったとは。

残念であるがそれ以上に、青山の遺伝子を受精したにもかかわらず『失敗児』を産んだ厚子に憤りの念を抱いた。

長年苦労してやっと手に入れたノーベル賞受賞者の精子だったのに……。

鳥居はケーキを黙々と食べる秀才を一瞥《いちべつ》した。麒麟と別れたばかりなのに一切悲しそうな感じではない。

鳥居には秀才が何を考えているのかまったく予測がつかなかった。

二杯目のシャンパンを飲み干すと秀才に言った。

「秀才くん、ところで何か欲しい物はないかね？　おじさんが何でもプレゼントしてあげよう」

すると秀才は動きを止め、抑揚のない声でこう言ったのである。

「家の近くの桜台公園に白い犬がいます。麒麟が可愛がっていた犬です。その犬を飼ってくれる人を探してもらえますか」

鳥居は意外そうな目で秀才を見た。

「犬、かい？」

聞き返しても、秀才は返事をしなかった。手元の方に視線を置いたままだ。

鳥居は秀才の言動に戸惑うが、笑顔で頷《うなず》いた。

「分かった、おじさんに任せなさい。すぐに飼い主を見つけよう」

そう返事しても秀才はお礼を言わず、再びケーキを食べ出した。

鳥居は満面の笑みで秀才を見つめるが、内心では秀才の考えていることがますます分からなくなったという想いがあった。

麒麟がいなくなっても悲しそうな表情は一切見せないのに、麒麟が飼っていた犬を急に心配する。つまりは麒麟のことを考えているということだが、麒麟に対して愛情があるとは思えない。

それは麒麟に対してだけではない。厚子に対してもそうだ。テレビ番組の収録の際、鳥居はそれを感じたのだった。

しかし鳥居はその想いとは逆に、秀才のご機嫌を取るように言ったのだった。

「秀才くんはとても心が優しい子なんだねえ」


天才養成学校は間もなくこの日最後の授業、美術の時間が始まろうとしている。
一、二時間目の算数の授業で驚異的な計算の速さを見せた麒麟はその後、音楽、理科、体育を二時間ずつ受け、まったく経験のない体育と音楽の能力は皆よりも劣っていたが、主要五科目である理科では圧倒的な差をつけ、算数の時と同様、熊野や教科担任を驚かせた。
九時間目開始のチャイムが鳴ると、皆机の中から画用紙と色鉛筆セットを取りだした。今日初めて美術の授業を受ける麒麟と利紗の机の中には道具はなく、麒麟はふと隣に座る男子の画用紙を見た。さまざまな色鉛筆が使われているが、絵は滅茶苦茶《めちゃくちゃ》で、これはいったい何だろうと首を傾げた。

間もなく部屋の扉が開き、熊野と美術の教師がやってきた。美術の教師は中年の女性でぽっちゃりとした体形である。髪はショートで、まん丸の目と赤い頰が特徴的だった。

麒麟と利紗を見るとにっこりと微笑んで、

「初めまして麒麟くん、利紗ちゃん、先生の名前は井上公子《いのうえきみこ》と言います。二人は絵は得意かしら?」

麒麟は答えられなかった。なぜなら今まで絵なんて描いたことがないからだ。保育園で皆が絵を描いている時も、厚子との約束を守って一人勉強をしていたのだ。

一方の利紗は首を横に振る。利紗は全部の教科が苦手と言っていた。

「そっか、じゃあ先生が上手に描けるようにしてあげるわ」

井上はそう言うと、今度は皆に身体を向けて言った。

「みんなはこの前の続きを描いてちょうだいね」

井上が指示すると皆一斉に絵を描き始める。麒麟は皆が何を描いているのか気になったが、聞く勇気がなかった。

どうしたらいいのか迷っていると、井上が画用紙と色鉛筆セットを持ってやってきた。

「麒麟くん、利紗ちゃん、はいどうぞ。二人は今日からだから、次の課題まではみんなと違う絵を描きましょうね。何がいいかしらね」

井上は教卓にある一輪の赤い花に目をつけた。二人はまだ五歳だからシンプルで簡単な絵がいいと考えたのだ。

「じゃあ、あの花を描いてみましょうか。できたら教えてちょうだいね」

麒麟は色鉛筆セットの蓋《ふた》を開けた。すると部屋の後ろで授業の様子を見守る熊野がやってきて、

「麒麟くん、ミミのことなんだけどね。さっき先生の友達が桜台公園に行ってくれたんだけど」

「ミミは元気にしてた？」

期待を込めて聞いた。すると熊野は一つ間を置いて、明るい声で言った。

「ああ、とても元気にしてたって！」

「よかったあ、先生ありがとう」

ホッと息を吐き、元気な声でお礼を言った。

「今ミミはペットショップでたくさんご飯を食べているって」

熊野は笑顔でそう告げた。麒麟は夜空にミミを思い浮かべ、

「優しい飼い主さんで良かったね、ミミ」

「これで安心だな。さあ花の絵を描いてみなさい」

熊野の言葉に頷き、赤い色鉛筆を手に取った。

生まれて初めて絵を描くので、最初は戸惑いと緊張でなかなか描き出すことができなかったが、目に映っている赤い花をそのまま描いてみようと描き出したらすらすらと鉛筆が進み、いつしか描くことに夢中になっていた。

あっという間に九時間目が終わり、授業は最終の十時間目に入る。麒麟は依然時間を忘れて絵に没頭している。

描き終えたのは授業が終わる三十分前だった。麒麟はできたと手を挙げた。皆の絵を見て回っていた熊野と井上が麒麟の元へ向かう。

最初に絵を見たのは熊野の方だった。

「どれどれ、上手に描けたかな？」

熊野は机に置いてある画用紙を見た瞬間、生唾《なまつば》をゴクリと飲み込んだ。

なぜなら画用紙には、とても五歳の子供が描いたとは思えないほど綺麗《きれい》な花が描かれていたからである。

驚きのあまり固まっていた熊野であるが、井上が隣に来るとようやく画用紙を手に取った。

熊野は麒麟が描いた絵と、教卓にある白い一輪挿しに飾られた赤い花とを見比べる。五枚の赤い花びら、花柱、茎、花瓶が繊細に描かれ、色も巧《うま》く使い分けられている。それだけでも十分素晴らしいが、熊野をさらに驚かせたのは、教卓や黒板や時計、それに時間割や他の子供たち等、周りの風景まで描かれていたことである。一時間半という短い時間で、赤い花を中心に、目に映る風景をも描いており、しかも描写が巧い。

「素晴らしいわ」

井上が驚嘆した。感動と驚きでその声は震えていた。熊野はあまりの興奮で言葉が浮かばず、ただ頷くことしかできない。主要五教科の能力は皆よりも断然優れていたが、それ以外の教科では皆よりも劣っていたので、正直麒麟に絵の才能があるとは思っていなかったのである。

「麒麟くんは絵を習っていたのかい？」

「ううん、習ってないよ」

「じゃあ前から絵を描くのが好きだったんだね」

その質問にも首を振った。

「漫画は好きだけど、絵は描いたことない。今日が初めてだよ」

「初めて？　まさか」

井上が信じられないというように呟《つぶや》いた。

「本当だよ。保育園でみんながお絵描きしている時も僕は勉強してたもん。お母さんとの約束だからさ」

その言葉に井上は愕然《がくぜん》とした。

「信じられないわ。初めてでこんな上手に描くだなんて。しかも色鉛筆で」

熊野は井上を遮るように言った。

「この子は天才だ！　これが初めて描いた絵だなんて信じられん」

そう呟いた後、画用紙を見ながら井上に尋ねた。

「井上先生から見てどうですか。麒麟くんの素質」

「まだ五歳でしょ。しかも今日が初めてなのに。相当センスがあると思いますよ」

井上の返答に熊野は満足そうに頷《うなず》く。

麒麟は二人の様子に首を傾げた。

「ねえ、どうしてそんなに驚いているの？」

麒麟は自分が描いた絵が巧いとは思っていない。ただ目に映る赤い花と周りの風景を描いただけだった。

「当たり前じゃないか、麒麟くんの絵がとても上手だからだよ」

熊野にそう言われても分からなかった。確かに他の子たちと比べると巧いかもしれないけど、そこまで驚くことなのかなあ、と思っていた。

「井上先生」

熊野は急に真剣な調子で言った。

「明日《あした》から麒麟くんの個別指導をお願いできますか。私はこの絵を見て決めたんです。麒麟くんに本格的指導をし技術を向上させ、将来絵描きにすることを」

井上は迷わず了解した。

「わかりました」

熊野は頷くと、今度は麒麟に視線を向けた。

「麒麟くん」

「なあに？」

「君は明日から違う教室で絵の勉強だけに集中する。いいね？」

麒麟は怪訝《けげん》そうな表情をする。

「どうして絵だけの勉強をするの？」

「自分では気がついていないけど、君には絵描きとしての天才的才能があるからさ！」

「天才的才能?」

麒麟は熊野の言葉に首を傾げる。気づけば皆の注目を浴びていた。

「すごいね麒麟くん」

利紗は嬉《うれ》しそうに言う。しかし、悠輔たちはただじっと麒麟を見据えていた。

麒麟は怖くて視線をそらし、再び熊野を見上げる。熊野の目は異様に燃えており、悠輔たちとは違う意味で怖さを感じたのだった。


翌日の朝、麒麟は皆と一緒に朝食を食べたが、食事を終えると熊野に呼ばれ、皆とは違う部屋に連れて行かれた。

その部屋は四階にあり、現在利紗たちがいる一階の部屋の半分くらいの広さだった。

部屋には教卓と机がポツリと置いてあるだけで寂しい風景である。

「座りなさい」

言われたとおり椅子に座るが、一人で授業を受けることに気乗りしていない。

「今日からここで毎日絵の勉強をするんだ」

机の中には美術の教科書や色鉛筆セット、絵の具、筆、パレットが入っており、その他の教材は一切ない。

熊野は机の中を見る麒麟に言った。

「今は机の中にある道具しかないが、明日その他の道具がたくさん届くから、より専門的な授業が受けられるぞ。楽しみにしていなさい」

熊野は心を弾ませながら言うが、麒麟の表情は暗いままだった。

「一人で勉強するの寂しいな。僕、利紗ちゃんたちと一緒に勉強したいよ」

「駄目だ」

熊野は打って変わって厳しく言い放った。

「利紗ちゃんたちと他の授業を受けても意味がない。麒麟くんは絵の才能を伸ばすんだ」

「でも……」

その先を言おうとした時、部屋に井上公子がやってきた。

「おはよう、麒麟くん」

井上はまん丸の目をさらに見開いて挨拶《あいさつ》した。しかし麒麟は下を向いたまま返事をしない。

「どうしたの、元気がないわね」

「だってさ……」

熊野はその先を言わせなかった。

「いいかい、お母さんは君を無能と言っただろう。でも君は無能なんかじゃなかった。

むしろもの凄《すご》い才能を持っていたんだ。初めてであれだけの絵が描けるなんて天才としか言いようがない。先生はね、その才能をもっともっと伸ばして、君を画家にしたいんだよ。今から専門的な授業を集中して受ければ必ず画家になれる！」

麒麟は熊野に天才と言われても、あまり実感が湧かなかった。

「勉強できないのに天才なの？　よくわからないや」

「一昨日も言ったろう？　お兄ちゃんのように勉強ができる人のことだけを天才と言うのではない。世界には色々な分野の天才がいるが、中にはまったく勉強ができない天才もいるんだ。もっとも麒麟くんは勉強ができないわけじゃないがね。ただお母さんが厳しすぎたんだよ」

麒麟は熊野の言っている意味を理解した。

「本当に僕は絵を描く天才なのかなあ」

「ああ天才さ。だから今日から絵の勉強だけをするんだ」

「それなら僕、漫画を描いてみたいな。漫画が凄く好きだから」

「それは駄目だ。君は絵画の勉強をするんだ」

しょんぼりとする麒麟に、熊野は二つ折りの白いカードを渡した。

「これはなあに？」

「先生が昨晩作ったんだ。開いてみなさい」

白いカードを開く。中には四角いマスが二十個あるが、どれも空白である。

「何に使うの？」

怪訝そうに聞くと、熊野はポケットの中からスタンプを取りだして言った。

「お母さんとお兄ちゃんの元に帰りたいんだろ？」

熊野の質問に麒麟は元気な声で答えた。

「うん、帰りたい！　それにミミと一緒にも暮らしたい！」

「上手な絵を描いたらこのスタンプを一個押してあげよう。さらに上手な絵を描いたら次のスタンプを押してあげるよ」

麒麟はカードを見ながら聞いた。

「全部押してもらったら何かいいことがあるの？」

熊野は頷き、こう言った。

「二十個スタンプが貯まったら、お母さんに麒麟くんが絵を描く天才だということを証明しに行ってあげるよ。そしたらまたお母さんとお兄ちゃんと一緒に暮らせるだろう」

麒麟は目を輝かせる。

「二十個貯まったら、本当にお家《うち》へ帰れるの？」

「ああ、先生が必ずそうしてあげる。約束だよ」

麒麟の脳裏に幸せだった頃の映像が浮かぶ。上手な絵をたくさん描いてスタンプを二十個貯めれば幸せな日々に戻れるという想いが一気に膨れあがった。麒麟は俄然《がぜん》やる気を見せた。

「先生、僕、絵の勉強する！　頑張ってスタンプ二十個貯める！」

「でもそう簡単には貯まらないぞ。上達していかなければスタンプはもらえないからね」

そう言われても迷わなかった。家に帰るには、スタンプを二十個押してもらうしか道はないのだから。

「いっぱい描いて、上手になる！」

麒麟の決意に熊野は優しく微笑んだ。

「頑張るんだぞ」

麒麟は頷《うなず》くと、頭の中に厚子と秀才を浮かべ、言葉を送った。

お母さん、お兄ちゃん、熊野先生が言うんだけど、なんか僕には絵を描く才能があるらしいんだ。僕、絵を描く天才になれるように、これから絵の勉強を頑張る。だから、スタンプ二十個貯まったら、お母さん、お兄ちゃん、またあの頃のように優しい二人に戻ってね。

13

十一月十八日の日曜日、厚子と秀才は朝から千葉市にある佐野体育館に出かけた。この日、佐野体育館では『全日本珠算協会』が主催する『全国珠算選手権大会』が行われる。

大会は、フラッシュ暗算、個人総合、読み上げ暗算、読み上げ算の四つの部門に分かれており、秀才は最初に行われるフラッシュ暗算競技に出場する。

フラッシュ暗算とは、モニター画面に高速で点滅する数字を珠算式暗算を使って計算するもので、非常に難度が高い競技である。それゆえに長年の経験を積んだ者ばかりが集まる。そんな熟練者たちと十歳になったばかりの秀才は競うのだが、秀才が練習したのはたったの五日間だけであった。

厚子は元々フラッシュ暗算には興味がなく、今まで一度も秀才にやらせたことはなかったのだが、六日前、佐野体育館で全国珠算選手権大会があることを知り、試しにやらせてみたのである。すると秀才は一度も経験がないにもかかわらず、一日で初段レベルをクリアしてしまった。

秀才はその後も驚異的な速さでレベルを上げていき、一昨日は最高位である十段レベルをクリア、さらに昨晩は、十段よりも遥《はる》かに難度の高い問題を全問正解したのである。

その問題とは、五桁《けた》の数字が三秒の間に十五回高速点滅するもので、常識を遥かに超えた難問であるが、秀才は表情一つ変えることなく完璧《かんぺき》に解いたのである。まるで頭の中がコンピューター化しているかのような記憶力と計算力であった。

厚子は、秀才が昨晩の問題を全問正解した瞬間、優勝を確信した。なぜなら、秀才が昨晩解いた問題は今日の大会にすら出ない程の超難問だからである。

ただ厚子は逆にそれが不満でもある。どんな熟練者でも昨夜の問題は混乱してしまうだろうと思っている。その誰もが混乱する問題を秀才一人が正解する。

その光景を皆に見せつけてやりたかったのである。

厚子は会場に着くとエントリー用紙に秀才の名前と年齢を記入し、ゼッケンを受け取った。番号は『333』。奇《く》しくも麒麟の『父親』と同じ数字である。しかし、厚子はその数字を見ても麒麟を思い出しもしなかった。麒麟が家からいなくなって一週間以上が経つが、罪悪感や後悔の念は一切ない。それどころか、麒麟を産んでもいないことにしている。

体育館では、大勢の出場者が競技開始を待っていた。年齢は幅広く、上は六十前後、下は秀才よりも小さい。関係者席には保護者や協会の人間が座っており、よく見るとメディアまでいる。

体育館の時計を見た。現在時刻は九時四十五分。開会式まであと十五分を切った。そろそろ関係者席に向かおうと、秀才にそれを告げるため小さく屈《かが》んだ。

その時である。

「皆川さん」

その声を聞いた瞬間、顔が真っ青になった。

振り返ると鳥居篤郎が笑顔で会釈した。隣には秘書の野口美香子が立っている。

厚子は立ち上がり、平静を装って挨拶《あいさつ》したが、内心では、秀才に出生の秘密がばれてしまうのではないか、それに麒麟のことに触れられるのではないかとビクビクしている。

「ご無沙汰《ぶさた》しております。お元気そうで何よりです。実は今日も私の知り合いが三人ほど出場するのでやってきたのですよ」

『知り合い』とは言うまでもない。鳥居は遠回しに言うが、厚子は生きた心地がしなかった。

「ところで秀才くんはどの競技に？」

「フラッシュ暗算です」

厚子は俯《うつむ》き加減で答えた。

「ほう、それは楽しみだ。頑張るんだよ」

秀才は鳥居を見るが、返事をしなかった。

「ああそうだ、秀才くん」

鳥居はそう言って秀才の耳元に顔を近づけた。

「ミミのことだがね、今は私の家にいるから安心しなさい」

その言葉にも秀才は無反応だった。

「あの、何か？」

厚子には鳥居の言葉がまったく聞こえず、余計なことを言ったのではないかと気が気でなかった。一週間前、秀才が鳥居の家に行ったことすら知らないから余計に謎だった。

「いえ、何でもありませんよ。では後ほど」

鳥居はそう言い残して去っていった。

厚子は秀才の目線まで屈み、

「あの人に何を言われたの？」

思わず厳しい口調になってしまった。

「お母さんに教えてくれるかしら？」

自分を落ち着かせ、今度は柔らかく聞いた。しかし、秀才は何も答えない。厚子をじっと見据えたままである。

「ねえ、秀才」

もう一度聞こうとしたが、諦《あきら》めて立ち上がった。いくら尋ねても秀才が何も言わないことを厚子は誰よりも知っていた。

「必ず優勝してね」

そう声をかけ、関係者席の方に身体を向けた。その瞬間、厚子の青ざめていた顔が一転真っ赤に変わった。

目の前に、小田香織がいたからである。その隣には小学六年生の息子がいる。小田の息子は『４１２』と描かれたゼッケンをつけていた。

まさかここで小田に会うとは夢にも思っていなかった。厚子が前に小田の子供を悪く言った時、小田はそれを強く否定したが、どうやらそれは嘘ではなかったらしい。不都合な男が去ったと思えば世界一嫌いな女が現れる。今日は厄日だなと厚子は思った。

小田も厚子の顔を見た瞬間、顔色を変えた。拳《こぶし》を握り、鋭い視線をぶつける。しかし前みたいに罵声《ばせい》を浴びせてくることはなかった。秀才の件で衝突して以来、何も言ってこなくなったのだ。

小田はしばらく厚子を睨《にら》みつけていたが、息子に声をかけると関係者席の方へ去っていった。厚子も秀才に声をかけて関係者席に向かうが、小田に見えない角度の席に腰掛ける。

厚子は小田の息子がどの競技に出るのか気になった。小田もきっと同じことを考えているに違いない。

厚子は、秀才と同じフラッシュ暗算の競技に出ることを祈った。同じ競技なら完膚なきまでに小田を叩《たた》きのめし、トドメを刺すことができる。小田の息子が秀才よりも優秀なはずがないのだから。

午前十時、全国珠算選手権大会の開会式が始まった。まず協会の会長が挨拶し、その次に出場者の代表が宣誓した。

その間厚子は、秀才と412番のゼッケンを着た小田の息子を見ていた。

開会式が終わるとフラッシュ暗算を行う準備が進められた。

会場にいくつもの机と椅子が用意され、出場者は適当に腰掛ける。参加人数は百五十四名。その中に、小田の息子がいた。それを知った瞬間、厚子は身体を前に倒して小田を見た。小田も秀才がフラッシュ暗算に出ることを知ったらしく、闘志を燃やしているのが遠目でも分かった。

厚子は姿勢を戻すと眼鏡の位置を直し、静かに笑ったのだった。

出場者全員が椅子につくと、大型のスクリーンが用意された。フラッシュ暗算部門は予選と決勝に分かれており、予選は二桁十口四秒。つまり、二桁の数字が四秒の間に十回点滅するということだ。出題されるのは五十問。決勝に行けるのは上位十名である。

進行役の説明が終わると出場者に解答用紙が配られ、全員に行き渡ると間もなく最初の問題が出された。二桁の数字が次々と点滅し、一問目が終わると全員が一斉に解答用紙に数字を書く。許された時間は僅《わず》か十秒。時間がくると次の問題が出された。五十問とはいえ次々と問題が出されるので十二分程度で予選は終了し、すぐに採点が行われた。

一時間後、予選結果が出た。最初に呼ばれたのは秀才だった。得点は発表されないが、皆予選一位であることを知っており、会場からは響《どよ》めきがあがった。

二位三位は二人とも大学生で会場から拍手が起こる。進行役は間を置かずに四位を発表したのだが、再び会場に響めきがあがった。呼ばれたのは小田の息子だったのだ。

厚子は最初気分を害したが、すぐに余裕の笑みを浮かべた。

決勝で惨めな思いをさせてやる、と心の中で言った。

厚子はそっと小田を見た。小田は自分の息子が秀才に負けたことがどうしても許せないらしく、全身が怒りで震えていた。

予選の上位十名が発表されると、協会の関係者がステージに机と椅子と大型モニター を用意した。厚子はその様子を見て初めて決勝がステージで行われるのを知った。

小田は息子に鋭い視線を向けている。目が合うと口を動かして何かを伝えるが、厚子には脅しているようにしか見えなかった。

決勝の準備が整うと十人はステージに上がり、各々席に着く。

決勝は三桁《けた》十五口三秒。問題数は予選と同じ五十である。ただ、最後の五問は四桁で行われるというルールだった。

進行役の説明が終わると十人に解答用紙が配られる。決勝は予選と違い、異様な緊張感に包まれていた。

進行役が決勝開始を告げると、大型モニターに三桁の数字が十五回連続で点滅した。決勝は三秒の間に出題されるので目にもとまらぬ速さで、訓練を積んでいない人間なら最初の数字を覚えるだけで精一杯である。

十人は解答用紙に数字を書く。十秒後、次の問題が出された。大型モニターには再び三桁の数字が次々と点滅する。あまりの速さに保護者やメディアの人間は茫然《ぼうぜん》とする。他の出場者はただただ舌を巻くばかりだった。

決勝も予選と同じく十分少々で終了し、すぐに採点が行われた。

異様な静けさの中、厚子は緊張を隠せないが、秀才が優勝すると確信している。秀才は最初から最後まで一切迷うことなくスラスラと解答用紙に解答を書いていたが、他の九人は皆迷う場面があり、最後の五問は全員分かっていない様子だった。

厚子は小田をちらりと見た。小田は神に祈るように両手を交差して息子を見つめている。厚子は心の中で、地獄に堕《お》ちろと言った。

決勝は僅か十分で結果が出た。進行役はステージに立つと高らかに告げた。

「フラッシュ部門の優勝は、333番、皆川秀才くんです！　おめでとうございます！　皆川くんは何と五十問すべて正解でした！」

秀才が優勝と知った厚子は高ぶり、小田は信じられないというように首を振った。

続いて進行役は二位三位と発表していくが、小田の息子はなかなか発表されず、結果は九位であった。

秀才に惨敗した小田はショックを受けて固まっている。厚子は惨めな小田の姿が快感で思わずほくそ笑んだ。

その時である。目を離した途端、凍ったように固まっていた小田が急に立ち上がってステージに向かった。会場がざわめく中、階段を上り、息子の前に立ちはだかると、いきなり息子の髪の毛を引っ張って怒鳴り散らした。

「何であんな奴の子供に負けるんだ！　ええ？　何で全問正解できないんだよ！　この能なし！　能なし！　能なし！」

小田の息子は泣き叫ぶ。

「やめてお母さん、ごめんなさい！」

「うるさいうるさい！　あんな能なしの子供に負けるだなんて、一生の恥だよ！」

協会の関係者は止めるのを忘れて、茫然と立ち尽くす。厚子は、狂乱する小田の姿に笑いが止まらなかった。

そうだもっと喚《わめ》け。いい気味だよ。秀才との実力の差を思い知ったろう。お前は馬鹿にしていた私たちに負けたんだ！

ふふふと声を上げて笑っていると、小田は厚子に恐ろしい形相を向けたが、あまりの悔しさにとうとう泣き崩れた。

その泣き声でようやく協会関係者は小田をステージからおろし、会場から連れ出した。

進行役は突然の事態にしばらく茫然と立ち尽くしていたが、協会の人間に声をかけられるとハッとして、それでもまだ混乱から抜け出せず、途切れ途切れに言ったのだった。

「では、これより、表彰式を行いたいと思います」

表彰式が終わると、メディアが秀才に殺到した。全国大会で小学生が優勝するのは初めてのことだからである。

ただ、秀才はどんなに賞賛されても感情を出さず、また何を聞かれてもほとんど喋《しゃべ》らないので、結局取材を受けたのは厚子の方であった。厚子は優越感に浸りながら受け答えをする。取材が終わっても興奮さめやらず、帰るのを忘れてその場に立ったままだった。

「皆川さん」

余韻に浸る厚子は、その声で現実に引き戻された。鳥居と野口がやってきたのだ。

「おめでとうございます。いやあ、秀才くんは相変わらず素晴らしい」

鳥居はそう言った後、秀才の目線の高さまで屈《かが》み、

「おめでとう。十歳で優勝してしまうなんて、とんでもない記録を作ってしまったね」

秀才は無表情のままである。鳥居は立ち上がる。

「皆川さん、よかったらまた記念写真を撮りませんか」

厚子の脳裏には先程鳥居が秀才に耳打ちした映像が鮮明に浮かんでおり、これ以上秀才に何かを言われるのを恐れた。

「今日はちょっと急いでますので」

「そうですか、それは残念ですね。大事な話もあったんですが、分かりました。お気をつけて」

　鳥居と野口は厚子に頭を下げる。厚子は一刻も早く鳥居の前から立ち去りたいが、鳥居の『大事な話』という言葉が胸に残り、なかなかその場から動くことができなかった。

14

　一方、麒麟はその頃、四階の『特別指導室』でデッサンの練習をしていた。描いているのは窓際に座る熊野である。モデルになるのは生まれて初めてだと言う熊野は少し照れた様子で向かい合っている。

　麒麟の目の前にはイーゼルが立てられ、そのイーゼルには画用紙を挟んだバインダーが立てかけられている。

　麒麟はデッサン用の黒い鉛筆、消しゴム、羽ぼうきを持ち、窓際に座る熊野を丁寧に描写する。井上公子はその隣で部分ごとに簡単なアドバイスをする。麒麟は井上の言葉を真剣に聞き、修正しながら完成に近づけていく。

麒麟は右手を軽やかに動かしデッサンを進めていった。熊野と画用紙を見比べながらデッサンするその姿は様になっていて、すでに絵描きのようである。

ただこの時、表情には出さないが、麒麟はいつもとは違い内心かなり緊張していた。なぜなら急に井上が熊野をモデルにデッサンするよう命じてきたからである。絵を習っていれば、ごく普通のことであるが、人間の顔をデッサンするのは今日が初めてだった。この部屋で授業を受け始めて以来、井上の方から対象を指定してきたのもこれが初めてで、あくまで練習とはいえ、何となくテストを受けているような気分になってしまい、それゆえに緊張しているのであった。

特別指導室で絵の勉強を受け始めてから六日が経つ。この六日間、クロッキーという短時間に鉛筆で描く写生の練習や、絵の具を使って絵を描かされてきたが、描くものはすべて麒麟の自由で、井上は簡単なアドバイスをするだけだった。

井上は、技術の向上も大事だが、その前にまず麒麟に絵を描くことを好きになってもらうのが第一と考え、この六日間は一切描く物を指定せず、自由に絵を描かせたのであった。

井上の作戦は功を奏し、麒麟はだんだん絵を描く楽しさを知っていったが、それだけではない。まだほとんど何も教えてもらってはいないのに、明らかに最初より技術が向上している。

麒麟自身それは実感していて、今だって、人間の顔を描くのは初めてだが、最初に描いた赤い花とその周りの風景よりもうまく特徴をとらえられているような気がするのだ。

完成に近づくにつれ、描き始めた時とは違う意味の緊張が高まっていく。

麒麟はこの六日間でまだ一つもスタンプを押してもらっていない。早く一つ目のスタンプが欲しくてたくさんの絵を描いたが、熊野はなかなかスタンプをくれない。でも、これならスタンプを押してもらえるのではないか、と期待を抱き始めたのだった。

全体を描き終えると、熊野と画用紙を見比べ、鉛筆と消しゴムで細かい部分を修正し、最後にもう一度全体を確かめた。そして一つ頷《うなず》いて、熊野に完成を告げた。

「できたよ」

「どれどれ、楽しみだな」

熊野は椅子から立ち上がり、歩み寄る。麒麟はバインダーを手に取ると、自信に満ちた顔でデッサン画を見せた。

「どう先生、うまく描けたでしょ?」

熊野は一言で言うと怖面《こわもて》だが、画用紙には優しい目をした熊野が描かれていた。

画用紙を見た熊野は照れくさそうに笑った。

「どうして笑うの? そんなに下手なの?」

麒麟は悲しそうに言った。熊野は首を横に振る。

「違うさ、あまりに似ていて嬉《うれ》しいから笑ってしまったのさ」

その意味がよく分からなかったが、とにかく下手ではないと知り安堵《あんど》した。

熊野は恍惚《こうこつ》とした表情で画用紙を眺める。

「素晴らしい。部分部分よく特徴を捉《とら》えている。初めて人間の顔を描いたとは思えんよ」

その言葉に井上が応《こた》えた。

「そうですね。初めてでこれだけ描けるなんて、本当に麒麟くんは天才ですよ」

熊野は満足そうに頷いた。

「本格的に指導したらどうなるのか、私は楽しみで仕方ない」

「明日《あした》から基礎を教えていきます。麒麟くんも絵を描くことが好きになってくれたみたいだし、教えればどんどん巧《うま》くなっていきますよ」

横で二人を見上げていた麒麟は、ジャージのポケットから白いカードを取り出し、それを開いて見せた。

「ねえ先生、上手に描けたからスタンプちょうだい」

すると、熊野はポケットからスタンプを取りだし、

「分かった、一個目のスタンプを押してあげよう」

そう言って空白のマスに『よくできました』と彫られた花柄のスタンプを押した。

初めてのスタンプに麒麟は跳んで喜ぶ。

「やった、やったあ、あと十九個でお家《うち》に帰れるよ」

「この調子で頑張るんだぞ」

「うん！」

麒麟は瞳《ひとみ》を生き生きとさせ、大きな声で返事した。

熊野は、嬉しそうにスタンプカードを眺める麒麟に言った。

「先生をこんなに優しく描いてくれてありがとう。先生嬉しかったよ」


その夜、麒麟はいつものように利紗の隣に布団を敷くと、ロッカーから鉛筆とスケッチブックを取り、デッサン画を描き始めた。

頭に思い描いた風景をスラスラと描写していく。

絵は、消灯二十分前に完成した。

「わあ、麒麟くん、本当に上手ね。すごいわ」

隣で小説を読んでいた利紗が感動の声を上げた。

「ありがとう利紗ちゃん」

麒麟が描いたのは、厚子と秀才と麒麟が動物園で動物を眺めている絵であった。三人の隣にはミミがいて、麒麟の方を見上げている。動物はたくさん描かれていて、特に大好きなキリンが大きく丁寧に描写されていた。

絵を見ていると、三人で動物園に行ったあの日に戻ったようで幸せな気分になる。この絵が早く現実になればいいなあと思う。

厚子と秀才とミミが恋しくて、早く二十個のスタンプが欲しいと切望する。二十個貯まれば、厚子と秀才が昔のように優しくしてくれる。また、あの幸せな日々に戻れる……。

その日を夢見てすぐに次の絵にとりかかる。あと二十分で消灯だが、スタンプをもらうために少しでも巧くなろうと必死だった。

再び厚子と秀才とミミを思い描き、それを描写する。

しかしすぐに麒麟の手が止まった。

悠輔と三人の仲間に囲まれたのである。

「なあに？」

恐る恐る四人を見上げ、弱々しく尋ねた。

すると、いきなり悠輔にスケッチブックを奪われた。

「何するのよ」

利紗が文句を言っても、悠輔は画用紙を眺めたままであったが、

「大事な物なんだ。返してよ」

麒麟が言うと、悠輔は麒麟を見下ろして聞く。

「これは動物園か？」

乱暴にスケッチブックを奪った割には、悠輔の口調はそこまで荒っぽくなかった。

「そうだよ、お母さんたちと動物園に行った絵だよ」

悠輔は大きく描かれたキリンを見て言った。

「お前、キリンが好きなのか」

「僕と同じ名前だし、それに一番かっこいいもん」

そう言うと、周りの仲間が馬鹿にするように笑った。しかし悠輔だけは笑わず、突然こう言ったのだ。

「お前、漫画描けるか？」

意外な質問に反応が遅れた。

「え、漫画？」

「そうだ、漫画描けるか？」

麒麟は答えに迷う。

「描いたことないけど、真似はできるかも」

「じゃあ俺の漫画を描いてみろ」

「え、悠輔くんの？」

「そうだ」

「突然言われても、どんな漫画を描いたらいいか分からないよ。それにもうお部屋暗くなっちゃうよ」

「それなら少しでいいから描いてみろ」

「じゃあ描いてみる」

麒麟は自信なさそうに、悠輔の顔を見ながらスケッチブックに漫画を描き始めたのだった。


「できたよ」

僅《わず》か十五分で悠輔にスケッチブックを渡した。

悠輔たちは興味深そうに顔を寄せ合い、麒麟が描いた絵を見る。

スケッチブックには、悠輔が空を飛んでいる姿が描かれてあった。時間がなかったので黒一色で背景も細かく描写されていないが、悠輔は丁寧に描写されていて、注文通り漫画っぽく描かれている。

麒麟は、ミミと出会う前によく読んでいた漫画を真似して描いたのだった。それゆえに初めてでも漫画っぽく描くことができたのだ。

空を飛ぶという発想もその漫画からきている。主人公がよく空を飛んでいて、その場面が印象的だったから、空を飛ぶ場面を選んだのだった。

「どうかな、悠輔くん」

恐る恐る感想を聞くと、悠輔はスケッチブックを見つめながら言った。

「すげえよキリン、本当に漫画みたいだ！」

悠輔は相当気に入ったらしく、先程まで怖い表情をしていたのが嘘みたいに、無邪気な笑みを見せた。

「なあ、みんな？」

「すげえな」

悠輔の言葉に仲間たちはうんうんと頷《うなず》く。

「うん、すげえ」

「悠ちゃんに似てるよなあ。丸刈りってとこがちょっと格好悪いけどさ」

仲間たちは手を叩《たた》いて笑った。

「うるせえ、超格好いいだろが！」

悠輔は顔を真っ赤にして、三人の頭を叩いた。

「よかったあ、気に入ってもらえて」

麒麟はホッと息を吐いた。気に入られなかったらまた虐《いじ》められるのではないかとドキドキしていたのだ。

「おい、キリン」

麒麟は肩を弾ませて悠輔を見た。

「なあに？」

「この前は名前のこととか、背中のシミのこととか、からかって悪かったな」

麒麟は悠輔たちに恐れを抱いていたが、嫌いという感情は抱いていなかった。

「ううん、いいよ」

「今日からお前は俺たちの仲間だぜ！」

悠輔は歓迎するように言った。麒麟は目を丸くして、

「え、仲間？」

「なんだよ、不満なのかよ」

「ううん、そんなことないよ。ありがとう」

「よし、じゃあ俺の仲間を紹介するぜ。まずこの背の高い奴が中里武《なかざとたけし》、それで一番小さいこれが山本賢治《やまもとけんじ》、最後に太ったこいつが吉田修久《よしだのぶひさ》だ。俺たち全員八歳で、ここにいる奴らの中で一番年上なんだぜ」

悠輔は簡単に三人の仲間を紹介したが、

「ちょっと待てよ。こいつがキリンだから、みんな動物のあだ名をつけてやるぜ」

悠輔は閃《ひらめ》くと、まずは一番背の高い中里武を指さした。

「武は顔がウマみたいだからウマだ！」

いきなりウマというあだ名をつけられた武は不満そうに、

「ええ、俺ウマかよ」

「うるせえ、俺がウマって言ったらウマなんだ。次は賢治だ。賢治は背が小さいくせに耳が大きいからサルだ」

賢治も納得できないという様子だが、逆らうことはしなかった。

「分かったよ。サルでいいよ」

「最後は修久だ。お前は太っていてノロいから、カバだ」

修久は顔を真っ赤にして言った。

「ええ、カバなんて格好悪すぎるよ」

「うるせえ、今からカバだからな！」

「それで、悠ちゃんは何なの？」

サルとあだ名をつけられた賢治が聞いた。

「決まってるだろ。俺はリーダーだからライオンだ！」

三人同時に、えええ、と声を上げた。

「悠ちゃんだけ格好いいじゃん。ずるいよ」

悠輔は文句を言う修久の頭を叩いた。

「いいんだ、俺はライオンなんだ！」

麒麟は四人のやり取りに思わずクスクスと笑った。

「キリン、俺たちの名前とあだ名は覚えたな？」

「うん、覚えたよ」

悠輔はよし、と頷くと、手に持っていたスケッチブックを麒麟に返した。

「なあキリン、明日《あした》からよ、俺の漫画たくさん描いてくれよ！」

すると武たちが、一斉に反論した。

「ずるいよ悠ちゃんばっかり」

「そうだよ」

「僕も描いてほしい！」

「うるせえ！　俺がリーダーなんだから、俺の漫画なんだ」

悠輔は武たちを黙らせると、麒麟を見て言った。

「俺たち漫画が大好きなんだよ。でもよ、ここには漫画がないだろう？」

麒麟はテレビを指さした。

「テレビがあるよ」

悠輔は残念そうに言った。

「自由時間にアニメなんてやってねえんだ」

「そっか」

「なあキリン、これからたくさん漫画描いてくれるな？」

「うん、みんなの漫画を描くよ」

武、賢治、修久の三人がやったあ、と両手を挙げた。

「よかったな、ウマ、サル、カバ！」

悠輔があだ名で呼ぶと、武たちは弱ったというように、

「そのあだ名、いやだなあ」

悠輔はゲラゲラと笑うが、ふと麒麟の隣にいる利紗に視線を向けた。

「利紗、だったな」

利紗は頷く。

「この前はごめんな」

悠輔は障害のある手のことを言っているのだった。

利紗は、ううんと首を振った。

「利紗も、俺たちの仲間に入るか？」

悠輔の誘いに利紗は笑顔で頷いた。

「うん！」

「よし、じゃあ利紗も今日から俺たちの仲間だ。利紗のあだ名はウサギだ！　どうだ、気に入ったか？」

利紗は嬉《うれ》しそうに返事した。麒麟は利紗に微笑んだ。

「友達が増えてよかったね」

「うん、よかった」

この時、麒麟は心底嬉しかった。仲が悪かった悠輔たちと利紗が仲良くなれたからである。

消灯時間が過ぎても悠輔たちは布団には戻らず、何の漫画を読んでいたか、アニメは何を観ていたか、どんなゲームソフトを持っていたかなど、子供の世間話で盛り上がった。しかし、麒麟は漫画の話以外はほとんどついていけなかった。利紗も少女漫画は読んだことがあるが、それ以外はすべて母親に禁止されていたと言う。

麒麟と利紗が話題についてこられないことを知った悠輔たちは残念がる。

「キリンと利紗はどこに住んでいたんだ？」

武が話題を変えた。

麒麟は東京の狛江《こまえ》市だと答えた。利紗も東京都で、家の近くに東小金井《ひがしこがねい》駅があったと言った。利紗が答えた後、麒麟は同じ質問を悠輔たちにした。

悠輔は神奈川、武は静岡、賢治は東京、修久は千葉で育ったと言った。

その後、お互いに育った街の特徴について話し、その話題が終わると今度は悠輔が麒麟に『特別授業』について聞いた。

麒麟はまず、一日中絵の勉強をしていると答えた。悠輔は相槌《あいづち》を打ち、そこまでは興味深そうに聞いていた。しかしスタンプカードのことを話した途端、悠輔の顔色が変わった。

「二十個貯まったら家に帰れるって、キリンお前、まだ家に帰りたいと思っているのかよ」

悠輔は怒っている様子だが、麒麟は正直に答えた。

「帰りたいよ。お母さんとお兄ちゃんのことが大好きだもん！　それにミミにだって会いたいし！」

武たちも後に続いた。

「俺も帰りたい」

「僕も、こんなとこ早く出たい」

「俺もさ」

「うるせえ！」

悠輔が遮断した。

「ウマサルカバは黙ってろ。なあキリン、俺たちは捨てられたんだぜ、それでも母ちゃんが好きだって言うのかよ？」

「うん、好きだよ」

麒麟は悠輔の言葉が辛《つら》いが、そう答えた。

「悠輔くんは、帰りたくないの？」

利紗が聞いた。

「俺は帰りたくないね」

悠輔はそう答えた後、再び麒麟に視線を向けた。

「キリン、俺がここを出たらまず何をするか教えてやろうか」

「うん、なあに？」

「俺はジーニアスバンクの奴らと、俺を閉じ込めている熊野たちをぶっ殺してやるんだ。俺を捨てた母ちゃんだって、絶対に許さねえ」

麒麟は悠輔の恐ろしい計画に青ざめた。

「なあキリン、お前も俺と一緒にむかつく奴らをぶっ殺そうぜ！」

悠輔は勢い込んで言うが、麒麟はううんと首を振った。

「僕はそんなことしないよ」

「何でだよ！」

「だって誰も悪くないもん。悪いのは、僕だもん」

「どうしてお前が悪いんだよ」

「僕が、できない子だからだよ」

悠輔は憐《あわ》れむような目で見た。

「お前はどこまでバカなんだよ！」

麒麟はそう言われても笑みを浮かべた。

「お前は、俺たちは、何も悪くねえ。何も悪くねえんだ！」

そう必死に訴え、また自分にも言い聞かすように言う悠輔は最後、涙声になっていた。

15

翌月曜日の朝、厚子はいつも通り八時四十五分に出社し、平静な態度で雑務をこなしていたが、その態度とは裏腹に実は血が騒いでいた。

眼鏡の位置を直すと課長席を一瞥《いちべつ》する。まだ、小田香織の姿はない。

恐らく小田は出社してくるなり昨日のことで何か嫌みを言ってくるに違いない。言ってきたら皆の前で罵倒《ばとう》してやろうと考えているのだ。厚子は、小田が到着するのを今か今かと待ち受ける。

しかし、厚子の期待通りにはならなかった。小田はこの日欠勤届を出していたのだ。どうやら昨日のショックから立ち直れず、寝込んでいるらしい。

そんなに私に会いたくないなら会社を辞めればいいのに、と厚子は思った。

仕事を終えた厚子は秀才が通う塾へ行き、授業が終わるまで待合室にいた。

塾の講師たちは秀才が昨日フラッシュ暗算の全国大会で優勝したことを知っているから、いの一番にそれを塾生に報告し、皆から賞賛を受けているに違いない。

厚子が思い描いていた通り、秀才はこの日講師や塾生から祝福を受けていた。しかし一切言葉は発さず、授業が終わって厚子にその件を聞かれても、口を開かなかった。

厚子は秀才を褒めそやしながら家路につく。

しかし、アパートに着いた途端、厚子の表情が凍り付いた。

ぼろいアパートには似つかわしくない黒いセンチュリーが停まっていたのだが、中から鳥居篤郎と野口美香子がおりてきたのだ。

「皆川さん、突然申し訳ありません」

厚子は激しく動揺する。恐らく鳥居は昨日言っていた『大事な話』をしにきたのだ。

「なんでしょうか？」

厚子は露骨に迷惑そうな態度を見せた。

「皆川さんにお話がありまして。よろしければお時間いただけないでしょうか」

秀才の様子が気になった。秀才は勘ぐっている様子ではないが、これ以上鳥居と関わらせたくはない。

「分かりました、では近くの喫茶店で」

そう言うと、厚子は秀才の手を取り、部屋の扉を開けて中に入れた。

「すぐに帰ってくるからここで待ってるのよ。いいわね？」

そう言い聞かせると扉を閉め、鳥居たちの元に戻った。

「お待たせしました、では行きましょう」

鳥居が何を言い出してくるのか見当がつかないが、覚悟した口調で言ったのだった。

厚子は喫茶店に入るまで一言も発さなかったが、席に着くなり用件を迫った。

「お話とは一体なんでしょう？　秀才を待たせておりますので手短にお願いします」

声に感情を込めずに言った。一刻も早く話を終わらせて鳥居の前から立ち去りたかった。

鳥居は珍しく緊張した面持ちだった。

「今日は、秀才くんのことでご相談がありまして……」

厚子はより一層警戒した。

「秀才に何か？」

鳥居が本題に入ろうとした瞬間であった。野口が注文した三人分のコーヒーが運ばれてきた。

目の前にホットコーヒーが置かれるが、厚子は口にせずじっと下を向いていた。

店員が去ると、鳥居は改めて本題に入った。

「皆川さん、秀才くんは麒麟くんの父親が違うことをご存じなのでしょうか？」

厚子はキッと鳥居を睨《にら》んだ。遠回しに言ってきたが、鳥居が何を言わんとしているのかは容易に理解できた。

「つまり秀才くんは……」

「それ以上言わなくても分かりますよ！」

厚子は声を荒らげたがすぐに興奮をおさえた。

「秀才は何も知りません。それが何か？」

鳥居は一拍置いてこう言った。

「私は、ぜひ秀才くんをジーニアスバンクの一番の『成功例』としてメディアに紹介したいと考えているのですよ」

厚子は一瞬唖然《あぜん》としたが、いけしゃあしゃあと秀才を売り物にしたいと言う鳥居に怒りが沸き立った。

「皆川さん、私は純粋にたくさんの天才を作りたいのです。それには秀才くんの力が必要なんですよ。秀才くんがジーニアスバンクで生まれた子供であると宣伝すれば、天才の子孫を残したいと思う男性と、天才を産みたいと望む女性、その両方が何倍にも増えると私は考えています。秀才くんのような天才が増えれば」

「ジーニアスバンクでは麒麟のような失敗作がたくさん生まれているからですか？」

「失敗作？」

厚子が皮肉をぶつけると、鳥居は敏感に反応して聞き返した。その声には妙に迫力があり、厚子は背筋が凍り付いた。

「とにかく冗談じゃありません。お断りします」

厚子は誤魔化すように、鳥居の提案を却下した。

鳥居は穏やかな表情に戻り、再び厚子に『優生学』を説く。厚子が首を振ると、今度は野口がこう言った。

「皆川さん、今回の件は皆川さんにとってボランティアではありませんから、勿論《もちろん》それなりのお礼はさせていただきます。その他にメディアに出ればギャランティーも入りますよ」

金をちらつかされても、厚子の気持ちは変わらなかった。

「お金の問題ではありません。私は秀才に出生の秘密を知られたくはないのです。それを知れば秀才が傷つきます」

「全然構わないよ」

その声が聞こえてきた瞬間、厚子は血の気が引いた。振り返ると、柱の陰から秀才が現れた。

「秀才くん」

鳥居は驚くどころか笑みを浮かべた。話を聞かれていた方が好都合だからである。

「どうして？　いつからいたの？」

一方、厚子は激しく動揺し、恐る恐る聞いた。

「最初から聞いていたよ」

秀才は抑揚のない声で答えた。その瞬間、厚子は眩暈《めまい》を起こしテーブルに倒れた。

しかしすぐに起き上がり、鳥居の胸ぐらを摑《つか》んだ。

「あなたのせいよ、あなたのせいで秀才に！　もうこれで何もかも終わりよ、どうしてくれるの！」

半狂乱となる厚子に秀才はこう言った。

「前から全部知ってたよ」

その言葉に厚子は動作が停止した。

「父親がいないのに麒麟が生まれるなんておかしいからね。ネットでジーニアスバンクのことを全部調べた」

家族が崩壊してしまうという恐怖心を厚子は抱くが、秀才の表情はいつもと変わらず静かで、何の感情も抱いていないようだった。

段々秀才に対する罪悪感がこみ上げ、涙が溢《あふ》れた。席から立ち上がり、秀才の前で膝《ひざ》をついた。

「今まで本当のこと隠していてごめんなさい。お母さんを許して。ねえ秀才、許してちょうだい。お願いだからお母さんを嫌いにならないで！」

涙を流して訴えると、

「どうして謝るんだよ。むしろありがたいと思っているよ。僕の父親は天才なんだろ」

鳥居が自信に満ちた顔で頷《うなず》いた。

「そうだ、君のお父さんはＩＱ１８０の天才数学者なんだ」

鳥居がドナーのことを告げても厚子は咎《とが》めなかった。力尽きたように首を垂れたままである。

秀才は鳥居に言った。

「さっきの話、賛成だよ。僕の頭脳が日本一優秀であることを示したい」

鳥居は立ち上がると秀才に歩み寄り、その両手を取って言った。

「そうかそうか、よく言ってくれた。私はね、秀才くん、将来君の『遺伝子』も欲しいと思っているのだよ」

厚子はハッと顔を上げた。

「秀才はまだ子供ですよ。何てことを言うの！」

鳥居には聞こえておらず、秀才に熱い視線を注いでいる。

秀才は鳥居を見るが、その目は冷たかった。

厚子は力ない声で、

「お母さんは反対よ。だって……」

秀才は厚子にその先を言わせなかった。

「従ってもらうよ。僕の言うことは絶対なんだから」

厚子はこの時、秀才に対し違和感を覚えると同時に、一抹の恐れを抱いたのだった。

翌日、厚子は仕事を早退し、秀才を塾まで迎えに行くと、その足でジーニアスバンク東京本社に向かった。この日、本社の会議室で秀才の宣材写真撮影が行われることになったのである。

同時に、オークションの際に女性に配るパンフレットを新たに作成するために、厚子に対する取材も行われる。

本社に着くと鳥居と野口が出迎えた。厚子と秀才は二人に会議室へと連れていかれた。

すでに撮影と取材の準備が整っており、カメラマンとスタッフが厚子と秀才を迎えた。

厚子は緊張の面持ちで挨拶《あいさつ》するが、秀才は一言も発さず中に入っていった。

二人はそれぞれスタッフから説明を受け、厚子は取材を、秀才は写真撮影を行う。

鳥居はその様子を機嫌よさそうに眺めていた。

厚子は秀才の撮影を気にしながら質問に受け答えする。秀才のことを聞かれるといつも自慢げであったが、この日だけは違った。

秀才がジーニアスバンクで生まれた子供であることを世に公表することが不安で仕方ないのである。しかし秀才に対して引け目があり、またそれ以上に嫌われてしまうのが怖くて、秀才の言うことを素直に聞くしかなかったのである。

それゆえ、今回の件で鳥居から三千万のギャランティーを約束されているが、厚子の気分はまったく高揚しなかった。

ただ、一方では安心感も抱いていた。今まで秀才の出生の件で怯《おび》えていたが、もうそのことで悩むことはない。秀才は傷つくどころかむしろ天才の遺伝子を受け継いでいることを誇りに感じているのだから……。

鳥居篤郎が素早く秀才を設立以来一番の『成功例』としてテレビのドキュメンタリー番組に紹介させると、各メディアから取材依頼が殺到した。『奇跡の頭脳を持つ超天才児』『天才児の見本』『未来の天才数学者』などと、テレビや新聞、雑誌のトップニュースで取り上げられ、秀才は忽《たちま》ち時代の寵児《ちょうじ》となった。同時に厚子も超天才児を産んだ母親として世間から賞賛された。特に天才児を産みたいと願う女性たちからは羨望《せんぼう》の目を向けられ、中には崇拝する者までいた。

しかし、当然ながら厚子と秀才を絶賛する者ばかりではなかった。ごく一部ではあるが、厚子のことを『子供を売りにした母親』、さらには秀才を『作られた天才』と言う人間がおり、厚子が抱いていた最も大きな不安が現実のものとなったのである。

鳥居が秀才をジーニアスバンク最高の『成功例』としてメディアに紹介してからちょうど十日が経った。ところが厚子は昨日までの九日間、有給休暇を使って会社を休んでいた。各メディアの取材等で出勤できなかったこともあるが、それ以前に会社の人間と顔を合わせたくなかったのだ。

特に小田である。小田は前々から秀才のことをジーニアスバンクで生まれた子供だと疑っていた。厚子はそれを否定し続けてきたわけだから、それが嘘だと知った小田は昔のように罵《ののし》ってくるに違いない。会社の人間だって、きっと白い目で見てくるだろう。

そうなるのが目に見えているが、厚子はこの日会社に向かった。有給休暇はまだ三日残っているが、無意味な有休だと判断したのである。

今の会社に就職してから二十年近く、厚子は毎日神経質なほどに八時四十五分にタイムカードを器械に通してきたが、この日は出勤時間の九時を大幅に超えて出社した。

厚子がフロアに現れた途端、営業課の空気が変わった。全員が厚子に白い目を向け、コソコソと耳打ちする。

無能な下衆《げす》共、と厚子は心の中で言いながら、小田の元に歩み寄った。小田を見下ろすように見る。小田は小田で厚子を鼻で笑った。それは強がりではなく、余裕の笑みであった。

「仕事ができないうえに長期休暇。やっと出勤してきたと思えば今度は遅刻。子供が偉くなると親まで偉くなるのねえ」

小田は厚子に間を与えずに続けた。

「ところで、あなたの自慢の息子さん、やっぱりジーニアスバンクで生まれた子供だったのね。見知らぬ男の精子を買うなんて汚らわしいと言うか何と言うか。そこまでして天才を作りたいのかしら」

厚子は内心穏やかではないが、涼しい表情を浮かべて言った。

「あんたの馬鹿息子よりは百倍マシだわ。うちの子に負けたからって僻《ひが》むのもいい加減にしてくれる?」

小田は机を叩《たた》いて立ち上がった。

「何ですって!」

「親が無能だと子も無能になるんですね。お気の毒です」

小田は今にも摑《つか》みかかってきそうであるが、厚子はスーツのポケットから封筒を取りだし、小田の机に叩きつけた。小田は『辞表』という文字を見ると、驚いたように顔を上げた。

「今日で辞めさせてもらいます。これ以上あなたのような無能な人間と関わりたくないし、相手にしている暇もないので」

秀才がジーニアスバンクで生まれた子供であると公表した以上、もうこの会社にはいられなかった。決して体裁を気にしているのではなく、あくまでプライドの問題である。

鳥居から三千万という大金を受け取り、さらにメディアからもギャランティーが入る。しばらくはその金で暮らしていけるので、焦らず次の就職先を探そうと考えている。

小田は何か言いたげだが、怒りと驚きとで頭が混乱し、言葉が出てこない様子だった。

「今まで色々とお世話になりました」

厚子は、色々と、という部分に含みを持たせて言った。

「では、さようなら」

失礼しますとは言わず、あえてさようならと告げ小田に背を向けた。

小田は小さな声で待ちなさいと言ったが、厚子は振り返らず、感情とは逆に余裕を見せて静かに扉を閉めたのだった。

16

秀才がジーニアスバンクの『成功例』として世間に公表されてからの十日間、麒麟は、熊野から二つ目のスタンプをもらうためにひたすら絵を描き続けていた。厚子と秀才が各メディアで取り上げられていることなど知る由もなかったのだが、この日の夜、ついに二人が世間から注目を浴びていることを知ったのである。

悠輔たちをモデルにした短編漫画を描いている時、偶然テレビから『皆川秀才くん』と聞こえてきたのである。

麒麟は手を止めて顔を上げた。テレビには、厚子と秀才が映っていた。

「お母さんとお兄ちゃんだ！」

布団の上にスケッチブックを置いて、跳びはねるようにテレビに走った。

「おいキリン、本当かよ！」

悠輔、武、賢治、修久、そして利紗もテレビの前に集まる。

厚子と秀才はニュースの一部で取り上げられており、テレビ画面の右上には、『ジーニアスバンクが生んだ大天才、皆川秀才くん』と出ている。

二人は記者に囲まれて質問を受けていた。答えるのはすべて厚子で、誇らしげな顔をしている。秀才は質問する記者をじっと見据えていた。

「お母さんとお兄ちゃん、テレビに出るなんてすごいよ！」

夢中になってテレビを観る麒麟は、興奮気味に叫んだ。

「お母さんとお兄ちゃん、元気そうでよかったあ」

二人の顔を見つめ、今度は安堵《あんど》の表情を浮かべていった。

すると横で観ていた悠輔が、怒りを込めて言った。

「おいキリン、こいつはお前を捨てたんだぜ」

麒麟が悲しそうな顔を見せると、利紗が悠輔の袖《そで》を掴む。

「麒麟くんが可哀想だから、そんなこと言わないであげて」

悠輔は舌打ちするが、それ以上は言わなかった。

「なあキリン、お前の兄ちゃん、超頭がいいからテレビに出てるんだろ？」

武が聞いた。記者の質問を聞いていればそれは容易に分かった。

麒麟は自慢げに、

「そうだよ！　みんながお兄ちゃんを褒めているんだ！」

「じゃあ何でキリンの母ちゃんまで出てくるんだろう？」

修久が首を傾げながら言った。

「それは、お兄ちゃんは喋《しゃべ》るのが得意じゃないから、代わりにお母さんが答えているんだよ」

麒麟なりに考えて出した答えであった。

それから間もなく画面はスタジオに切り替わり、司会者がフリップで秀才の紹介を始めた。司会者は秀才のことを『ジーニアスバンクが生んだ大天才』と呼び、秀才が最高の『成功例』として紹介されて以来、子孫を残したいと希望する男性と、天才を産みたいと望む女性が急激に増えたと言う。

麒麟は『ジーニアスバンク』という名称は今まで何度も聞いてきたが、その意味を知らない。とにかく秀才が褒められているのだと喜んだ。

しかしその直後、麒麟の表情から笑みが消えた。司会者が、優秀な男性は精子を売り、その優秀な精子を女性が買い、子供を身籠《みご》もると言ったのである。

悠輔たちは『精子』の意味が分からず、首を傾げている。

「優秀な精子って何だよ？」

麒麟も最初『精子』の意味が分からなかったが、女性がその『優秀な精子』を買って子供を産んでいることと、その『精子』を売っている人が『父親』になることは理解した。そして、子供ながらにこう疑問を抱いたのである。

もしかしたら僕とお兄ちゃんには、それぞれ別のお父さんがいるのだろうか。

だから僕とお兄ちゃんは全然似てないのだろうか。

五歳の麒麟には、父親が違うことが良いことなのか悪いことなのか判断ができないが、とにかくその疑問が心に残って、せっかく厚子と秀才の話題が出ているのに、その後は集中してテレビを観ることができなかった。


翌朝、麒麟はいつものように皆と朝食を摂《と》り、食べ終わると熊野と一緒に四階の『特別指導室』へと向かった。

熊野から初めてスタンプを押してもらったその翌日から今日までの約二週間、麒麟は井上に基礎を教えてもらいながら、ひたすら絵を描き続けてきた。

中学一年生レベルの勉強はいくらやっても覚えられなかったが、描き方の基礎や道具の知識はどんどんと吸収していき、二週間前よりも確実に技術が向上していた。

麒麟自身、進歩していることを実感しており、最初よりもさらに絵を描くことが楽しくなっていた。

ただ、この日の麒麟はいつもと違った。表情は暗く、井上に外の景色をデッサンするよう言われても鉛筆を手に取らなかった。昨夜のことを考えているのだった。

「どうしたんだい、元気がないじゃないか。どこか具合が悪いのかい？」

熊野が心配そうに尋ねた。麒麟は下を向きながら首を振る。

「じゃあ一体どうしたんだい。描きたくなってしまったのかい？」

「違うよ」

「何か嫌なことがあったんだな？」

麒麟は顔を上げ、

「昨日、お母さんとお兄ちゃんがテレビに出ているのを観たんだ」

そう告げると、一瞬熊野の表情が停止した。

「そうか、麒麟くんも昨夜のテレビを観ていたんだね」

麒麟は今抱いている疑問を熊野にぶつけた。

「ねえ先生、僕とお兄ちゃんのお父さんは、同じ人じゃないの？」

熊野は、五歳の麒麟が突然そう聞いてきたものだから驚いた。

「ねえ先生、教えてよ」

熊野は井上と顔を見合わせると一つ息を吐いた。

「分かったよ」

そう言って徐《おもむろ》に話し始めた。

「麒麟くん、子供を作るには男の人の精子と、女の人の卵子というものが必要なんだ」

麒麟は卵子と聞いて首を傾げるが、熊野は続けた。

「ジーニアスバンクでは、男の人の精子を女の人に売っているんだ。それは昨夜テレビでも言っていたろう？」

麒麟は、うんと頷《うなず》いた。

「ジーニアスバンクは、頭が良い、もしくは才能がある男の人の精子ばかりを集めていて、麒麟くんのお母さんはジーニアスバンクで優秀な精子を買って、まずお兄ちゃんを産んだ。そしてまた優秀な精子を買って、今度は麒麟くんを産んだんだ。つまり、つまりそれは……」

熊野はなかなかその先が言えないといった様子で、それを知った麒麟は先に言った。

「僕とお兄ちゃんのお父さんは、違う人なんだね？」

熊野は麒麟を見て頷いた。

「そういうことになる」

「そっか、やっぱりそうだったんだね」

「ショックかい？」

麒麟は頭を振り、顔を上げる。表情は明るかった。

「何でショックなの？　お父さんが違っても、僕とお兄ちゃんは本当の兄弟だもん」

純粋な気持ちを熊野に告げた。

「そうだ、その通りだよ」

「先生、何でお母さんは優秀な精子を買ったの？」

「それは、お母さんが優秀な子を産みたいと思ったからだよ。お母さんに限らず、ジーニアスバンクで精子を買う人は、ほとんどが優秀な子が欲しいと思っているからなんだ」

「それなのに、僕は優秀じゃなかったね」

麒麟は悲しそうに言った。

「何を言っているんだ。麒麟くんはとても優秀さ。お母さんが君の才能に気づかなかっただけさ」

熊野の慰めに麒麟はうんと返事した。熊野は麒麟の気を紛らわすように、

「ここにいる子のほとんどがお父さんと暮らしていないが、それはお母さんが精子だ

けを買ったからなんだ」

「そうだったんだね」

　麒麟は元気のない声で返事するが、

「ねえ先生」

　急に声の調子が明るくなった。

「お兄ちゃんのお父さんは、どんな人？」

　自分の父親からでなく、秀才の父親のことを初めに聞いた。

「先生も顔や名前は分からないけど、お兄ちゃんのお父さんは天才数学者だと聞いているよ」

　それを知った麒麟は興奮した。

「だからお兄ちゃんは数学の天才なんだね」

　さらに間を置かずに聞いた。

「じゃあ先生、僕のお父さんはどんな人？」

　熊野は少し迷った様子を見せたが、

「麒麟くんのお父さんは、ノーベル賞受賞者だと聞いているよ」

「ノーベル賞受賞者……」

　前に厚子が同じことを言っていたのを思い出した。

「ノーベル賞とは世界的に有名な賞で、とにかく麒麟くんのお父さんは頭がよくて、すごく偉い人なんだ」

自分の父親が偉大な人物であることは嬉《うれ》しいが、自分と父親を比べると複雑な想いになった。

「それなのに僕の頭が悪いのはどうしてだろう？」

熊野は麒麟の目線まで屈《かが》むと、その目を真っ直ぐに見て諭した。

「どうしてそんなにがっかりするんだ？　麒麟くんのお父さんは確かに頭のいい人だ。でも麒麟くんは絵を描く天才じゃないか。果たしてお父さんにそんな能力があっただろうか？　いいかい、必ずしもすべてお父さんに似るとは限らないし、似てないからってがっかりすることはないんだ。麒麟くんには素晴らしい才能があるんだから、自信を持つんだ」

麒麟は俯《うつむ》き加減でうんと頷いた。

「スタンプカードを出しなさい」

麒麟はゆっくりと顔を上げ、怪訝《けげん》そうにポケットからスタンプカードを出した。すると熊野は二つ目のマスにスタンプを押したのである。

スタンプを押してもらえたことは嬉しいが、なぜスタンプがもらえたのかが疑問だった。

「先生、今日は何も描いてないよ」

熊野は優しい笑みを浮かべると、

「この二週間でまた上達したからスタンプをあげたんだよ」

と言い、今度は井上に、

「ちょっと下の授業を見てきますので、よろしくお願いします」

と告げて部屋を出て行ったのだった。


熊野から二つ目のスタンプを押してもらってからおよそ一ヶ月が過ぎ、麒麟は十二月三十日の朝を迎えた。

この一ヶ月間も以前と同様、朝と夜は利紗や悠輔たちと仲良く一緒に過ごし、授業の時は厚子や秀才やミミ、それにノーベル賞受賞者の父親の顔を想像し、早く家族に会いたい一心で、絵を描いた。

その強い想いが腕をさらに向上させ、ついに昨日、熊野から三つ目のスタンプを押してもらうことができた。麒麟はその時、跳んで喜んだ。

しかし、夜になると麒麟の表情は一転した。ある不安が襲いかかり、昨夜は緊張でほとんど眠ることができなかった。その不安は朝になっても消えず、むしろ強くなっている。それはほとんどの子がそうで、中には恐怖に震えている子もいる。

今日から五日間、子供たちは一時帰宅を許されているのであった。ただし、親が迎えに来てくれなければ一時帰宅はできない。それゆえに不安で落ち着かないのだ。平然としているのは悠輔だけで、麒麟、利紗、武、賢治、修久の五人に明るく声をかけて回る。

麒麟と利紗以外の四人は四月に『天才養成学校』に入校、つまり開校当初からここにいるのだが、悠輔だけは他の三人とは違い、お盆の時に母親が迎えにはこなかった。もっとも母親を恨んでいる悠輔は迎えに来てほしいとも思っておらず、一時帰宅など関係ないので麒麟たちに明るく接することができるのである。

麒麟は悠輔がふざけるたびにフフフと笑ってあげる。しかし利紗たちは少しも笑わず表情が強《こわ》ばったままだった。

麒麟は、厚子と秀才が迎えに来てくれることを強く祈っており、もしかしたらという淡い期待を抱いている。しかし一方では、来てくれないだろうという諦《あきら》めの心もある。そのため、利紗たちとは違い少し心に余裕があるのだ。

毎朝利紗の隣で朝食を食べる麒麟は、熊野の目を盗んで利紗に一枚の紙を渡した。画用紙を四角に切ったものである。

「これは何？」

麒麟は熊野の様子を確認してから言った。

「お母さんとお兄ちゃんへの手紙だよ」

「手紙？」

「うん、もしかしたら僕のお母さんは来てくれないかもしれないんだ。だからそれをどこかのポストに入れてほしいんだよ」

一昨日の夜、厚子と秀才が迎えに来てくれなかった時のために密《ひそ》かに手紙を書いたのである。

まず、『お母さん、お兄ちゃん、元気ですか？』という文から書き始めた。しかしその先は、何せ初めて手紙を書くのでどう書いたらよいのか分からず、一ヶ月前に二人がテレビに出ているのを観たことや、天才養成学校で利紗たちと仲良くしていること、校長である熊野のこと、自分だけ絵の才能が認められて特別授業を受けていること、スタンプカードのことなどを箇条書きし、最後に、厚子と秀才に会いたいという想いを麒麟なりに綴《つづ》った。

「利紗ちゃんにお願いしてもいいかな？」

利紗は自信なさそうに答えた。

「でも、私のお母さんだって来てくれるか分からないよ」

麒麟はううんと首を振り、利紗に笑顔で言った。

「大丈夫、利紗ちゃんのお母さんは必ず来てくれるから！」

その言葉で利紗は少し元気が出たらしく、

「ありがとう。麒麟くんのお母さんもきっと来てくれるわよ」

と言ったのだった。


食器の片付けを終えた麒麟は利紗たちと別れ、一人で『特別指導室』へと向かった。部屋の扉を開けるとすでに井上公子がいたので、おはようございますと挨拶《あいさつ》する。しかしその声にはいつものような元気がない。

「今日、何時にお母さん来るかしらね」

井上は麒麟の心情を察し、明るい声で言った。

「何時かなあ。分からない」

麒麟は厚子と秀才の話題になるといつも嬉しそうに話すが、今日はそう答えるだけだった。

間もなく一時間目開始のチャイムが鳴り、井上の授業が始まった。

麒麟はここ最近、午前中は水彩画を習っており、周りには水彩画の道具がたくさん置かれている。井上はこの日も手本を見せながら水彩画の専門的な知識を教えていく。しかし、麒麟は外の様子が気になってまったく集中できなかった。

今の麒麟には何を教えても無駄だと判断した井上は筆をおろし、優しく言った。

「麒麟くん、今日はもうやめましょうか」

　すると麒麟は立ち上がり、窓際に移動した。そして、警備員がいる巨大な校門をじっと眺めた。

　校門が開いたのはそれから四時間後の十一時だった。マイクロバスが敷地内に入ってきて、校舎の前で停車した。すると熊野が外に迎えに出てきた。いつもジャージだが、この日は珍しくスーツを着ている。

　バスの扉が開くと、まず黒いスーツを着た男がおりてきた。麒麟をここまで連れてきた中田であった。中田が車内に声をかけると、母親たちが次々と降りてくる。その中に厚子がいることを期待したが、残念ながら厚子の姿はなかった。

　降りてきたのは八人で、母親たちは熊野の案内で校舎の中に入っていった。

　それから三十分後、先程の母親たちと八人の子供たちが外に出てきた。その中に武の姿があった。母親たちは皆、子供と久しぶりに会うのに一言も話しかけないまま、さっさとバスの中に入っていく。その光景がとても悲しかったが、みんな、迎えに来てくれてよかったね、と心の中で言った。

　武たちを乗せたバスはゆっくりと走り出し、やがて視界から消えた。

　その後も麒麟は厚子と秀才が来ることを祈りながら校門が開くのを待ち続ける。

　次に校門が開いたのは午後四時で、バスには十人の母親が乗っていたが、願いは通じず厚子の姿はなかった。

母親たちは熊野の案内で校舎内に入り、しばらくすると子供と一緒に出てきた。今度はその中に利紗と賢治の姿があった。利紗は嬉《うれ》しそうに母親の後ろに続き、賢治はサルのようにちょこまかと落ち着かない動きで歩く。麒麟は羨《うらや》むような目で利紗と賢治を見つめていた。

利紗ちゃん、賢治くん、お母さんが来てくれて本当に良かったね。

特に利紗は女の子だから、母親が迎えに来たことに心底安堵《あんど》した。

利紗ちゃん、お母さんが優しくしてくれるといいね。僕は、やっぱり迎えに来てくれないかもしれないよ。だからさっき渡した手紙お願いね。

利紗たちを乗せたバスが去ると、麒麟は次こそ厚子が来てくれることを信じた。

しかし閉ざされた校門は十時間目終了のチャイムが鳴っても二度開くことはなかった。

迎えが来ないことを知って涙がこみ上げるが、井上の前では涙を見せず、先生、ご飯作りに行ってくるね、と無理に明るい声で言って、『特別指導室』を出たのだった。

一方利紗は、東小金井駅付近のバス乗り場にいた。隣には母親がいるが、利紗に背を向けている。再会してから、ずっと冷たい態度であった。

利紗の母親は厚子と同じように天才を産みたいという理由でジーニアスバンクの精子を八十八万円で落札した。

ドナーは世界的に有名な医学者ということだったので、優秀な遺伝子を受け継いだ超天才児が生まれてくるものだとばかり思っていたのだ。しかし、生まれてきた利紗は想像とかけ離れていた。左手には障害があり、そのうえ勉強がまったくできない。

母親は利紗に対してだんだん愛情を失い、二ヶ月前に児童施設に入れることを決意したのだ。

そんな頃、ジーニアスバンクの人間がやってきたのである。母親は、ジーニアスバンク側の提案をすぐに受け入れた。これで利紗のことで悩むことはないと清々したくらいだ。

それでも今日利紗を迎えにきたのは、利紗がこの約二ヶ月間で勉強ができるようになった、若《も》しくは何かずば抜けた才能が見つかったことを期待しているからである。

利紗の母親はこの約二ヶ月の間に、障害のある人間は、代わりに何かが特別優れているということをテレビドラマを観て知り、それを本気で信じているのだった。一時帰宅の間に利紗が優秀だと分かれば『天才養成学校』を即退校させるつもりであった。

利紗はそんな母親の考えも知らず、母親の背中をじっと見据えている。『天才養成学校』に連れてこられた時に着ていたワンピースのポケットには、麒麟から渡された手紙が入っている。

母親が迎えに来てくれたことには安堵と喜びを感じているが、今はその想い以上に、麒麟から渡された手紙をポストに投函《とうかん》しなければならないという想いの方が強かった。

母親の様子を窺《うかが》いながら素早く後ろを見た。今いるバス停のすぐ近くにポストがあるのだ。

利紗は成戸島の港でマイクロバスをおりてからずっとポストを探していた。このバス停に到着するまでに二回ポストを発見したが、投函するチャンスがなかった。

今なら投函できる。むしろ今投函しなければ、この先自宅までこんなチャンスはない。

しかし、決意した途端心臓が激しく暴れ出す。たかが手紙を投函するだけにもかかわらずこんなに緊張するのは、母親がそれすらも許さないことを知っているからである。生まれて一度も母親から自由を許されたことがなかったのだ。

利紗は母親の様子を窺いながら、ゆっくりとポストに近づいていく。何とか気づかれずにポストの前まで辿《たど》り着くと、ポケットの中から手紙を取りだし、ポストに手を伸ばした。

しかし、ポストの背が高くて届かない。ジャンプして投函しようとするがなかなかうまくいかない。どうしよう、とポストを見上げた時だった。

「何やってるの？」

母親の厳しい声が聞こえた瞬間、利紗は凍りついた。母親は鬼のような形相でやってくる。

手紙を後ろに隠したが遅かった。母親に奪われてしまったのである。

「これは何？」

母親は手紙を読みながら言った。利紗は正直に答えた。

「麒麟くんっていうお友達に、ポストに入れてって頼まれたの。ポストに入れてあげて」

母親は手紙をめくって言った。

「ポストに投函したって届かないわ。切手が貼ってないんだから」

「切手？　それなあに？」

母親は答えず、いきなり手紙をびりびりに破いてしまった。

「ああ、お母さん！」

「利紗、他人の心配している場合じゃないよ。あんたは私に優秀であることを証明しなければ、また島に連れて行かれるんだからね！」

利紗は破けた手紙を拾うが、すぐに母親に腕を摑《つか》まれた。

顔を上げると、バス停にバスが到着していた。

った。

「さあ行くよ！」

利紗は叫びながら抵抗するが母親の力にはかなわず、強引にバスに乗せられたのだった。

麒麟は井上にご飯を作ると言って『特別指導室』を出たが、すぐに調理室には向かわず、トイレの中で泣いていた。

厚子と秀才が迎えに来ないことは最初から覚悟していたが、心のどこかでは期待を抱いており、そのぶん心の傷は大きかった。

トイレの隅ですすり泣きながら二人を頭に思い浮かべ、お母さんとお兄ちゃんに、絵が上手なところを見せたかったのになあ、と思う。

お母さんとお兄ちゃんは、もう僕のこと忘れちゃったのかな。

一時帰宅なんてワガママ言わないから、せめて会いに来てほしかった、と麒麟は残念な想いであった。

その時、ふと利紗の顔が脳裏に浮かんだ。

利紗ちゃん、手紙ポストに入れてくれたかな……。

厚子と秀才が手紙を読む姿を想像すると少し元気が出た。手紙を読んでくれれば、きっと八月には来てくれるはずだから……。

トイレを出た麒麟は階段をおり、調理室の扉の前で立ち止まった。中からは誰の声も聞こえてこないが、一時帰宅できなかった子供たちがいるようである。

涙を拭《ぬぐ》うと扉を開けた。中には十三人の子供たちと熊野がいた。熊野は皆に夕食を作るよう指示しているはずだが、誰も準備しようとしない。

「おいキリン」

悠輔が駆け寄ってきた。

「お前も迎えに来てもらえなかったのか？」

悠輔は意外そうに言った。麒麟は力なく頷《うなず》いた。

「そうか」

「仕方ないよ、僕が悪いんだ」

「お前は悪くねえよ。悪いのは……」

「ねえ悠輔くん」

麒麟は修久の姿を見つけると悠輔を遮った。修久は椅子に座って泣いていた。

「そっか、修久くんも迎えに来てもらえなかったんだね」

「ああ、カバの奴ずっと泣いてんだ。たかが迎えにこなかっただけでよお」

麒麟は修久に歩み寄り、心配そうに声をかけた。

「修久くん、大丈夫？」

修久は泣きながら、部屋中に響くほどの声で叫んだ。

「この前は迎えに来てくれたのに。もう僕は捨てられたんだ、捨てられたんだよ！」

悠輔は呆《あき》れたように溜《た》め息を吐く。

「それくらいでメソメソするなよ」

「悠ちゃんには僕の気持ちなんて分からないんだ！」

「分からねえよ。それよりカバ、いい加減に泣き止め、男だろ。キリンはほら全然泣いてねえじゃねえか。どっちが年上か分からねえよ」

悠輔がそう言うと、修久はそっと顔を上げた。

「修久くん、元気出して。大丈夫だよ、次はお母さん来てくれるよ」

麒麟は微笑んで修久を励まし、そして自分にも言い聞かせた。

その時、ふと熊野の視線を感じた。

「そうだよね、先生？」

「ああ、そうだよ」

熊野は優しく言ったが、すぐに下を向いてしまった。

「どうしたの、先生？」

声をかけると熊野は俯《うつむ》いたまま、

「何でもないよ」

と答え、一人で夕食の準備を始める。

熊野の表情は悲しそうで、親に迎えに来てもらえなかった麒麟たちを不憫《ふびん》に思っているようだった。

17

翌日から授業は休みとなった。麒麟は悠輔たちのために漫画を描いたり、テレビを観たり、悠輔と一緒に校庭でボール遊びをしたりして過ごした。

傍にはいつも修久がいたが元気がなく、ずっと母親のことを考えている様子だった。

麒麟と悠輔が遊ぼうと声をかけても首を振るばかりで、ショックから立ち直るには相当時間がかかりそうであった。

授業は一月三日まで休みで、三日の午前十一時にまず十人の子供たちが帰ってきた。その中に利紗がいた。利紗は部屋に入ってきた時は暗い顔をしていたが、麒麟たちの顔を見るなり笑顔で走ってきた。

麒麟は利紗の暗い顔を見逃してはおらず、母親にまた追い出されてしまったからショックを受けているんだ、と思った。

「みんな、ただいま」

利紗は元気な声で言った。利紗の心情を知っている麒麟は、無理に明るく振る舞う利紗を可哀想に思った。しかしそんな様子は見せず、満面の笑みで言った。

「おかえり、利紗ちゃん」

利紗が明るくしているし、何より少しでも早く本当の元気を取り戻してほしくて、元気一杯の姿で迎えたのだった。

「おいウサギ、今日も休みだからいっぱい遊ぶぞ!」

悠輔はそう言うと、部屋の隅に置いてあるゴムボールを取りに行った。

利紗は元気よく、

「うん、遊ぶ」

と返事をした。しかしすぐにはついていかず、麒麟に視線を向けた。

「あのね、麒麟くん」

麒麟は俄《にわか》に緊張した。手紙のことだと知ったからだ。

「手紙ポストに入れてくれた?」

そう尋ねると、利紗は一つ間を置いて、

「うん、入れたよ!」

と言ったのだった。麒麟はホッと胸を撫《な》で下ろした。

「ありがとう。お母さんとお兄ちゃん手紙読んでくれたかな」

利紗は一瞬目を伏せ、

「うん、きっと」

と言った。麒麟は喜びがこみ上げた。

「そうだよね、読んでくれたよね」

麒麟は、厚子と秀才が今どんな想いでいるだろうと考えた。

心配してくれているかな。

僕が描いた絵を見てみたいって想ってくれているかな。

ほんの少しでもいいから、僕に会いたいって想ってくれていれば嬉《うれ》しいな。

手紙によって厚子と秀才の気持ちが変わってくれていることを強く期待したのだった。

厚子は麒麟の願いなど露知らず、秀才と一緒に近所の不動産屋にいた。

たった今、一週間ほど前から狙っていた賃貸物件の見学から帰ってきたところである。

物件は洋風造りの五階建てマンションで、場所は二子《ふたこ》玉川《たまがわ》駅から徒歩三分と好立地である。

見学した部屋は最上階にあり、方角は日当たりの良い南向き。間取りは2LDK。家賃は二十万円。現在住んでいるアパートの約二倍の金額であり、少し前の厚子だったら金額を聞いた時点で見学すらしていなかったろう。厚子は未《ま》だ再就職が決まっていないにもかかわらず、今日中に契約するつもりであった。

この一ヶ月あまりの間に鳥居から三千万円、各メディアから五百万円以上のギャランティーを受け取ったとはいえ、その中から税金を払わなければならず、そのうえ無職の厚子には決して余裕のある家賃ではない。厚子自身、三千五百万程度では贅沢《ぜいたく》できないことを知っているが、それでも迷いがないのは、この先も秀才がメディアに出て金を稼いでくれると思っているからである。

厚子の金銭感覚が狂い始めたのは、ここ最近のことであった。鳥居から大金を受け取った当初は大事に使っていたが、各メディアからも金が入り出すと、まだまだ金が入ってくるという意識に変わった。今まで食べ物と洋服は安物ばかり買っていたが、一転して高級品ばかりを買うようになり、今までまったく興味がなかった化粧品やバッグや宝飾品にまで金をかけるようになった。

厚子と秀才は今も多くの人間から賞賛されているが、一部の心ない人間から誹謗《ひぼう》中傷されているのも事実である。当初はその誹謗中傷に苦しみ、これ以上秀才をメディアに出すのは止めようと思った時もあった。

しかし、今はそんな気持ちなどまったくない。世間から悪く言われるたびに秀才の心に影響が出るのではないかと心配してはいるが、それ以上に、もっと多くの人間に賞賛されたい、もっとたくさんの金が欲しいという想いの方が強くなっていた。

そのためには今以上に秀才をメディアに出さなければならないと考えている。

「お待たせしております、皆川様」

若い男性担当者が書類を持って戻ってきた。厚子は担当者を鋭く見据え、対応が遅いことに腹を立てた。担当者はマンションのパンフレットを厚子に渡すと改めて細かい説明をし、それが終わると今度は、契約してくださいと懇願してきた。

厚子は担当者の言葉をすぐに遮った。最初から契約しようと考えていたから、煩わしくて仕方なかった。

「今すぐ契約書を持って来てください」

横柄な態度で言い放った。

午後になると麒麟たちは部屋でテレビを観たり、トランプゲームをしたり、昼寝したりしながらのんびりと武と賢治が帰ってくるのを待った。

午後四時になると残りの子供たちが『天才養成学校』に戻ってきた。麒麟たちは急いで玄関まで迎えに行く。しかしすぐに賢治の姿がないことに気がついた。数えると帰ってきたのは七人で、なぜか賢治だけが帰ってきていなかった。

「武くん、賢治くんいないの？」

麒麟が尋ねると、武は意外そうに、

「え、あいつまだ帰ってきてないの？」

と聞き返した。

「何だよ、一緒じゃねえのかよ。何でサルだけ帰ってこねえんだ？」

「もしかしたら賢治くん、お母さんとまた一緒に住めることになったのかもしれないよ！」

そうだとすれば嬉しいことだが、悠輔は面白くなさそうであった。

「さあな、わからねえ。サルが何で帰ってこねえのか熊野に聞きにいくぜ」

そう言うと、背を向けて走り出した。

「待ってよ、悠輔くん」

麒麟たちはすぐに悠輔を追いかける。悠輔は四階まで階段を一気に駆け上っていった。

麒麟たちが四階に着いた時、悠輔はすでに校長室の前にいて、しつこく扉を叩《たた》いている。麒麟たちが校長室の前に着くと同時に熊野が出てきた。

賢治のことを聞こうとしたが、熊野の方から言ってきた。

「賢治くんのことで、心配してきたんだね」

「サルの奴、何で帰ってこないんだよ」

悠輔が聞くと、熊野は深刻な表情を浮かべて言った。

「今朝、突然家を飛び出したらしくてね」

麒麟たちは声を出して驚いた。

「賢治くん、今どこにいるの？」

熊野は残念そうに首を振った。

「分からない。まだ見つからないみたいだ」

麒麟たちは同時に顔を見合わせた。

賢治がどうして家を飛び出したのか、全員が同時に理解した。

賢治が行方不明だという事実を知ってから四時間以上が経つが、まだ熊野は賢治について何も知らせてこない。

少しでも何か分かったらすぐに報告すると熊野は約束してくれたから、賢治の母親から連絡があったら部屋まで教えに来てくれるはずだが、一度もこないということは連絡すら入っていないということだった。

麒麟は部屋の時計を見た。時刻はもうじき八時半になろうとしている。

「朝に家を飛び出したって、熊野先生言ってたよね」

深い溜《た》め息を吐き、誰に言うわけでもなくそう呟《つぶや》いた。

「そう言ってたよね」

利紗が言葉を返した。武が指を使って経過時間を計算する。

「もう十二時間くらい見つかってないのかよ」

麒麟は恐る恐る真っ暗な空を見た。賢治がこんな真っ暗闇の中一人でいることを想像するだけで怖かった。

「ねえ、どうしてこんなに遅い時間になっても見つからないのかなあ。賢治くんどこに行っちゃったんだろう」

今にも泣きそうな声だった。

「わからないよ」

修久が首を振りながら言った。

「サルの奴、ここに戻ってくるのが嫌だからって家を飛び出すなんてよお」

悠輔が独り言のように言った。

「うん」

麒麟は俯《うつむ》きながら頷《うなず》く。利紗、武、修久も同じ想いであった。

賢治が家を飛び出した理由はそれしか考えられなかった。ここに戻ってくるのが嫌で、必死に逃げているに違いなかった。

麒麟は、お願いだから早く家に戻ってと賢治に言葉を送る。

それが嫌なら戻らなくていいからとにかく無事でいて、と祈り続けた。

いてもたってもいられないが、賢治を捜しに行けるはずもなく、ただただ熊野の知らせを待つしかない。

しかし熊野は一向に現れず、気づけば消灯五分前になっていた。

悠輔は時計を見るなり立ち上がり、叫ぶように言った。

「熊野のとこに行ってくる」

その直後であった。麒麟たちは賢治の現状を知った。

それを報《しら》せたのは熊野ではなく、ニュース番組の女性キャスターだった。

『今入ってきたニュースです。先程東京都江東《こうとう》区の路上で、東陽《とうよう》に住む山本賢治くん八歳が大型トラックにはねられ、救急車で病院に搬送されましたが、間もなく死亡が確認されました。なお賢治くんをはねたトラックは現在逃走中で、警視庁はひき逃げ事件として捜査しています』

女性キャスターは、賢治がひき逃げ事件に巻き込まれたことをもう一度繰り返し伝えるが、途中で部屋の明かりが消え、同時にテレビの電源も落ちた。

一瞬にして部屋が暗くなったが、麒麟たちはそれにさえ気づいていないかのように、依然何も映っていないテレビ画面を見つめたままである。

麒麟たちだけではない。他の二十六人も、賢治の死に硬直していた。

「賢治くんが……」

突然の報せに茫然《ぼうぜん》自失となった麒麟は、今にも消え入りそうな声を洩《も》らすが、その先は怖くて言えなかった。

利紗はあまりのショックで声を失っている。

武は身体を震わせながら金魚のように口をパクパクとさせる。

修久は辛うじて、

「賢治が、賢治が……」

と声を出すが、急に力が抜けてその場に崩れ落ちた。その時悠輔とぶつかったのだが、悠輔はふらりと動くだけでそれ以外は何の反応もなく、ただじっと下を向いたままであった。

麒麟の瞳《ひとみ》から、一筋の涙がこぼれ落ちた。

「僕、賢治くんがいなくなるなんてイヤだよ！」

涙声で叫んだ。すると、茫然と立ち尽くしていた利紗が急に声を出して泣き始めた。

その直後、悠輔が下を向いたまま口を開いた。

「俺たちのとこに戻ってきてりゃ、こんなことにはならなかったんだ。バカヤロウ、勝手に家飛び出すからだ！」

悠輔が悲痛な叫び声を上げると、利紗はさらに大きな声で泣いた。

悠輔も震えながら涙を流すが、顔を上げると一転、怒りに満ちた声で言った。

「ぜってえ許さねえぞ。全員ぶっ殺してやる！」

いきなり走り出し部屋を飛び出していった。

「悠輔くん、どこ行くの？」

麒麟が後を追う。

「悠ちゃん、待って！」

武も一緒に追いかけた。

悠輔は、いくら呼び止めても振り返りすらせず階段を駆け上がっていく。

麒麟と武は、悠輔が四階まで上ったことを足音で知った。

二人が四階まで着いた時、すでに悠輔は校長室の扉を叩いて叫んでいた。

「おい！　俺たちをここから出しやがれ！」

麒麟は悠輔に追いつくなり、袖《そで》を摑《つか》みながら聞いた。

「ここから出てどうするの？」

「決まってるだろ！　賢治を死なせた奴ら、全員殺してやるんだ！　まずは賢治の母ちゃん。その次に賢治を轢《ひ》いた奴、そして最後に熊野たちだ！」

悠輔は麒麟と仲良くなって以来、初めて賢治を『サル』ではなく賢治と呼んだ。

「無理だよぉ、子供の僕たちにはそんなことできないよぉ」

顔を真っ青にした麒麟が止めても、悠輔の興奮はおさまらなかった。

「うるせえ！　絶対ぶっ殺してやる！」

悠輔は校長室の扉を叩き続けるが、熊野は出てこない。もっとも、中に熊野がいるかどうかも分からなかった。

「くそお！」

悠輔は叫び声を上げると再び走り出し、階段を下りていった。麒麟たちはすぐさま後を追いかける。

悠輔が次に向かったのは一階の玄関だった。麒麟と武が追いついた時、悠輔は扉を押したり引っ張ったりしていた。しかし鍵《かぎ》がかかっているせいで開かない。それでも悠輔は諦《あきら》めなかった。玄関から一番近い部屋に向かうと中に入り、勉強椅子を抱えて出てきたのだ。

「どうするの、悠ちゃん」

武が尋ねると、悠輔は椅子を持ち上げ、

「決まってるだろ！　ぶっ壊してやるんだ！」

そう言いながら椅子を玄関扉に投げつけた。椅子は玄関のガラスを破壊した。悠輔は潜《くぐ》るようにして外に出ると全力で走り出す。その先には、巨大な門と外壁が立ちはだかっている。

麒麟と武もガラスに気をつけながら外に出た。

悠輔は校門の前で足を止めると力強く門を叩《たた》く。門は鉄製であるが、岩を叩いたような鈍い音が響く。

「おい誰か！　ここから出せ！」

必死に叫ぶが、校庭に虚《むな》しく響くだけであった。

悠輔は門と外壁を見上げる。大人でも登れないほど高い門と外壁であるが、門の取っ手に目をつけ、右手と左足を同時に伸ばしてみる。しかし背が低いため手すらかけられず、バランスを崩してよろけた。

「大丈夫？」

「離せ！」

麒麟が慌てて支える。

悠輔は麒麟を振り払い、力一杯叫ぶ。

「誰かここを開けろ！　俺たちを出せ！」

しかし、いくら大声で呼んでも人はやってこない。それでも悠輔は諦めず、門を叩きながら叫び続けた。だが少しずつ力を失っていき、とうとう地面に崩れ落ちてしまった。

悠輔は悔しそうに門を叩き、

「賢治が殺されたんだ！　だから、俺たちを出せ！」

大人たちに求めた。

「賢治を返せ！　賢治を返せ！」

悠輔は夜空を見上げると、何度も叫びながら泣きじゃくった。

賢治の死から一夜が明け、五時四十五分になると施設内にベルが鳴り響くが、麒麟たちは布団の上でぼんやりと一点を見つめたまま動かなかった。

他の子供たちが調理室に移動しても部屋から出ない。その後、熊野が呼びにきたが、振り返ることすらしなかった。

それから一時間後、今度は授業開始のチャイムが鳴り響いた。皆、依然抜け殻のような状態だが、突然麒麟が立ち上がった。

「どうした、キリン」

悠輔が弱々しい口調で尋ねる。しかし麒麟は答えず、ふらふらと部屋を出た。

向かったのは四階の『特別指導室』であった。扉を開けると中には熊野と井上がいた。二人は麒麟が来たことに安堵《あんど》する。

「麒麟くん、大丈夫かい」

熊野が心配そうに声をかける。だが、麒麟は熊野に見向きもせず、鉛筆と画用紙を手に取るとデッサンを始めた。熊野と井上は顔を見合わせるが言葉は発さず、静かに見守る。

麒麟は、まるで何かに取り憑《つ》かれたかのように描写していく。

熊野と井上は、麒麟が賢治を描いていることを知った。

「麒麟くん……」

熊野は見ているのが辛《つら》いというようにきつく目を閉じた。

麒麟は、賢治との思い出を振り返りながら賢治の姿を描いていく。無表情のまま描写していくが、急に瞳から涙がこぼれた。涙は止まらず、視界がぼやけるが、少しも手を休めることなく描き続けた。

完成した時、デッサン画は涙で所々滲《にじ》んでいたが、賢治が満面に笑みを浮かべていることは分かった。

熊野は完成した絵を見るなり、

「今までで一番いい絵だ。賢治くんもきっと喜んでいる」

と言い、スタンプカードを出すよう言った。熊野は本心で一番いい絵だと思っているが、スタンプカードに関しては恩情も込められていた。

麒麟は無言のままスタンプカードを渡す。熊野はカードを開くとスタンプを押して返した。

四つ目のスタンプをもらったが、麒麟は喜ぶことはなかった。それよりも熊野に伝えたいことがあった。熊野を見上げ、抑揚のない声で言った。

「先生、スタンプが二十個貯まったら、僕だけじゃなくてみんなも家に帰してあげて」

突然の願い出に熊野は窮する。

そして麒麟に同情の目を向けた。

「君は本当に優しい子なんだね」

しかし熊野は最後まで約束することはなかった。

18

麒麟と利紗は十歳を間近に控え、悠輔、武、修久は十二歳となった。五人は四年間でずいぶんと身長が伸び、特に悠輔、武、修久の三人は、顔や声がぐんと大人に近づいていた。

親とジーニアスバンクの勝手な都合で塀の中に閉じ込められ、毎日長時間勉強させられている麒麟たちは、四年の歳月をとても長く感じた。ほとんど自由のない環境で外にすら出られない生活を長年続けていたら、発狂していてもおかしくはない。それでも心が荒《すさ》まないのは、毎日仲間同士助け合ってきたからである。

それと、『新たに捨てられてきた幼い子供たち』の存在が大きい。

この四年の間に四十三人もの子供たちが『天才養成学校』に入校した。その九割以上が麒麟よりも年下だったので、麒麟たちにはいつしか、幼い子供たちを守っていかなければならないという想いが芽生えていた。その想いが麒麟たちを強くし、心を成長させていたのである。

子供の人数が増えたことにより、クラスが三つとなり、教師の数も大幅に増えた。新たに入ってきた子供たちはまだ幼く、中には利紗みたいに障害がある子供もいるが、校長である熊野は容赦なくスパルタ教育を受けさせている。

しかし、熊野が天才と認める子供は現れず、『特別指導室』で授業を受けているのはいまだ麒麟一人だけだった。

麒麟は賢治の死後、急激に絵の実力を伸ばしていった。

厚子と秀才の元に帰るため、ここに閉じ込められている子供たちを全員家に帰すため、前よりもさらに絵の勉強に打ち込んだからである。熊野は、後者に関しては未《ま》だ約束していないが、麒麟はスタンプが二十個貯まったら熊野が全員を家に帰してくれると信じている。

この四年間、麒麟は井上の専門的指導を受け、井上が休みの時は熊野の授業を受けた。

熊野には専門的な知識はなく、絵を描く技術は皆無に等しいが、成戸島のありとあらゆる風景をビデオに撮り、それを麒麟に描かせていったのである。

こうして麒麟は実力を伸ばしていき、四年間でスタンプを十個、合計十四個としていた。あと六個でスタンプカードはすべて埋まり、長年の夢は叶《かな》う。

ただ、熊野の審査基準は段々厳しくなっている。あと六個とはいえ、まだ数年要することになりそうであった。

麒麟は一年中朝から晩まで絵を描き続けているが、年に二回だけ一切描かない日がある。それは子供たちの母親が迎えに来る、八月十三日と十二月三十日だ。

どんなに疲れていても、たとえ体調が優れなくても必ず授業を受け、自由時間になると今度は悠輔たちや幼い子供たちのために漫画を描いて喜ばせているが、その二日間だけは漫画すら描く気分にはなれなかった。

今日がまさにその日であった……。

十二月三十日のこの日、麒麟は授業を受けず朝からずっと校庭を眺めていた。

午前十一時に校門が開き、十八人の母親が迎えに来たが、その中に厚子と秀才はおらず、落胆する。三十分後、幼い子供たちが母親と一緒にバスに乗り込むが、その中に、利紗、悠輔、武、修久の姿はない。

麒麟は、利紗以外の三人が最初から期待すらしていないことを知っている。いや、利紗ももう諦《あきら》めているかもしれなかった。

悠輔は言うまでもないが、修久の母親は四年前、武の母親は三年前、そして利紗の母親も、去年の十二月を最後に迎えに来ていない。それゆえに悠輔たちは迎えが来るのを待つどころか、母親に恨みを抱いている。利紗も内心では、完全に捨てられたと思っているかもしれなかった。

麒麟は、悠輔たちが母親を憎んでいることがとても悲しかった。麒麟も悠輔と同様、家族に迎えに来てもらったことがないが、厚子と秀才に対しての愛情は今も変わっていないし、二人が迎えに来てくれると本気で信じている。だから一日中、こうして窓際に立ち校門を眺める。

午後四時に今度は十五人の母親が迎えに来たが、やはり厚子と秀才の姿はなかった。利紗の母親すら、その中にはいなかった。

それから十五分後のことだった。子供たちを見送った熊野が『特別指導室』にやってきた。麒麟は振り返るが、言葉は発さず再び外に視線を向ける。

しかし先《さつき》までとは違い、校門と逆の方向を見ていた。母親たちが迎えに来るのは午前、午後一回ずつで、いくら待っても校門が開かないことを知っているからである。

麒麟は背を向けているが、熊野が哀れむような目を向けているのを知っている。熊野は言葉に迷っているようで、なかなか話しかけてはこなかった。

「ああ、そうだ」

重苦しい空気の中、熊野が突然口を開いた。その声は妙に明るく、麒麟は先が気になった。

「麒麟くん、また髪が長くなってきたから、先生が切ってやろう」

麒麟は頷《うなず》いたが、すぐには振り返らなかった。

熊野が辛い気持ちを紛らわせようとしてくれていることを知った瞬間、今までずっと我慢していたものが一気に溢《あふ》れ出たからであった。

麒麟が熊野に髪の毛を切ってもらっている頃、秀才は家から十分ほど離れた所にある市立図書館でリーマン幾何学の問題を解いていた。リーマン幾何学とは図形を扱う高等な問題だが、秀才は短時間で難なく解いてしまう。

すぐに次の問題に取りかかるが、秀才はふと顔を上げた。

周りには多くの学生が座っているが、全員が秀才を見ていた。

秀才は、自分が難しい数学をいとも簡単に解いているから注目を浴びているのではないことを知っている。ジーニアスバンクの一番の『成功例』として世に出ているから皆が見ているということを認識していた。

ジーニアスバンクで生まれたことを世に公表してから四年が経ったが、秀才は今でも非常に知名度が高い。各メディアが秀才の成長を追っているのも理由の一つだが、それ以上に、ジーニアスバンクの広告塔としてテレビCMに出演しているからであった。それゆえ、外に出るたびこうして注目を浴び、時には声をかけられる。

無論誹謗《ひぼう》中傷を浴びせてくる人間もいるが、そんな人たちよりも異常なのが、秀才の精子を欲しがる女性である。鳥居から定期的に会社経由のファンレターを受け取るが、時折、秀才の精子を売ってほしいと書いてくる女性がいるのである。中には写真付きのプロフィールを送ってくる者もいる。

そういう手紙を読むたび滑稽《こっけい》だと腹の中で笑うが、厚子は激昂《げきこう》し手紙をびりびりに破り捨ててしまう。秀才はそういう時、何も言わないが、実は強い不満を抱いているのだった。

突然、携帯電話が振動した。液晶には『皆川厚子』と出ている。秀才は電話に出なかった。この日塾を休んだことを知り、電話してきたに違いない。

ここ最近、塾には行っていない。行っても講師が秀才の頭脳についていけないのだ。当然ながら学校にも行っていない。理由は同じで、行ってもまったく意味がないからだ。

東京都で一番偏差値の高い私立中学に入学したが、中学二年に上がったと同時に学校に行かなくなりだした。登校するのはテストの時と気分が向いた時だけである。

中学に上がってからこれまでに十五回ほどテストを受けているが、主要教科はいつも百点で、三年になっても結果は同じだと考えている。だから学校に行く必要がないのだ。

秀才は辟易《へきえき》したように息を吐いた。携帯が未《いま》だ振動しているからだ。

心の中で、暇な奴、と言った。

厚子がいまだに無職で、ジーニアスバンクのCM契約料や各メディアのギャランティー等をあてにして生活しているからである。

携帯の電源をオフにすると、改めて問題に取りかかった。最初の問題と同じように二問目も難なく解く。しかしそれがかえって不満であり、問題集を閉じると突然席を立ち上がり、図書館を出た。

電車を乗り継いで、成城学園前駅で降りた。そこから約二十分歩き、目的地に到着した。断りもなく門を開ける。そして玄関前のインターホンを押した。

しばらくすると、中からミミが嬉《うれ》しそうに吠《ほ》えながら、鳥居篤郎とともに出てきた。鳥居は突然の訪問に驚くが、理由を聞く前にまず喜んだ。秀才の方から訪ねてきたのはこれが初めてだからである。

鳥居は秀才の腰に手を回すと、嬉しそうに中に招き入れたのだった。


一方の厚子は、この日、秀才が鳥居の元を訪ねたことなど知る由もなかった。その後も秀才と鳥居は『密会』を重ねていたのだが、まったく気づかないまま一年の時が過ぎた。

十二月二十日の朝、厚子は起床するとすぐに化粧を始め、それが終わると高級ブランド服に着替えた。特に出かける予定はないが、常に綺麗《きれい》にしていなければ嫌なのである。

その後、朝食を作り始めた。五年前までは貧相な和食だったが、このマンションに越してきてからはずっと洋食である。

厚子は、秀才が大金を稼ぐようになってから、毎日のように贅沢《ぜいたく》な暮らしを続けている。依然無職であるが、毎年ジーニアスバンクから多額のCM契約料、それに各メディアからもギャランティーが入ってくるので、働かなくても優雅な生活を送ることができるのだ。

しかし、厚子の心はまったく満たされてはいなかった。

原因は秀才だ。

二年前くらいから急に、秀才が思い通りにならなくなった。いくら言い聞かせても学校や塾にはいかず、いつも朝早くから一人で出かけ、帰ってくるのは夜の十時過ぎだ。

学校や塾のことだけではない。何を言ってもまったく言うことをきかなくなったのである。確かに反抗期を迎える年頃だが、どうもそれとは違う気がするのである。

厚子は最近、父親がいないことが影響しているのだろうかと悩んでいる。

秀才は一切父親のことに触れてはこないが、実は父親がいないことをコンプレックスに感じているのではないか。もしくは父親がジーニアスバンクのドナーであることが嫌になり、反抗しているのだろうか。

とにかく昔のように自分の思い通りに動く子に戻したいが、解決策がまったく分からない。

結局、今の厚子には秀才の機嫌を取ることしかできず、この日も作った朝食を秀才の部屋に運んだ。

「秀才、朝ご飯できたわよ」

扉をノックし、気分を損なわないよう柔らかい口調で言った。しかし中から返事はない。いつものことである。

「開けるわね」

そう断ってから扉を開けた。その瞬間、厚子の動作が停止した。秀才が大きなトランクケースに洋服等を詰めていたからである。

「そのトランクケース、いつの間に買ったの？」

厚子は秀才がトランクケースを持っていること自体知らなかった。

「そんなことより、あなたどこへ行くの？」

秀才は何も答えず立ち上がり、トランクケースを引きずりながら家を出た。

「待ちなさい、秀才」

厚子はすぐさま秀才を追いかける。秀才は振り返りもせずエレベーターに乗り込んだ。厚子は閉まりかけた扉を開け一緒に乗り込む。そして秀才の耳元で何度も行き先を問うた。しかし秀才は一向に答えようとしない。それどころか見向きもせず、エレベーターが一階に到着するとマンションを出て行った。

「お願いだから待って！」

厚子は立ち止まり、通行人が一斉に振り返るほど大きな声で叫んだ。

すると秀才はようやく振り返ったが、辟易した様子だった。

「秀才、あなたどこへ行くの？」

「アメリカ」

厚子は愕然《がくぜん》とした。

「アメリカ？」

「日本にいたって退屈だから、ハーバード大学の入学選考を受ける。余裕で入学許可が出るよ。それで満足だろう？」

厚子は激しく混乱した。

「ハーバード大学って、あなたまだ中学生よ」

引き留めるよりも先にその言葉が出た。秀才は嘲《あざけ》るように、

「飛び級さ。そんなことも知らないのか」

「飛び級……」

「鳥居社長にすべて手配してもらった。向こうでの生活も心配ない」

厚子の身体に再び電流が走った。この時、厚子は初めて秀才と鳥居が密会していたのを知ったのだった。

秀才は厚子を見据えながら言った。

「この十五年間、僕のおかげであなたは勝ち続けてきた。すべてが理想通りだったのだから、もう十分満足でしょう」

その豹変《ひょうへん》ぶりに足元が震えた。

「秀才？」

「あなたは天才が生まれればそれでよかった。あなたにとって僕は道具でしかなかった」

厚子は激しく首を振った。

「なんてことを。お母さんはそんな風に思ってないわ。お母さんは秀才を愛しているのよ」

秀才は薄い笑みを浮かべた。

「不出来な麒麟を捨てた人の言う言葉じゃないでしょう」

厚子は絶句した。

「とにかく、あなたの役目はもう終わりました」

厚子は震えながら、途切れ途切れに聞いた。

「それは、どういうこと？」

「今日からあなたとは、いや、僕はあなたを親だなんて思ったことはありませんから、縁を切るとか切らないとかそういう問題じゃありませんね」

厚子は血の気が引いた。

「あなたは一体どうしてしまったの。なぜそんなことを言うの」

「僕はどうもしてませんよ。ずっと昔からそう思っていました」

厚子は心臓を貫かれた思いだった。

「秀才……どうして」

「昔麒麟に言ったように、僕は頭の悪い人間が大嫌いなんだ」

秀才は強く言い放つと背を向けたが、すぐに振り返り、

「最後に、天才数学者のドナーを選んだことだけは、賢明でしたよ」

そう言い残すと偶然通りかかったタクシーを停め、厚子を一瞥《いちべつ》することなくタクシーに乗り込んだのだった。

厚子は遠ざかるタクシーを茫然《ぼうぜん》と眺めていたが、すぐにハッと我を取り戻した。

「秀才、待って！」

金切り声を上げながらタクシーを追った。しかしタクシーはあっという間に視界から消えていった。

立ち止まり、洋服のポケットを探る。携帯で秀才を説得するつもりであった。しかし肝心の携帯がない。家に置いたままであった。

私の秀才が、私の秀才がと叫びながら家に戻る。

部屋に戻ってきた厚子は、すぐに秀才の携帯に電話した。何としてでもアメリカ行

きを止めるよう説得しなければならない。

だが、その思いとは裏腹に、いくら鳴らしても秀才は電話に出なかった。

その後、何度も電話したが結果は同じであった。

厚子は次に鳥居の携帯に連絡した。秀才をそそのかした鳥居に対して怒りが沸き上がっているが、今は秀才のアメリカ行きを中止させる方が先だった。

携帯を耳にあてながらテーブルに置いてある花瓶を持ち、それを壁に思い切り投げつけた。鳥居も電話に出ないのである。電話が鳴っていることに気づいているはずなのに！

財布を手に取り玄関に向かった。成田《なりた》に行って秀才を連れ戻すのだ。

急いで靴を履き、玄関扉に手を伸ばしたその時、極度に興奮していたため急に貧血に襲われ、力を失ったと同時にその場に倒れ込んだのだった。


二十分後、厚子はようやく起き上がれるまでに回復したが、秀才を追うことはしなかった。追ったってもう追いつけるはずがないし、ショックが大きすぎて追う気力がなくなっていた。

玄関の三和土《たたき》に座ったまま一点をぼんやりと見つめる。

弱々しく口を動かすが、声にならない。先程秀才に言われた言葉を繰り返していたのだった。

すべてがショックだが、特に辛《つら》かったのは、あなたを親だなんて思ったことはありませんという言葉であった。

秀才はそんな酷《ひど》いことを言う子ではない、きっと鳥居に言わされたのだと思いたい。しかし、あの言葉は紛れもなく本心であった。今思えば、秀才は十五年間で一度も『お母さん』と言ったことがないのだ。

秀才は天才的頭脳を持っているが、それ以上に大事なものが一つ欠落していた。

それは、母親に対する愛情である。

次いで秀才が別れ際に言った、『頭の悪い人間が大嫌い』という言葉を思い出す。

厚子はこの時、思った。秀才はずっと昔から母親に学歴がなく、頭が良くないことを知っていたのだと。

瞳《ひとみ》から一筋の涙がこぼれた。

この十五年間は一体何だったのだろう。

愛情をたっぷり注ぎながら大事に大事に育ててきたというのに、その想いが伝わるどころか捨てられたのだから。

厚子は、秀才と鳥居を関わらせたことを深く後悔した。秀才には最初から愛情がなかったとはいえ、鳥居と関わらせなければ秀才を失うことはなかったのだ。

いや、いずれにせよ秀才は離れていったかもしれない。

最愛の息子を失って、この先どう生きていけばいいのだろう。

もう生きていけないと思った。秀才のいない人生なんて意味がなかった。

厚子は立ち上がるとふらふらと歩き、窓の扉を開けた。そしてベランダに立ち、鉄《てっ》柵《さく》に足をかけた。

「さようなら、秀才」

涙を流しながら別れを告げると、躊躇《ためら》いなく五階から飛び降りた。

真っ逆さまに落ちてゆく厚子の脳裏には、秀才との思い出が走馬灯のように蘇《よみがえ》っているが、それもほんの数秒でプツリと途切れた。

19

それから六年以上の歳月が流れた。

成戸島には春が訪れ、『天才養成学校』の敷地内には染井《そめい》吉野《よしの》の花が咲き誇っている。

校庭の真ん中では、三十人の幼い子供たちが体育の授業を受けている。残りの生徒たちは各教室で静かに勉強している。

熊野孝広はそれぞれの授業を見て回り、最後に『特別指導室』に向かった。

ゆっくりと部屋の扉を開ける。

目の前には、麒麟の後ろ姿があった。

麒麟は一心不乱に油絵を制作している。『天才養成学校』に閉じ込められてから約十一年の年月が経ったが、まったくと言っていいほど運動をしてこなかった身体にはほとんど筋肉がついておらず、そのうえ陽にあたっていないせいで血色も悪く、痩《や》せさらばえているようであった。

麒麟の隣には井上公子ではなく、太田《おおた》道夫《みちお》という還暦間近の美術教師が立っている。井上は二年前に学校を辞めていた。その二ヶ月後、熊野が太田を連れてきたのだった。

太田は麒麟の描く油絵を恍惚《こうこつ》とした表情で見つめている。完成に近づくにつれて興奮が高まっていた。

太田道夫は美大を卒業後、昼夜バイトをしながら画家を目指し、三十二歳の時に有名な絵画賞を受賞。それを機に画家として活動してきた。しかし、四十七歳の時に交通事故に遭い、何とか一命を取り留めたものの利き手である右手に障害が残り、画家を引退。その後十年間講師として美術の専門学校を転々としていたが、二年前、麒麟の新たな専属講師を探していた熊野から声がかかり、『天才養成学校』にやってきたのだった。

太田は着任早々、麒麟の才能を絶賛した。

出会ったその日、まず外の風景をデッサンさせたのだが、麒麟の描いたデッサン画は太田の想像を遥《はる》かに超えた素晴らしい作品だったのである。

九年間でありとあらゆる知識、技術を身につけていた麒麟は、その後も太田を唸《うな》らせるほどの作品を描き、当時弱冠十五歳だったにもかかわらず、元画家の太田から天才だと賞賛され、さらには、すでに画家として通用するレベルだと言わせた。

太田は熊野に対し、今すぐにでも麒麟を世に出すべきだと力説した。しかし熊野はそれに応じなかった。理由を尋ねると、熊野はこう言ったのである。

確かに世間には認められるかもしれないが、今のレベルではまだ『最後のスタンプ』を押すことはできない、と……。

麒麟は太田が赴任してくる半年前に十九個目のスタンプを押してもらっていたのだった。九歳の時にスタンプカードは十四マスまで埋まっていたので、大体一年に一個のペースで進めてきたのだ。

残り一つと迫った時、麒麟はもうじき長年の夢が叶《かな》うと激しく高ぶった。十歳の頃から一年に一個のペースだったので、一年後には厚子と秀才の元に帰れると思っていた。

しかしそれは大きな間違いであった。

十九個目を押してもらってから二年と半年近くが経つが、熊野は今でも、最後のスタンプを押すレベルに全然達していないと言う。

二年と半年の間、麒麟は数え切れないほどの作品を描いてきた。すべてが自信作で、麒麟自身十九個目を押してもらった時よりも確実に進歩していると自負しているが、熊野はどうしても最後の一つを押してくれないのである。

それでも麒麟は熊野に対して一切の不満を抱いていない。熊野の言葉を素直に認め、どこをどうすれば最後のスタンプをもらえるのかを研究しながら、今もこうして絵を描いている。

指先に神経を集中させながら、強烈なタッチでカンバスに油絵を描いていく。

カンバスには、檻《おり》の中に入った麒麟が中心に描かれ、そこに、厚子と秀才が迎えに来るという様子が描かれていた。もう十一年以上も二人に会っていないが、厚子は少し歳を取り、秀才は大人の姿で描かれている。

今回の作品の特徴は、麒麟の背中がキリン柄で描かれていることと、全体を少し歪《ゆが》ませて描いていることだった。その独創的な描写は、より芸術性を高めていた。

麒麟は無我夢中で油絵を完成に近づけていく。厚子たちの六年前の出来事を知らない麒麟は、もうじきこの光景が現実になるような気がして胸が高鳴るのだった。

今回の作品の題名は、『檻の中から』である。

いつもは作品が完成してから題名を決めるのだが、今回は描く前から決まっていたのだ。

作品が完成したのは午後五時半。

麒麟は四日間かけて出来上がった『檻の中から』を見て満足そうに頷《うなず》く。身体は弱々しいが、まったく疲れがない。まず、無事描き終えられたことに安堵《あんど》し、次いで、心の中で厚子と秀才に完成を告げた。

今回も当然自信作で、もしかしたらという期待を抱く。しかし太田に完成を告げただけで熊野は呼びにいかず、徐《おもむろ》に窓際に立った。

その途端、一転悲しげな表情に変わった。

現在校庭には誰もいない。静かな景色を眺めているだけで涙が溢《あふ》れだした。

麒麟が涙するのは、厚子と秀才が恋しくなったからではない。

悲しい表情は出さないよう我慢してきたが、やはりもう限界であった。

明日《あした》、大事な親友と別れなければならないのだ。

明日四月八日は悠輔の二十歳の誕生日であり、同時に悠輔の全カリキュラムが修了する日でもあった。つまり、悠輔は明日をもって『天才養成学校』を卒業するのだ。

この学校が設立されてから初めての卒業者である。

今晩の自由時間、悠輔にはまだ内緒だが、一日早い誕生日会とお別れ会をするつもりである。

悠輔との思い出を振り返るとまた涙がこぼれた。ここから出られることは悠輔にとって幸せなことで、本当は笑顔で送り出してやらなければならないことは分かっているのだが、十一年あまりもの間毎日一緒に生活してきた仲間と別れるのはやはり寂しかった。

悠輔は今どんな想いで授業を受けているのだろう。

『天才養成学校』に入れられて間もない頃、悠輔はここを出たら母親やジーニアスバンクの人間、それに熊野たちにも復讐《ふくしゅう》してやると言っていたが、大人となった悠輔には、もうそんなつもりはなさそうである。

悠輔は最近、ここを出たら警察官になるんだと嬉《うれ》しそうに夢を語る。警察官という職業に憧《あこが》れを抱くようになったのは一年くらい前のことで、テレビを観てそう思ったらしいのだ。

麒麟は悠輔の夢が叶うと確信している。

だって幼い頃母親に捨てられ、まったく自由のない『天才養成学校』で長い間、いつも大勢の仲間に囲まれていたとはいえ、やはり辛《つら》くて悲しい生活だったのだから。

悠輔がこれから幸せになるのは当然なんだと強く思った。

施設内に、十時間目終了を告げるチャイムが鳴り響いた。

麒麟はスタンプカードを手に取り、熊野がやってくるのを待つ。今日描き終えた『檻の中から』で、二十個目のスタンプをもらえることを強く期待した。

しかし、逸《はや》る気持ちとは裏腹に熊野はなかなかやってこない。

十五分が過ぎた頃、何かが変だと思った。十時間目終了時に熊野が『特別指導室』にいないことは多々あるが、十五分が過ぎてもやってこないことは今まで一度もなかった。

いつも終了してから五分以内にはその日描いた絵、もしくは途中までの絵を見に来るのだ。

もしかして何かあったのだろうか。

熊野を呼びに行こうかと思った、その時である。

部屋の扉が開いた。麒麟は素早く振り返る。やってきたのは熊野ではなく、利紗であった。

利紗はいつも長い髪を一本に束ねているが、この日は二つに結んでいる。麒麟は、いつもと少し違う利紗を見るだけでなぜか胸がドキドキした。

「麒麟くん」

長身で痩《や》せた利紗が部屋に入ってきた。その声は微《かす》かに震えており、麒麟は俄《にわか》に不安を抱いた。

少し遅れて、幼い子供たちが十人近く部屋に入ってきた。皆今にも泣きそうな顔をしている。

「利紗ちゃん、どうしたの？」

恐る恐る尋ねた。すると利紗は麒麟の手を、障害のある手で力強く摑《つか》んで叫んだ。

「悠輔くんが！」

麒麟の顔が一気に青ざめた。

「悠輔くんが、どうしたの？」

「とにかく来て！」

麒麟は引きずられるようにして『特別指導室』を出た。

利紗に手を引かれながら一階におりた。廊下にはたくさんの子供たちが集まっており、麒麟お兄ちゃん、と皆が不安そうな声を洩《も》らす。怖いよお兄ちゃんと言って縋《すが》り付いてくる女の子もいた。麒麟は頭を撫《な》で、大丈夫だよと言って安心させた。

いつも悠輔たちが授業を受けている部屋に入った瞬間、動作が止まった。机があちこちに転がっていて、床には教科書が散乱している。

同期生をかき分けて進んでいく。

部屋の中央に、丸刈りで筋肉質の悠輔と、痩身長軀《そうしんちょうく》の武、そして巨漢の修久がいた。

悠輔は怒りに震えており、武と修久も興奮している。

「みんな一体どうしたの？」

悠輔の顔をよく見ると、頬がうっすらと青くなっていた。顔に青痣《あおあざ》ができているだけでも背筋が凍りついた。

「悠輔くん、その痣どうしたの？」

悠輔は野太い声で叫んだ。

「熊野の野郎、ぶっ殺してやるぞ！」

「熊野先生が、どうしたの？」

悠輔は麒麟をキッと睨《にら》んだ。

「キリン、あんな野郎に先生なんてつけるんじゃねえ！」

麒麟は悠輔の怒鳴り声に身震いした。

「悠輔くん、落ち着いて。どうしたの」

「あの野郎、俺たちを騙《だま》しやがったんだ」

「騙した？」

「さっき俺のとこに来てこう言いやがったんだ。お前は成績が悪いからカリキュラムを延長することになったってな」

麒麟は愕然《がくぜん》とした。

「カリキュラム、延長？」

「明日ここを出られないってことだ」

悠輔は続けた。

「延長期間は無期限」

「無期限って……」

麒麟はその言葉に悪い胸騒ぎを感じた。

「あいつは一生俺を、いや俺だけじゃねえ、みんなを一生ここに閉じ込めておく気なんだ。俺たちをここに閉じ込めていることを、世間に知られないために！」

麒麟は強いショックを受けた。

「そんな」

「キリン、お前だってそうだぜ。熊野に渡されたスタンプカード、あいつは一生最後の一つを押さねえ気だ。実際、もう二年半もスタンプを押さねえじゃねえか。それは、お前を家に帰す気がねえからだ。いいかキリン、そのスタンプカードは最初から何の意味もなかったんだよ。それでお前が二十歳になった時、今度は俺と同じようにカリキュラムの延長って言ってくるんだ」

この十一年あまり、熊野の言葉を信じて絵を描き続けてきた麒麟は、頭がどうにかなりそうだった。

「熊野先生は、どこ？」

「知らねえ。俺を殴ってどっか行きやがった」

「熊野先生に殴られたの？」

「他に誰がいるんだ」

麒麟は、あの優しい熊野先生がどうして、と思う。熊野が人を殴るなんて信じたくなかった。

揉《も》み合いになって、その時の弾みで顔に手が当たってしまっただけだと信じたい。

「キリン、利紗」

悠輔が利紗のことをウサギ、ではなく名前で呼んだのは久しぶりのことだった。

「俺たちは決めたぜ」

悠輔がそう言うと、武と修久が深く頷《うなず》いた。

「決めたって、何を？」

利紗が尋ねた。すると悠輔はこう言ったのである。

「熊野がそのつもりなら、ここを脱出するしか方法はねえ。お前たちも来い！」

「脱出?」

麒麟と利紗は同時に言った。

「でも、そんなの無理だよ。あんな高い門、登れないよ」

「バカ、もう俺たちは子供じゃねえんだ。力があるじゃねえか」

「力……」

「門を開けさせりゃいいんだ」

麒麟はようやく、悠輔が暴力を振るって門を開けさせようとしていることに気づいた。

「悠輔くん、暴力はいけないよ」

慌てて止めるが、悠輔は呆《あき》れたように息を吐いた。

「キリン、もうそんなこと言っている場合じゃねえだろ。やらなきゃ一生ここにいることになる。お前、母ちゃんと兄ちゃんに会いたいんじゃねえのかよ」

脳裏に厚子と秀才の姿が浮かぶ。

「会いたい」

「だったらやるしかねえだろ」

麒麟は利紗を見た。利紗も迷っている様子だったが、決心したように頷いた。

「でも、僕たちにはお金がないよ。どうやって帰るの」

悠輔は迷わず、

「熊野たちから奪えばいいんだ」

「奪う……」

怖くて声が震えた。

「そうだ。俺たちが帰るくらいの金はあるだろう」

その言葉に敏感に反応し、後ろを振り返った。

現在『天才養成学校』には百三十一人の生徒がいる。半数近くが小学生で子供たちは皆麒麟たちを縋るような目で見ている。

「みんなも一緒じゃないの？　僕はみんなを置いていくことはしたくない」

「当たり前だ。勿論《もちろん》見捨てることはしねえ。でも最初に俺たちが脱出する。こんな大勢一気には無理だ」

「みんなは、どうするの？」

「いい方法を思いついたんだ。これならみんなを助けられるぜ」

麒麟はハッと顔を上げる。

「どうやって？」

「とにかく俺に任せろ。キリン、俺を信じてついて来い。いずれにせよ俺たちが動かなきゃ、みんなを助けられねえんだぞ」

再び幼い子供たちを振り返った。全員が、助けを求めるような目を向けている。悠輔の言う通りだと思った。自分たちが動かなければ、子供たちは二十歳になるまで閉じ込められたままだ。

いや、もし悠輔の考えが正しければ、一生このまま……。

これ以上、子供たちに辛《つら》い想いや悲しい想いはさせたくなかった。

麒麟は静かに頷いた。

「わかったよ」

脱出する決意をすると悠輔は言った。

「よし、明日《あした》の朝ここを脱出する！」

20

いよいよ当日の朝を迎えた。

一日の始まりを告げるベルが施設内に鳴り響いた瞬間、悠輔、武、修久の顔色が鋭く変わった。麒麟と利紗はいつも通り各部屋に行き、幼い子供たちを起こして回る。

麒麟は子供たちに明るく接しようと思うが、極度の緊張で笑顔すら作れなかった。

他の生徒全員が調理室に向かうと、麒麟たちは顔を見合わせた。これから脱出を決行するが、まずはいつも通り調理室に向かった。

麒麟は悠輔の後ろを黙ってついていくが、その足取りはおぼつかない。やっと『天才養成学校』を出られる、という想いよりも、不安と恐怖の方が遥《はる》かに大きかった。誰も傷つかず、事故のないまま無事すべてが終わることを祈る。

調理室にはすでに熊野がおり、悠輔の件など忘れているかのように、子供たちにおはようと笑顔で挨拶《あいさつ》していく。

麒麟は下を向きながら熊野の前を通りすぎる。悠輔は熊野と目を合わせなかったが、熊野は悠輔を見ると満足したような表情を見せた。悠輔が延長カリキュラムを受け入れたと思っているに違いなかった。

間もなく熊野の指示で全生徒が朝食を作り始め、出来上がると麒麟たち五人はいつものように並んで朝食を食べようとする。

悠輔、武、修久の三人は熊野に異変を悟られぬよう平静を装っているが、麒麟と利紗はしばし朝食に手をつけず、終始手足が震えていた。なぜなら、悠輔たち三人が、料理を作り終えた際、腰に包丁を忍ばせたことを知っているからだ。

朝食を食べ終えると、麒麟は『特別指導室』へ、利紗たち四人は一階の大部屋へ向かった。

麒麟は『特別指導室』に入るやいなや崩れ落ちるようにして椅子に座った。まだ震えは止まらない。全身が冷たい汗で濡《ぬ》れていた。しかし、いつまでも怯《おび》えてはいられない。もうすぐ脱出を決行するのだ。

間もなく一時間目開始のチャイムが鳴り、その五分後、太田が部屋にやってきた。

「おはようございます、麒麟くん」

太田は穏やかな口調で挨拶した。

「おはようございます」

俯《うつむ》きながら返すが、その声は微《かす》かに震えていた。

「おや、どうしたんだい？ 随分と顔色が悪いじゃないか。具合でも悪いのかい」

麒麟は慌てて首を振った。

「そんなことはありません、大丈夫です」

「それならいいんだが。では早速授業を始めようか」

「はい、お願いします」

その時、部屋に熊野が現れた。

熊野と太田は挨拶を交わす。麒麟は熊野を振り返らず、顔を伏せていた。

「ああそうだ、熊野校長。麒麟くんが昨日また新たな作品を完成させたのです。彼は本当に美しくて魅力的な絵を描く！」

太田はそう言って、『檻《おり》の中から』にかけられている布を取った。

熊野は、麒麟と厚子と秀才が描かれた作品を見るなり恍惚《こうこつ》とした表情に変わった。

「素晴らしい……発想も独特で面白い！」

太田はええ、ええと自信ありげに頷いた。

「技術、想像力、独創性、すべてが完璧《かんぺき》です。彼の才能には惚《ほ》れ惚《ぼ》れしますよ。熊野校長、私はぜひ……」

「しかし……」

太田はいつものように、麒麟を世に出すべきだと言おうとしたのだが、熊野はそれを悟った瞬間、元の表情に戻り太田を遮った。

「これではまだ最後のスタンプは押せません」

熊野は冷たく言い放った。

太田は打って変わって沈んだ顔つきとなる。

「しかし、熊野校長」

熊野は聞く耳を持たなかった。

「麒麟くん、君はまだまだ伸びる。君の実力はこんなものではないはずだよ」

麒麟は俯いたままである。

「どうして黙っているんだい？」

「…………」

「まさか、泣いているのかい？」

麒麟が泣いているのは、絵が認められないことにショックや不満を感じているからではない。

この時、熊野に対して申し訳ない気持ちでいっぱいで、それゆえに涙がこぼれたのである。

熊野と出会って十一年以上。厚子と秀才よりも遥かに長い時間を一緒に過ごしてきた。この十一年あまりの間に、熊野にはたくさんのことを教わり、またたくさんの思い出がある。

悠輔たちは熊野を悪く言うが、麒麟にとっては育ての親みたいなものであり、今まで育ててもらったことを感謝しているのだ。だから、できることなら熊野を裏切るようなことはしたくない。

でも、その想い以上に家族に会いたい。ここに閉じ込められている子供たちを助けたい。

熊野は麒麟の心情など知る由もなく、

「まさか、昨日の悠輔のことを気にしているのかい？」

と尋ねた。

その時、一階から悠輔の叫び声が聞こえてきた。

「キリン来い！　おりてこい！」

熊野は顔を上げて警戒する。

「なんだ？」

「キリン！　早くこい！」

熊野は麒麟に視線を向ける。麒麟は徐《おもむろ》に顔を上げ、

「熊野先生、太田先生、本当にごめんなさい」

そう言って部屋を飛び出した。

一階に下りた途端、麒麟は青ざめた。悠輔が若い女性教師の山口《やまぐち》を人質にとってお
り、首に包丁を当てながら三人の教師に向かって金を要求していたのだ。
武と修久は三人に包丁を向けている。利紗はその後ろで怯え、幼い子供たちは部屋
の中で泣いていた。
麒麟は悠輔たちの後ろに回り、利紗の腕をそっと握った。
「早く金を出せ！　こいつをぶっ殺すぞ！」
悠輔が山口の首に包丁を強く当てると、三人の教師はポケットから財布を取り出し、
それを投げた。武と修久が財布を取ると、悠輔はさらに要求した。
「今度は車だ。お前らの中で一番大きい車に乗ってる奴は誰だ！」

三人の教師は顔を見合わせ、四十路《よそじ》の男性教師が手を挙げた。

「鍵《かぎ》をよこせ！」

男性教師は返事をし、そっと鍵を投げた。

その時、熊野と太田がやってきた。熊野は麒麟たちを見て愕然《がくぜん》とした。

「お前たち」

悠輔は熊野に包丁を向けて叫んだ。

「こうなったのはすべてお前のせいだぞ。お前が俺たちを騙《だま》したからだ！　最初から俺たちをここから出すつもりはなかったんだ！　そうだろ！」

熊野は否定せず、悠輔をじっと見据えている。

「キリンのスタンプカードだってそうだろ！　お前は一生最後のスタンプを押すつもりはなかった！」

熊野は一転心臓を撃ち抜かれたような表情となり、何かを訴えようとする。

「私は、私は……」

麒麟は続きの言葉を知りたいが、熊野はとうとう最後まで違うとは言わなかった。

麒麟は力を失い、利紗の腕から手を離した。

「お前らも金を出せ」

悠輔は熊野と太田にも金を要求した。最初に財布を取り出したのは太田だった。太田は財布を滑らせるように投げた。

「熊野、お前も出せ！」

熊野はぼんやりと一点を見つめており、悠輔の要求が聞こえていないようだった。

「早くしろ！」

悠輔がさらに大きな声で命令すると、熊野はようやく我を取り戻した。財布を手に取り、そしてそれを放り投げた。

武が財布を拾うと、悠輔は前を向きながら言った。

「みんな、行くぜ」

悠輔が一歩を踏み出した。

その刹那《せつな》、熊野は手を広げて前を塞《ふさ》いだ。

「行きたいなら行け。もはやジーニアスバンクのことなどどうでもいい。ただし麒麟くんだけは駄目だ。麒麟くんはここに残るんだ」

麒麟は茫然《ぼうぜん》となった。

「何訳のわからねえこと言ってやがる。さあどけ！　こいつをぶっ殺すぞ！」

悠輔が首に刃を強く当てた瞬間、山口は小さな悲鳴を洩《も》らした。刃が首に当たった時、皮膚が切れて少量の血が流れたのだ。しかし熊野はそれでもその場から動かなかった。

「お前らのような『失敗作』などいらん。しかし麒麟くんは違う。麒麟くんは天才だ。私はこの十数年、麒麟くんの才能を大事に大事に育ててきたんだ」

熊野は悠輔に言った後、今度は麒麟の目を見て訴えた。

「私はこの先もずっと君の成長を見ていたいのだよ。麒麟くんを世界一の画家に育てたいんだ。それまでは、ここにいてもらう」

熊野は何かに取り憑《つ》かれたようになっており、悠輔はしばらく唖然《あぜん》としていたが、

「こんな奴、無視だ。行くぜ」

と言って一歩を踏み出した。すると熊野は両手を広げながら、

「行っては駄目だ。ここに残るんだ！」

叫びながら麒麟に近づいてきた。

熊野は麒麟を捕まえようとするが、修久が割って入り、熊野を思い切り殴り倒した。しかし熊野は痛みを感じていないかのようにすぐ立ち上がり、再び麒麟に近づく。もう一度修久が殴ると、麒麟は見ていられず修久を止めた。

「もう止めて。もう殴らないで」

麒麟は熊野に駆け寄り、心配そうに声をかけた。

「先生、大丈夫？」

すると熊野は顔を上げ、期待を込めて聞いた。

「麒麟くん、ここに残ってくれるね？」

麒麟は首を横に振り、力強く言った。

「ごめんなさい、先生。僕、悠輔くんたちと一緒に行く」

するとと熊野は失望したような表情となる。

「先生……」

声をかけると熊野はハッと麒麟を見た。

「僕をここまで育ててくれてありがとう。僕、先生のこと忘れないよ。それと、僕は先生を悪い人だなんて思っていないよ」

麒麟が笑顔を見せると、熊野は力尽きたようにダラリと首《こうべ》を垂れた。

「おいキリン、行くぞ」

悠輔が言った。

麒麟は立ち上がると、最後に言った。

「先生、さようなら」

悠輔たちは山口を連れて校舎を出た。

校舎の裏に回ると教師たちの車が並んでおり、悠輔が適当に鍵のボタンを押すと、黒いワゴン車の鍵が開いた。悠輔は山口に鍵を渡す。

「運転しろ」

山口は頷《うなず》き運転席に乗り込む。麒麟たちも急いで乗り込んだ。

全員が乗り込むと、助手席に座る悠輔が山口に包丁を向けながら言った。

「行け」

山口は震えながら車を発進させる。

間もなく校門が見えてきた。門の前には二人の警備員が立っており、中に生徒が乗っていることに気づくと警棒を取り出した。

悠輔は窓を開けると警備員たちに包丁を見せ、それを山口の首に向けて叫んだ。

「門を開けろ！　開けないとこいつを殺すぞ！」

警備員たちは隙を狙っている様子だが、悠輔が山口の首に包丁をぐりぐりと当てると、渋々校門を開けた。

山口はすぐにアクセルを踏み、学校を出た。

「港へ行け」

悠輔が指示すると、山口はわかりましたと返事し、山を下っていく。

「二人とも、金はいくらある？」

武と修久は財布から金を取り出し、

「二十万近く入ってる」

武が答えた。悠輔はそれを聞いて満足そうに頷いた。

「金の心配はないな」

次に悠輔は山口に聞いた。

「船の時間は分かるか？」

山口は分かりませんと答えた。

「まあいい、とにかく急げ」

山口は返事をすると、少し速度を上げる。悠輔は山口のお腹にずっと包丁を押しあてていた。

しばらく沈黙が続き、車が山を下りると広大な海が見えてきた。

「みんな海だ！　海だ！」

悠輔が前方を指さし、興奮した様子で言った。

利紗、武、修久も久しぶりの海に興奮する。しかし、麒麟だけが無反応だった。

悠輔は一番後ろに座っている麒麟を振り返った。

「どうしたキリン、何落ち込んでいるんだよ」

悠輔の角度からだと、ただ下を向いているだけのように見えていたのだが、麒麟はこの時、スタンプカードを見ていたのだった。

麒麟は顔を上げると、

「落ち込んでいるわけじゃないよ」

そう言って、再び十九個のスタンプが押されたカードを眺めたのだった。

麒麟たちを乗せた車は海岸沿いを一直線に走り、およそ三十分後、港が見えてきた。悠輔の指示で、切符売り場のすぐ近くに停車した。悠輔は武に切符を買いに行くよう指示する。武は車内に包丁を置いて切符売り場に走っていった。

悠輔と修久はすぐさま熊野たちが現れないか周囲に目を配る。麒麟と利紗はハラハラしながら武が帰ってくるのを待った。

十分後、武が慌てて戻ってきた。

「みんな急げ、十分後に出るぞ！」

麒麟たちは急いで車からおりる。悠輔と修久は包丁を座席に置いていった。

全員がおりると女性教師は車を急発進させ、その場から去っていった。

「みんな走れ！」

悠輔が小型船を指さして言った。乗船口を目指して全力で走る。

麒麟は利紗を振り返った。利紗が躓《つまず》いて転んでしまったのだ。麒麟は駆け寄り、

「大丈夫、利紗ちゃん？」

「うん、ありがとう」

利紗を立たせると、手を握って乗船口まで走った。

五人は無事船に乗り込み、間もなく船は出港した。

船が港から離れた瞬間、悠輔、武、修久はハイタッチした。

「今日から俺たちは自由だ！」

悠輔が歓喜の声を上げた。

麒麟は窓から海を眺める。この島へ連れて来られた日のことを思い出した。

家族との別れ。ミミとの別れ。今でも鮮明に憶《おぼ》えている。

あれから十一年あまりもの歳月が流れたが、厚子と秀才、それにミミは元気にしているだろうか。

会いたいという感情が膨れあがっているが、同時に『天才養成学校』に残された皆のことも心配だった。遠い先を見つめながら、悠輔くんが必ず助けてくれるからもう少しの辛抱だよ、と心の中で皆に言ったのだった。

三時間後、麒麟たちを乗せた小型船は東京湾竹芝桟橋に到着した。

右も左も分からない麒麟たちは、人に道を聞きながら東京駅を目指す。悠輔がひとまず東京駅に出てみようと言ったからだ。

一行は東京駅行きのバスに乗り込み、十五分後、東京駅に到着した。

バスに乗っている間、終始人の多さに驚き、また、大都会の景色に感動した。

都会の風景を目の当たりにするのはこれが初めてではないが、それはもう遠い過去のことであり、またテレビを通じて外の様子は知っていたが、幼い頃から十数年間塀の中に閉じ込められていた麒麟たちには、東京が別世界のように感じられたのであった。

気持ちが少し落ち着いた頃、悠輔が口を開いた。

「さてこれからどうするか……」

悠輔は続けて言った。

「まずは昔、麒麟と利紗が住んでいた家に行くか。今でも家族に会いたいんだろ？」

二人は頷いた。

「悠輔くんたちは、家族に会いに行かないの？」

麒麟がそう聞くと、悠輔、武、修久は顔を見合わせ、三人とも薄い笑みを浮かべた。

「聞かなくても分かってるだろ。俺たちは会いたいなんて思ってねえよ。むしろ恨んでいるくらいなんだ」

「そっか」

麒麟は残念そうに呟《つぶや》いた。

「どっちの家から行くか？」

武が尋ねた。

「利紗ちゃんからでいいよ」

麒麟が答えた。利紗はすぐに、麒麟くんからでいいよと言ったが、麒麟がもう一度、利紗ちゃんの家から行こうと悠輔に告げると、利紗はありがとうとお礼を言った。

「利紗の家はどこだ？」

修久が尋ねると、悠輔が割って入った。

「その前に……」

悠輔は麒麟と利紗を交互に見ながら言った。

「家族に会って一緒に暮らせることになったら、俺たちに遠慮することねえからな」

「どういうこと？」

麒麟は悠輔の言いたいことがよく分からず、怪訝《けげん》そうに尋ねた。

「俺たちのことは忘れてもいいってことだ」

悠輔がなぜそんな寂しいことを言うのか理解できない。

「僕たち一生親友でしょ？」

すると悠輔は一瞬困惑したような表情を浮かべたが、すぐに笑顔を見せた。

「そうだ」

麒麟は安堵《あんど》し、悠輔に微笑んだ。

悠輔が声の調子を変えて言った。

「さて、利紗の家に行こう。利紗の家から一番近い駅は何だったっけ？」

「東小金井駅」

利紗は考えることなく、少し緊張気味に答えた。

麒麟たちは中央線の切符売り場に辿《たど》り着くだけでもかなり苦労したが、東小金井駅に着いた途端、利紗は迷うことなくバス停まで歩き、バスに乗ると十五分後、目的のバス停で降りた。

利紗は緊張した様子で大通りを歩く。利紗にとって思い出の地であるが、懐かしむことなくずっと無言であった。

大通りから細い道に入り、住宅街を一直線に進んでいく。三十メートルほど先に踏切があり、その踏切から警告音が鳴り出した時、利紗がふと前方を指さした。

「あそこが私の家」

踏切のすぐ手前にある、木造二階建ての古いアパートであった。

「あそこの一〇一号室」

利紗がそう言うと、麒麟たちは足を止めた。

「行ってこいよ」

悠輔が背中を押すように言った。利紗は頷《うなず》くと、アパートに進む。そして、恐る恐る中に入っていった。

麒麟は利紗の母親がいることを強く願う。しかし、利紗はすぐに麒麟たちの元に戻ってきて、残念そうに首を振った。

「もう、違う人が住んでいるみたい。表札が変わってた」

麒麟は自分のことのようにショックを受けた。

「そんな」

利紗は薄い笑みを浮かべた。

「仕方ないよ。だってもうあれから凄《すご》い時間が経ってるんだもん。本当は、もうお母さんがいないこと、なんとなく分かってたんだ」

「親戚《しんせき》はいねえのかよ」

悠輔が聞いた。

「おじいちゃんとおばあちゃんは、私が赤ちゃんの時に死んじゃったんだって。他の親戚には、一度も会ったことがない」

「そうか」

「利紗ちゃんのお母さん、今どこにいるのかなあ」

麒麟がそう言うと、利紗は首を横に振った。

「もういいの。お母さんがここにいなかったら、探さないって決めてたから」

める。

「本当に、もういいんだ。みんな私のために一緒に来てくれてどうもありがとう」

利紗は明るく言った。麒麟は皆に心配をかけまいと明るく振る舞うその姿に胸を痛
「でも、利紗ちゃん」

「利紗ちゃん」

麒麟は利紗が不憫《ふびん》で、心配そうに声をかけた。すると、悠輔に肩を叩《たた》かれた。振り返ると悠輔は、今はそっとしておいてあげよう、というように小さく首を振った。麒麟は力なく頷いた。

「じゃあ、次はキリンの家に行こう」

悠輔がそう言った瞬間、麒麟は俄《にわか》に緊張が走った。

「キリンの家は、何駅だ？」

「狛江駅だよ」

「ここから遠いか？」

修久が聞いた。麒麟は首を傾げた。

「分からない。駅からの道順は憶えているけど」

「また人に聞きながら行こうか」

武が言った。

「まずは新宿駅に戻った方が良さそうだな」

悠輔は独り言を言いながら歩き出す。麒麟は悠輔の後ろに続く。

「麒麟くん」

横にいる利紗に声をかけられ、振り向いた。利紗は笑顔で、

「お母さんとお兄ちゃん、いてくれるといいね」

麒麟は利紗にそう言われると辛《つら》い気持ちになり、またどう返せばいいのか迷う。

「ありがとう、利紗ちゃん」

ちょこんと頭を下げ、遠慮がちにお礼を言ったのだった。


麒麟たちはバスで東小金井駅に戻ると、駅員に狛江駅までの行き方を教えてもらい、一時間半後、何とか狛江駅に到着した。

十一年ぶりに狛江駅に降り立った瞬間、麒麟は厚子と秀才と一緒に電車に乗った日のことを思い出した。

あれは忘れもしない。あの日、初めて三人で動物園に行ったのだ。

三人で遊びに出かけたのは、あの一回きりだった……。

改札を出ると、迷うことなく家路を辿る。狛江の風景はガラリと変わっていた。麒麟は何となく寂しい気持ちになったのだった。

麒麟は足早にアパートに向かうが、桜台公園に差し掛かったところで、足を止めた。

「どうした、キリン」

悠輔が声をかけるが、麒麟は公園の入り口まで走った。

脳裏に、ミミとの思い出が走馬灯のように蘇《よみがえ》る。ミミにも会いたいが、熊野の友人が経営しているペットショップがどこにあるのかが分からない。

「もしかして、ここにミミがいたの？」

利紗が尋ね、麒麟は頷く。

「今も、元気にしてくれているよね」

「きっと元気にしているわよ」

麒麟は振り返り、

「僕の家は、すぐそこだよ」

悠輔たちに告げると、再び歩き出した。

麒麟は期待と不安を抱きながら住宅街を歩く。アパートの周辺もガラリと変わっていたが、迷うことなく進んでいった。

小さな喫茶店に差し掛かった瞬間、心臓が暴れ出した。その先の交差点を右に曲がると、アパートが見えてくるのだ。

ゆっくりとした足取りで交差点を右に曲がった。

すぐ先に、五年間暮らしたアパートがある。

無意識のうちに走っており、アパートの前に立った。

築三十年は過ぎているであろう二階建ての木造アパート。

麒麟が一年以上暮らしていた犬小屋はもう置いていない。

麒麟は厚子と秀才が中にいてくれることを強く祈る。

「行ってくる」

麒麟は悠輔たちにそう言って、アパートに入った。

一〇二号室の前に立つ。表札はないが、人は中にいる様子であった。

「お母さん、お兄ちゃん」

思わずそう叫びながら扉を叩いた。すると中から、赤ん坊を抱いた若い女性が出てきた。

その瞬間、目の前が暗くなり、一気に力が抜けた。

「どなた様ですか？」

麒麟は頭を振り、ごめんなさいと言ってその場から去った。

アパートから出ると、利紗たちが駆け寄ってきた。

「お母さんとお兄ちゃん、いなかった」

麒麟は聞かれる前に、残念そうに言った。

「十一年も経ったんだもんね。仕方ないよね」

長年の夢が叶《かな》わず深く傷つくが、利紗と同じようにどこかで覚悟していたため、すぐに落ち着きを取り戻した。

「越していてもよ、ジーニアスバンクに行けばすぐに分かるんじゃねえのか？」

悠輔が慰めるように言った。

麒麟もこの時、悠輔と同じことを考えていた。

ジーニアスバンクが秀才を最高の『成功例』として紹介していたのを思い出したのだ。『天才養成学校』に閉じ込められて間もない頃、それをテレビで知った。あの時厚子と秀才に会えたのが嬉《うれ》しくて、またテレビ越しに会えるのを楽しみにしていた。しかし、あれきり厚子と秀才を観ることはできなかった。タイミングが悪かったのだ。

秀才はその後約五年間、ジーニアスバンクのテレビCMに出演し、各メディアも秀才の成長を追っていたが、今まで僅《わず》かな時間しかテレビを観られなかった麒麟は、十一年前のたった一回しか観ることができなかったのである。

「今日から五人で暮らそう」

悠輔が麒麟の暗い気持ちを紛らわすように言った。

「安いアパート借りてよ。そこで五人一緒に暮らすんだ。今の俺たち、バラバラじゃ生きていけねえからな」

「でも、今あるお金でアパートなんて借りられるの？」

修久が心配そうに聞いた。悠輔は一瞬言葉に詰まったが、

「何弱気なことばっか言ってんだ。まだ十七万くらいある。これで貸してくれるとこ探すんだよ！」

修久は、うんと頷《うなず》いた。

「そうだよね。きっと貸してくれるとこあるよね！」

「今日から住む所と仕事を探すぞ！」

武と修久は気合を込めて返事した。

「俺は仕事しながら、警官になるために勉強するぜ！」

悠輔がそう言うと、武と修久が、悠ちゃん頑張れと応援した。

「おう！」

麒麟はすっと顔を上げた。

「僕も働く」

「私も」

すぐに利紗が続いた。悠輔はまず利紗に、

「ウサギはまだ十七歳なんだ。仕事なんてしなくていい。家で料理とか洗濯してくればいいよ」

次に麒麟を見て、

「キリンもいい。お前は絵を描け。熊野じゃねえけどよ、お前は絵描きになるんだ。絵描きになってたくさん金稼いでくれよ！」

「でも、それじゃあ」

「心配すんな。俺たちが頑張るからよ」

武と修久も麒麟を応援した。

「キリン、これから俺たちには良いことばかりが起こるんだぜ。今までが酷《ひど》かったんだからよ」

麒麟は笑顔になり、明るい声で返事した。

悠輔の言うとおり、自分たちは必ず幸せになれると信じられる気がした。

厚子と秀才のことだって、絶望していない。いつか必ず二人に再会できると思っている。

「悠輔くん、みんなのことはどうするの？　僕は早く助けてあげたい」

麒麟が一番心配していることであった。悠輔は真剣な口調で、

「分かってる。俺に任せろ」

「どうやって助けるの？」

悠輔は迷いながらも、考えていることをすべて話した。悠輔の計画を知った麒麟はまず安堵《あんど》した。それが危険を冒すような大それたことでなかったからである。

麒麟は頷いて、賛同した。

「それならみんなを助けてあげられると思う」

「勘違いするな。助けるだけじゃねえぜ。俺は、俺たちを苦しめ続けたジーニアスバンクをぶっ潰《つぶ》してやるんだ！」

悠輔は憎しみを込めて叫んだのだった……。

21

麒麟たちが『天才養成学校』を脱出してから一ヶ月が経った。

この日、東京は雲一つない快晴で、吉祥寺《きちじょうじ》にある井《い》の頭《かしら》公園には大勢の人が訪れていた。

その中に『天才養成学校』のジャージを着た麒麟の姿があった。

麒麟は朝から井の頭池とその周りの風景を油絵の具で描いている。目つきは真剣そのもので、自分の世界に入り込んでいる。

今描いている作品は、二ヶ月後に開催される『日仏芸術賞』に出品する予定である。この作品の他にも、来月開催される『新風画壇賞』や、三ヶ月後に開催される『日月芸術選賞』に水彩画を出品している。

麒麟がこうして自由に絵を描けているのは、悠輔と武と修久が朝から晩まで働いて金を稼いでいるからだった。そのことへの感謝の思いは勿論《もちろん》、早く世間に認められて悠輔たちの負担を少しでも軽くしたいという想いでいっぱいであった。

カンバスと向き合う麒麟の足元には、似顔絵の見本が並べられている。賞に出品する絵を描くだけでなく、似顔絵で生活費を稼いでいた。ただ稼ぐといっても一枚五百円なので、いつも交通費程度にしかならないのだが。

麒麟は繊細なタッチで風景画を描いていく。もう八時間以上は描き続けているが、疲れはまったくない。『天才養成学校』では一日中描くことが当たり前だったから。

しかし急に筆が止まった。

ふと厚子と秀才、それに『天才養成学校』で一緒に暮らした皆のことが脳裏をかすめたのだ。

あれから一ヶ月が経ったが、まだ二人に会えていない。また、大勢の仲間たちを助けることもできていない。

悠輔は皆を助けるために動いているが、我慢の限界に達した麒麟は一昨日の夜、悠輔に、警察に相談した方が速いのではないかと提案した。しかし悠輔はそれをかたくなに拒んだ。なぜかと聞いても理由は話さず、とにかく警察はダメだと言うのだ。

麒麟は、悠輔に行くなと言われたのだから行ってはならないんだと自分に言い聞かせたが、やはり一刻も早く皆を助けてあげたいという想いの方が強く、昨日悠輔に黙って警察署に相談に行ったのである。

しかし、麒麟の期待は大きく裏切られた。

警察はまともに相手にしてくれなかったのである。

いくら事実を訴えても、まったく信じようとしてくれないのだ。

どうして国民を守る立場の警察が、苦しんでいる皆を助けてくれないのだろうと深く傷ついた。

他に皆を助ける方法はないかと考えたが、悠輔が考えていることと同じ方法しか浮かばず、結局、悠輔が皆を助け出してくれるのを待つしかないのである。

「ねえねえ、お兄ちゃん」

ハッと我に返った。いつの間にか目の前にはおかっぱの幼い女の子がおり、まん丸の瞳《ひとみ》で見つめていた。

「なあに？」

麒麟は小さく屈《かが》み、優しく尋ねた。

「まーちゃんの顔描いて」

女の子は明らかにお金を持っていないが、麒麟は迷わず言った。

「いいよ、描いてあげる」

すると、少し遅れて女の子の母親がやってきて尋ねた。

「すみません、よろしいですか？」

「はい、喜んで」

麒麟は立ち上がると笑顔で返事をし、画用紙と色鉛筆を手に取った。


「はい、できたよ」

二十分後、麒麟は女の子に画用紙を渡した。女の子の全身を描いたが、顔が全体の八割近くを占めていて、首から下は小さく描いた。女の子の特徴をわざと大げさに描き、ユニークな作品に仕上げたのだった。

「すごいすごい、まーちゃんそっくりだあ」

女の子は似顔絵を見るなり、弾むように喜んだ。

「よかったわねえ、こんなに可愛く描いてもらって」

「うん！　帰ったらまーちゃんの部屋に飾る！」

女の子は目を輝かせて言ったのだった。母親は麒麟に一礼し、

「ありがとうございました。とっても喜んでくれて、私も嬉《うれ》しいです」

「よかったです」

女の子の母親は財布を取り出すと麒麟に千円札を渡した。

「おつりはいいですから」

「でも……」

「いいんです。大満足ですから」

麒麟は深々と頭を下げ、ありがたく千円を受け取った。

「じゃあね、お兄ちゃん」

「ばいばい」

麒麟は手を振り、笑顔で言った。

幼い女の子の後ろ姿を見守っていると、携帯が鳴った。本体は無料で、基本料五百円の、同じ会社同士なら通話無料というタイプである。

かけてきたのは利紗だった。電話に出ると、利紗が明るい声で言った。

「麒麟くん、まだ井の頭公園にいるの？」

「うん、いるよ」

「もう五時半よ。そろそろご飯できるから帰ってきてね」

「うんわかった。今すぐ帰るね」

麒麟は電話を切ると道具を片付け、井の頭公園を後にしたのだった。

京王井の頭線の電車に乗り込んだ麒麟は下北沢駅《しもきたざわ》でおり、自宅に向かって歩いた。

麒麟たちは下北沢駅から徒歩で十五分のところにある小さなワンルームマンションに住んでいる。築後二十年で間取りは１Ｋ。広さは二十五平米。家賃は十三万円。場所と広さを考えたら割高な物件である。

しかし、今の麒麟たちはその厳しい条件を受け入れるしかなかったのである。

本来部屋を借りる場合、保証人や所得証明書が必要となり、そのうえ家賃の他に敷金礼金を払わなければならない。それがネックとなり、三日間野宿を繰り返した。

麒麟はずっと野宿生活が続くことを覚悟していたが、部屋を探し始めてから四日目、保証人、所得証明書、敷金礼金一切不要の不動産屋を見つけたのである。

その代わり家賃は割高で、一日でも家賃の支払いが遅れれば強制退去という条件であった。麒麟たちは迷ったが、この先自分たちに部屋を紹介してくれる不動産屋などないと判断し、一番安い今のワンルームマンションを契約したのであった。

マンションに到着した麒麟は、一〇四号室の玄関扉を開けた。すると悠輔、武、修久の三人がフローリングに寝転がりながら、お帰りと言った。三人とも汚れた作業着を着ているところを見ると、どうやら今さっき仕事から帰ってきたようである。

「みんな、今日もお疲れ様でした」

三人に、感謝の気持ちを込めて言った。三人は現在、近くの土建業者にアルバイト作業員として雇ってもらっている。

仕事が決まったのは、部屋が見つかったその日であった。事務所を通りかかった時、悠輔がアルバイト募集の案内を見つけたのだ。悠輔はその場で武と修久を連れて事務所の中に入っていった。少し遅れて麒麟と利紗も中に入ったのだが、その時すでに悠輔は、とにかく金に困っているから働かせてほしいと社長に訴えていた。

社長は、本当なら履歴書を持ってこなければ採用しないが、そこまでやる気があるなら働かせてやろうと、三人を即座に採用してくれたのである。

その翌日から早速仕事は始まり、悠輔たちは週六日、一日大体八時間労働し、毎日クタクタになって帰ってくる。すべてが初めての経験で、そのうえ肉体労働なので内心は辛《つら》いはずだが、三人は一切弱音を吐くことはしない。

麒麟は、必死に生活を支えてくれている悠輔たちに頭が上がらない想いである。

「みんなご飯できたわよ」

キッチンで料理をしていた利紗が言った。利紗はボロの卓袱台《ちゃぶだい》の上に小さな鍋《なべ》とご飯が盛られた茶碗《ちゃわん》を置く。卓袱台はゴミ置き場からの拾い物で、茶碗と箸《はし》と鍋とオタマは百円ショップの品である。

「もう匂いで分かっちゃったかしらね」

利紗はそう言いながら鍋の蓋《ふた》を開けた。

「今日はみんなの好きなカレーよ」

悠輔たちは歓喜の声を上げた。

利紗はみんなの茶碗にルーをかけていく。具はジャガイモのみであった。

「いただきます」

盛りつけが終わると、利紗が手を合わせて言った。麒麟はちゃんといただきますと言ったが、悠輔、武、修久はちゃっちゃと済ませ、貪《むさぼ》るようにしてカレーを食べた。

「三人とも喉《のど》つっかえちゃうよ」

利紗が言っても三人には聞こえていない様子であった。麒麟と利紗は顔を見合わせると、フフフと笑ったのだった。

食事を終えた麒麟たちはいつも通り、思い思いの時間を過ごした。

悠輔は警官になるための勉強を始め、武と修久は漫画を読み始める。麒麟は利紗の食器洗いを手伝い、それが終わると今度は部屋の隅にポツリと置いてある文机《ふづくえ》の前に座った。

使い古された文机で、これもゴミ置き場からの拾い物である。

麒麟は引き出しの中からボールペン、封筒、便箋《びんせん》、そして切手を取り出した。

まず封筒に英語でペンシルバニア州と宛先《あてさき》を書き、その横に『皆川秀才様』と書いた。

「兄ちゃんに手紙か？」

漫画を読んでいた武が覗《のぞ》きながら言った。

「うん！」

麒麟は振り返り、嬉しそうに返事をした。そして文机に向き直ると便箋を引き寄せ、

『お兄ちゃん、お元気ですか？』

と書きだした。

秀才宛に手紙を書くのは、これが三回目である。

三週間前、悠輔の口から秀才がアメリカのロックヒルズ大学にいるということを知らされたのだ。

その日、悠輔は帰って来るなり、

『今日の昼休み、事務所に戻ったらキリンの兄ちゃんがテレビ出てたぞ』

と言ったのである。

麒麟は俄《にわか》に興奮し、悠輔に秀才のことを矢継ぎ早に尋ねた。

秀才を特集していたのは人気ワイドショー番組で、悠輔が観たのは最後の方だったらしいが、とにかくアメリカのロックヒルズ大学にいる、とのことだった。

最後に悠輔はこうも言った。

今でもジーニアスバンクで天才を産みたいと望む女性が大勢いるらしい……。

秀才の居所を知らされた麒麟はすぐにロックヒルズ大学の住所を調べ、その翌日郵便局の窓口に国際郵便を出した。

しかし、いくら待っても秀才から返信はなかった。その十日後再び手紙を送ったが、結果は同じであった。航空便でも、相手に届くまでに一週間近くかかることもあるなどということは、麒麟は知らなかった。

今度こそ返信がくることを祈りながら、三通目の手紙を書いている。

まずは今日の出来事を書き、次に秀才に会いたい想いを綴《つづ》り、最後に厚子のことを尋ねた。

麒麟はまだ居所が分からない厚子のことがとても心配だった。

きっと秀才と一緒に暮らしているのだろうが、それでも確かな情報を聞くまでは心配である。

手紙を書き終えると、返信が来ることを強く念じながら封筒に切手を貼った。

今では当たり前のように切手を貼っているが、切手を貼らなければ手紙が届かないことを知ったのは、初めてアメリカに手紙を出したときだった。

郵便局の窓口に手紙を出した際、職員から切手のことを教えられたのだ。

その時、利紗のことを思い出した。

利紗の母親は約三年間利紗を迎えに来ていたが、麒麟はそのたびに利紗に手紙を託していた。しかし一度も切手を貼ったことがなかった。それでも利紗は、ちゃんと手紙を出したと言っていた。利紗か母親が切手を貼って出してくれたのだろうかと思ったが、利紗に確かめることはしなかった。もしかしたら本当は手紙を出せていなくて、それを言うのが辛くて手紙を出したと言っていたかもしれないからである。

今思えば、手紙を出してくれた？　と聞くたび、利紗は一瞬気まずそうな様子を見せていたのだ。


ロックヒルズ大学の第一講義室では、これから秀才による授業が行われるが、開始三十分前で二百の席はすべて埋まり、さらには立ち見の学生まで出るほどであった。

講義室の時計が午前九時をさすと校内に一時限目開始のチャイムが鳴り、その三分後、第一講義室の扉が開いた。

その瞬間、室内はしんと静まりかえり、学生たちは皆一斉に秀才に注目した。中には崇敬の眼差《まなざ》しを向ける学生までいる。

長軀痩身《ちょうくそうしん》の秀才は高級スーツを着こなし、頭髪は後方になでつけ、縁なしの眼鏡をかけている。

秀才は教壇に立つと二百人以上いる学生を見渡し、眼鏡の位置を直すと、授業の開始を告げた。

厚子を捨ててアメリカに渡った秀才は弱冠十五歳で私立ハーバード大学の文理学部数学科に合格し、鳥居の学資援助を受けて入学した。

日本のメディアは秀才がアメリカに渡った後もその成長を追い続け、定期的に秀才の状況を伝えていたが、アメリカのメディアも秀才の天才的頭脳に注目し、秀才の名は忽《たちま》ちアメリカ全土に知れ渡った。

四年後、秀才は首席で大学を卒業。その翌月、ハーバードに在籍していた頃から誘われていたロックヒルズ大学に数学教授として迎えられ、現在は生徒たちに講義しながら研究を行っている。

ロックヒルズ大学は、一八八一年にペンシルバニア州に設立された私立大学である。広大なキャンパスの中心に立つ本部の建物は大聖堂を彷彿《ほうふつ》とさせる造りで、歴史を感じさせる。

創立者はマイケル・グラハムという、のちにノーベル物理学賞を受賞した偉大な物理学者で、これまでに数多くの著名人を輩出している超名門である。

全米大学ランキングでは毎年ハーバード大学、イェール大学と共に三位以内に入る。米国内だけでなく、世界から賞賛されている大学の一つでもある。

学生数は学部、大学院合わせて約一万五千人。特に理数系分野の研究においてはハーバードよりも規模が大きく、過去に多くの教授が権威ある賞を受賞している。

それほどの超名門が弱冠二十歳の、しかも日本人を教授として迎え入れるのは異例であった。

秀才はハーバードの大学院も視野に入れていたが、それでもロックヒルズ大学を選んだのは、理数系分野の研究環境が充実していることが一つ、それともう一つは、地位が欲しかったからである。これから世界的に権威ある賞を受賞するのは明白であり、名誉と金などいくらでも手に入る。しかしどんな賞を得ても地位は手に入らない。

秀才は、この世で最も価値あるものは、金でも名誉でもなく、地位であると考えている……。

秀才は講義メモも見ずに、ホワイトボードに数式をすらすらと書いていく。

学生たちは皆目を輝かせながら真剣に講義を聴いていた。秀才の講義はいつも立ち見が出るほどの人気ぶりで、弱冠二十歳でロックヒルズ大学の教授にまでなった秀才は学生たちの憧《あこが》れの的であった。

ある日、一人の男子学生にこう聞かれたことがある。

『僕も皆川教授のように努力すれば、ロックヒルズ大学の教授、若《も》しくは偉大な数学者になれますか』

秀才は抑揚のない声で、こう答えた。

『それはどうかな。ただ勘違いしないでほしい。私は生まれて一度も努力などしたことがない。なぜなら努力しなくても最初から完璧《かんぺき》にこなしてしまう、私の頭脳はそういうふうにできているのだ』

秀才はホワイトボードに向かい、計算式を目にも留まらぬ速さで連ねていくが、一時限目終了のチャイムが鳴ると同時にピタリと動作を止め、教科書を閉じると学生たちに講義終了を告げた。

学生たちは残念がり、中には途中で講義を終わらせたことに不満を抱く者もいるが、質問したり、不満を口にしたりする者はいなかった。皆秀才の性格を心得ているからである。秀才が時間ぴったりに講義を終了した時は、どんな質問にも答えない。有無を言わさず講義室を出た秀才は、三階にある教授室に向かった。

今は四日後、北米数学アカデミーに提出する論文のことだけに意識を向けている。

ここ二十年ほど、世界中の高名な数学者たちが挑んできた難問がテーマだった。

四ヶ月前から論文に取りかかり、いよいよ明日《あした》完成する予定である。

「Professor Minagawa」

突然後ろから女性に声をかけられた秀才は立ち止まり、ゆっくりと振り返った。事務員の女性が立っており、秀才宛《あて》に届いた書類や手紙を渡した。

秀才はその場で確認するが、すぐに動作が止まった。またしても麒麟から手紙が届いているからである。

これで三回目だ。

麒麟が厚子に捨てられてから十一年あまり。その間、麒麟から手紙など一切届かなかったのに、今になってしつこくよこすようになった。

厚子は麒麟がどこにいるのか語らず、また秀才も知ろうとも思わなかったが、とにかく今は手紙を出せる環境にいるということである。

秀才は麒麟の手紙をじっと見据えるが、封を開けることなく近くのゴミ箱に捨てた。そして再び歩き出す。

しかしすぐに足を止めた。

今書いている論文を提出するそのさらに三週間ほど後、今度は世界数学サミットで別の研究成果を発表することになっている。

秀才がそのことに気を奪われたのは、今年の開催場所が東京だからである。

麒麟の手紙があるゴミ箱を振り返る。一瞬ある予感を抱いたが、気に留めず教授室に向かったのだった。

22

その頃、麒麟は井の頭公園にいた。

二ヶ月後に開催される『日仏芸術賞』に出品するための油絵を完成させたところであった。

麒麟は秀才が手紙を読まずに捨てているとは露知らず、この日も朝から井の頭公園に行き、作品の続きを描いていたのだった。

気づけばもう夕方の五時を過ぎている。この日も八時間以上ぶっ通しで描き続けていたが、まったく疲れはなく、目を輝かせながら完成した作品を眺める。

春の日差しが降り注いだ井の頭池。背景には多くの樹木が色鮮やかに描かれている。油絵の具を巧みに使い、爽《さわ》やかで且つ美しい風景画に仕上げた。

明日にでもこの作品を『日仏芸術賞』に出品するつもりである。一人でも多くの人に認めてもらえたらいいなあと思う。

そこへ突然、携帯が鳴った。

携帯を手に取り蓋《ふた》を開く。液晶画面には『悠輔くん』と表示されていた。

悠輔は今日バイトが休みで、朝早くから一人で家を出て行ったのだが、麒麟たちはその行き先を知らなかった。

悠輔から電話がかかってくることなど滅多にないから、何かあったのだろうかと一抹の不安を抱いた。

「もしもし」

電話に出るなり悠輔は、興奮した口調で言った。

「キリン、帰ってきてくれ。大事な話がある」

麒麟はどうやら悪いことではなさそうだと一先《ひとま》ず安堵《あんど》し、

「うん、今すぐ帰るね」

と言って電話を切った。

麒麟は急いでマンションに戻り、玄関扉を開けた。

部屋には武と修久もおり、四人は小さな卓袱台《ちゃぶだい》を囲んで座っている。

「悠輔くん、どうしたの？」

「まあここへ座れよ」

悠輔は妙に機嫌がよい。麒麟は怪訝《けげん》そうにその隣に座る。利紗、武、修久に視線を向けると、三人とも首を傾げた。

「それで大事な話って何？」

利紗が尋ねた。

「悠ちゃん、早く教えてくれよぉ」

修久が待ちきれないといった様子で言った。

「キリンが帰ってきたんだから、もういいだろう？」

武が促すと、悠輔はわかったわかったと頷《うなず》き、自信ありげにこう言った。

「もうじき、施設に閉じ込められているみんなを助けられるぜ」

麒麟はハッとなり、表情を輝かせながら言った。

「本当に？」

悠輔は力強く頷いた。

「ああ、本当だ」

「よかったあ」

麒麟はまだ施設に閉じ込められている皆の顔を思い浮かべ、安堵の息を吐いた。

悠輔は『天才養成学校』に十数年間閉じ込められていたことや、ジーニアスバンクの実態を世間に暴露するため、実体験を原稿用紙に書き、休みの日を使って、事実を報道してくれるテレビ局や出版社を探し回っていたのだった。

「いろんな所を回った結果、グローバル出版ってところに情報を売ることにしたぜ。

どこよりも高い値をつけてくれたからよ」

悠輔がそう言った瞬間、麒麟の表情が曇った。

「え、お金もらうの？」

「当たり前だ。タダで情報を渡すかよ。俺たちには金が必要なんだから」

麒麟は悠輔が各メディアに情報を売り回っていたことを知らなかった。

純粋に、事実を報道してくれるテレビ局、あるいは出版社を探していると思っていたのだ。

この時やっと、悠輔が絶対に警察には行くなと言った理由を知った。

警察が先に事実を公表したら、メディアに情報を買ってもらえなくなるからだ。

「それで悠ちゃん、いくらもらえるんだ？」

修久が心を弾ませながら聞いた。すると悠輔は人差し指を立てた。

「百万だ！」

その金額に二人は興奮した。

「マジかよ、すげえ！」

「やったあ、これでしばらくは毎日お腹一杯ご飯食べられるよ！」

悠輔はふと、俯《うつむ》いている麒麟を見た。

「おいどうしたキリン、嬉《うれ》しくねえのか？」

麒麟は顔を上げると、笑顔を見せた。

「ううん、そんなことないよ。早くみんな出られるといいね」

麒麟は、『天才養成学校』に閉じ込められている皆のことを、お金を得るための道具にしたみたいで悲しい想いを抱いていたのだった。しかし悠輔の言うとおり、五人で生活していくにはお金が必要だし、もっとも、働いていない自分には何も言う資格はないと思い、何も言わなかったのである。

「一週間後、『週刊スクープ』っていう雑誌にすべてが掲載される。これでみんなが助かる。これでジーニアスバンクをぶっ潰《つぶ》せる！」

麒麟は、悠輔がこれからお金を得ることは忘れて、皆が助かることだけを考えることにした。

週刊誌にジーニアスバンクの実態が掲載されるのは一週間後の水曜日だという。

その日のことを考えれば考えるほど緊張は高まり、麒麟はこの日十時に床に就いたが、明け方まで寝付くことができなかったのだった。

一方秀才はその頃、大学の第一講義室で講義を行っていた。

この日も秀才の講義は立ち見が出るほどの人気ぶりで、学生たちは皆、秀才に熱い眼差《まなざ》しを向けながら、ホワイトボードに書かれた数式を必死に写していく。

秀才は、学生たちの熱っぽさとはほど遠い覚めた声で数式の説明をする。まだ論文のことだけに意識を向けており、今日中に完成する予定であるから昨日よりも冷淡であった。

講義中にもかかわらず学生の質問には答えず、学生たちが見えていないかのように一人勝手に講義を進めていく。他の教授が同じことをすれば非難の嵐だが、学生たちは皆不満を抱く気配すらなく、秀才の天才的頭脳にただただ感服するばかりであった。

秀才は依然、学生たちの熱い眼差しを無視するかのように一人で講義を進めていくが、講義が終わる十五分前、突然学生たちがざわつきだした。

ホワイトボードに向かっている秀才が急にピタリと動作を止めたからである。

まるで電池が切れたロボットのようであった。

一人の学生が声をかけると、秀才は再び動き出した。学生たちは皆、秀才が論文に気を取られているのを知っており、ある学生がもう少し僕たちのことも気にかけてくださいよ、と冷やかすように言うと、講義室は一瞬賑《にぎ》やかになった。

むろん秀才は振り返ることすらせずホワイトボードに数字を書き並べていくが、講義が終わる三分前、またしても金縛りにかかったように動かなくなった。

学生たちは一度目の時とは違い、怪訝そうに顔を見合わせた。

講義が終了すると、秀才は何事もなかったかのように講義室を出て、論文を書くために教授室へと向かう。教授室は三階にあり、部屋の扉を開けるとすぐに机に向かった。

教授室といっても広さは八帖《じょう》程度で、数学に関する書籍が所狭しと置かれている。壁には、過去に偉大な業績を残した教授たちの写真が飾られていた。

机の前に座るやいなやノートパソコンを起《た》ちあげ、論文のデータを開く。

一度眼鏡の位置を直し、論文の続きを書き始めた。

しかし、開始一分でその手が止まった。すぐにまた書き出すが、今度は眩暈《めまい》に襲われ再び作業がストップした。

目頭を押さえ、頭を軽く振ると三度論文を書き進めていく。だがその後も何度も動作が停止し、一時間もあれば完成すると思っていたものが、気づけば昼休みを挟んで三時間近くかかっていたのだった。


一週間後、ついに『週刊スクープ』のトップに、『天才養成学校』の存在や、ジーニアスバンクの実態が掲載された。

どのメディアよりも早くジーニアスバンクのスキャンダルを記事にしたグローバル出版は『週刊スクープ』を大々的に売り出した。

秀才を広告塔に使い、天才、あるいはずば抜けた才能を持った、幸福な子供が必ず生まれてくると謳《うた》ってきたジーニアスバンクは今や世界でも有名な企業であり、現在も多くの女性が優秀な精子を求めオークション会場を訪れている。それだけに、天才とは遠くかけ離れた、いわゆる『失敗作』を成戸島の巨大施設に隠蔽《いんぺい》しているという記事は、日本中を大きく揺るがした。

同日、グローバル出版の記者とカメラマンが早朝から施設の校門前に張り込んだ。

役所の職員も事実調査に訪れた。その日、悠輔が島の役所に『大勢の子供たちが拉《ら》致《ち》監禁され、虐待も受けている』と一部誇張して通報したのである。むろん警察にも通報したが、警察は即日動くことはなかった。

役所の職員は二日間続けて調査に訪れたが、警備員は門すら開けない。不審に思った職員は島の警察に通報。それでようやく警察が動いた。

しかし、警察が外から声をかけても警備員は応じず、事態が深刻化していると見た島の警察は警視庁本部に連絡。その翌日、本部から三十人の捜査員が駆けつけ、警視庁は強制捜査に踏み切った。

捜査員は、施設内に閉じ込められていた百二十六人の子供を保護。そのほとんどが十八歳未満で、全員各児童施設に預けられることになった。結局は親のいない施設での暮らしとなるが、『天才養成学校』と比べたら天と地の違いである。

一方子供たちを捨てた親たちは、事件が報道されても子供を児童施設に迎えに行く者は誰一人としていなかった。

ジーニアスバンクが会社にとって不都合な『失敗作』を『天才養成学校』という名の施設に閉じ込めていた事実が明らかになると、世間はジーニアスバンクに対し、『不出来な子供をゴミ箱に捨てた悪の組織』『子供を金儲《もう》けの道具にする阿漕《あこぎ》集団』等と痛罵《つうば》を浴びせ始めた。

また子供を捨てた女性や、ジーニアスバンクの優秀な精子を求める女性に対しても、『少しでも納得がいかなければ簡単に子供を捨てる悪魔』『天才を欲する狂乱者』などと非難した。

事態は日増しに悪化していき、ついにはジーニアスバンクのことを『劣悪精子工場』と呼ぶ者まで出てきた。

それは、優秀なドナーの精子が劣悪という意味ではなかった。

ジーニアスバンクがオークションに出している精子は実は優秀な人間の精子ではなく、プロフィールを偽っていたのではないかと疑っているのだった。

つまり、凡人の精子を販売していたのではないかと。

ジーニアスバンクはそれだけは絶対にあり得ないと強く否定したが、過去ジーニアスバンクで子供を産んだ女性や、現在お腹に子供がいる女性が殺到し、優秀なドナーであるかどうか証拠を求めたり、契約金の返金を要求したりとジーニアスバンクの東京本社は大混乱に陥った。

その週の土曜日、ジーニアスバンク東京本社ではオークションが行われる予定であったが当然のように中止となり、社員はメディアやジーニアスバンクで子供を産んだ女性たちの対応に追われた。

いずれにせよ、オークション会場には一人もこなかったろう。信頼を回復するのは困難であり、ジーニアスバンクが倒産するのは時間の問題であった。

そんな中、あるスポーツ紙が注目記事を掲載した。

それは、ジーニアスバンクの社長である鳥居篤郎と、『天才養成学校』の責任者である熊野孝広のことである。その内容に国民は強い衝撃を受けた。

ジーニアスバンクの実態が明るみに出てから十日が経ったが、報道番組は連日連夜ジーニアスバンクの事件を伝え、ネット上では非難や罵倒、それにさまざまな憶測が飛び交っている。その半数以上が鳥居篤郎と熊野孝広に向けられたものであった。

成戸島の施設に閉じ込められていた子供たちが捜査員によって保護されたその日、警視庁は鳥居篤郎と熊野孝広から事情聴取するため任意同行させるつもりだった。

しかしなぜか二人の姿は見つからず、まだ二人の行方は不明のままなのである。

鳥居と熊野の行方不明が発覚してから早八日。

そのスポーツ紙は、鳥居と熊野が自殺した可能性が高いと伝えたのであった。

それからさらに四日が過ぎた。『週刊スクープ』にジーニアスバンクの実態が初めて掲載されてから二週間が経ったが、鳥居と熊野の行方は依然分かっていない。各メディアやネットでは相変わらずさまざまな憶測が飛び交っており、他殺説まで出ていた。

そんな緊迫した状況の中、メディアは秀才にスポットを当て始めた。ジーニアスバンクの広告塔である秀才が、三日後の六月五日に開催される世界数学サミットで研究発表するために来日するからである。

当日、世界数学サミットの会場には朝から多くの報道陣が詰めかけた。

その中に、麒麟と利紗の姿があった。昨日コンビニに立ち寄った際、秀才が来日するということをスポーツ紙によって偶然知ったのである。麒麟は秀才に再会できることを喜び、昨晩は嬉《うれ》しさと緊張のあまり一睡もできず、朝一番で会場にやってきたのだった。

もうじき、十数年ぶりに秀才と再会することができる。

しかし、その想いとは裏腹に、秀才を待つ麒麟の表情は不安気であった。

秀才に再会できることはとても嬉しいが、多くの報道陣が秀才のことを槍玉《やりだま》に挙げようとしているのが分かるからだ。

各局のレポーターがカメラに向かって秀才のことを伝えているが、皆良いふうには伝えていない。ジーニアスバンクの広告塔というだけで秀才は悪者にされているのだった。

「麒麟くん、この人たちの言うことは気にしない方がいいわ」

「ありがとう、利紗ちゃん」

麒麟は笑みを見せて言った。

その時である。報道陣が急に慌ただしくなり、各局のレポーターが一斉に、皆川秀才氏が到着した模様です、とカメラに向かって叫んだ。

秀才は黒いセンチュリーに乗って会場にやってきた。

入り口の手前で停車したが、報道陣が邪魔で麒麟の位置からは秀才が見えない。

秀才が車からおりると周囲は大混乱となった。カメラマンは一斉にフラッシュを浴びせ、レポーターは続けざまに質問をぶつける。

「皆川教授！　今回のジーニアスバンクの不祥事をどう思われますか？」

「皆川さんも成戸島の施設に子供たちが長年監禁されていたことを知っていたんじゃないですか？」

「皆川教授はジーニアスバンクの『成功例』ですよね。『失敗作』と言われている子供たちに何か一言ありませんか？」

「鳥居篤郎氏が今どこにいるか知りませんか？」

秀才は一言も答えず会場に進んでいく。

麒麟は報道陣をかき分け、隙間から入り口の方を見た。

その瞬間、雑音が消え、時が止まったようになった。

麒麟の瞳《ひとみ》に、秀才の横顔が映ったのである。

十一年ぶりに会う秀才はすっかり大人になっていたが、顔立ちには昔の面影が残っており、嬉しさと同時に熱いものがこみ上げた。

「お兄ちゃん、お兄ちゃん、僕だよ！」

麒麟はジャンプしながら、必死に叫び続けた。

その時だった。秀才の耳に届いたのか、秀才が振り返った。

この時初めて秀才を正面から見たのだが、その刹那《せつな》、麒麟は動作が停止した。

長旅の疲れか、それともストレスのためか、理由は分からないが、とにかく秀才の顔色が酷《ひど》く悪いのである。

「お兄ちゃん！」

麒麟はもう一度秀才を呼んだが、声に力が入らなかった。

その後数秒間、秀才は報道陣に身体を向けていたが、向き直ると余裕のある足取りで会場の中へと入っていったのだった。

会場の控え室前にはこれから研究発表する数学者の関係者たち、それに抽選で席を勝ち取ったマスコミが集まっていたが、秀才が姿を現した途端しんと静まりかえった。

その直後、秀才はマスコミに囲まれさまざまな質問をされたが、一言も発することなく控え室に入った。部屋では数学界の権威者たちが和やかな雰囲気で会話をしていたが、秀才が入った途端やはり空気が変わった。

秀才は空いた席に座ると、何事もなかったように本番の準備を始めたのだった。

一時間後、いよいよ世界数学サミットが開会した。

日本数学アカデミー会長が開会の辞を述べると、早速一番目に研究発表する、赤谷《あかたに》光男《みつお》という数学者がステージに上がった。赤谷は東都大学の教授をしており、これまでに数々の賞を受賞してきた数学界の重鎮と呼ばれる人物である。

ステージにプロジェクターが用意され、準備が整うと会場の明かりが消えた。

会場には大きな拍手が起こり、赤谷は少し緊張した様子で研究成果を発表していく。

秀才は関係者席にいた。出番は次だが、緊張した様子は一切見せず、赤谷の方をじっと見据えていた。

赤谷の発表が終わると、会場内は盛大な拍手に包まれた。

その直後、司会者が秀才の名を告げた。

秀才は無表情のままステージに上がる。会場には五百の席があるが、空席は一つもない。関係者以外抽選で、そのほとんどが秀才を見に来ていたのだった。そのくせ秀才がステージに上がっても拍手せず、皆白い目で見る。今まで天才的頭脳を持つ秀才を賞賛していたが、ジーニアスバンクが不祥事を起こした途端メディアだけでなく一般人までもが敵に回った。

しかし、秀才はそんなことなどどうでもいいというように会場内を見渡す。麒麟の姿を探しているのだった。会場に入る直前、お兄ちゃんと聞こえたような気がしたのである。

厄介な麒麟の姿がないことが分かると、挨拶《あいさつ》もせずにいきなり今回の発表のテーマについて説明を始めた。その声には抑揚がなく、皆秀才の愛想のなさに不快感をあらわにする。

秀才は構わず進めていくが、開始三分後、秀才の動きがピタリと止まった。

突然の異変に会場内がざわつく。

秀才は何事もなかったように説明を再開するが、さらに二分後、再び秀才は停止した。

会場はまたしてもざわつき、カメラマンたちは発表中にもかかわらずシャッターを切った。

その直後であった。

今度は秀才の息づかいが急に荒くなり、やがてその場に倒れたのである。

会場にいる女性たちは悲鳴を上げ、関係者たちが秀才の傍に集まる。しかし、いくら声をかけても無反応であった。関係者の一人が、救急車、救急車を呼べと叫んだ。

会場の外で待ち構えていた報道陣にも、秀才が倒れたという情報が伝えられた。

忽《たちま》ち現場は騒然となった。報道陣の近くで秀才を待っていた麒麟と利紗も、すぐさま不穏な空気を感じ取った。

「どうしたのかしら」

麒麟はこの時から、何となく胸騒ぎを感じていたのだった。

「お伝えします！」

若い女性レポーターがカメラに向かってこう言った。

「たった今、皆川秀才氏が発表中に倒れたという情報が入ってきました。繰り返します！」

麒麟は強いショックを受けた。脳裏に、蒼白《あおじろ》い顔をした秀才の顔が過《よぎ》る。

「どうしてそんな急に？」

利紗が言った。麒麟は俯《うつむ》きながら、

「実はお兄ちゃん、会場に入る前凄《すご》く顔色が悪かったんだ」

利紗は息を吞《の》む。麒麟は、重い溜《た》め息を吐いた。

何もできない麒麟は、大事には至らないことをただ祈るばかりであった。

十分後、会場入り口に救急車が到着すると、救急隊員たちが担架を持って中に入っていった。

間もなく、秀才が担架で運ばれて出てきた。

麒麟と利紗は報道陣をかき分けて、どうにか秀才の前に辿《たど》り着いた。まだ意識を失っているようで、救急隊員が秀才の口に酸素マスクをあてている。その光景が、麒麟を余計不安にさせた。

「お兄ちゃん、お兄ちゃん！」

何度声をかけても、秀才は一切反応しなかった。

「君どいて！」

一人の救急隊員に押しのけられた。麒麟は救急隊員の袖《そで》を強く摑《つか》んだ。

「僕のお兄ちゃんなんです！　お兄ちゃん大丈夫なんですか？」

「それなら早く乗って」

麒麟と利紗は救急車に乗り込む。間もなく救急車はサイレンを鳴らして走り出した。

麒麟は秀才の手を取って声をかける。

「お兄ちゃん、目を開けて！」

次に救急隊員に向かって、涙声で叫んだ。

「お願いします、お兄ちゃんを助けてください！」

23

秀才を乗せた救急車は、首都総合病院に到着した。

救急隊員は秀才をおろすと四階の個室に運んだ。その直後医師がやってきて、医師はまず血圧と脈拍を取った。秀才は依然意識を取り戻さないが医師はまったく慌てず、むしろ安心した様子で恐らく過労だろうと言い、点滴を打った。

秀才が倒れたのは単なる過労によるものだと聞いた麒麟と利紗はひとまず安堵《あんど》した。医師は、意識を取り戻したら念のため精密検査をする、と言って部屋を出て行った。

秀才が意識を取り戻したのは、その直後であった。うっすらと目が開いた途端、麒麟は声をかけた。

「お兄ちゃん、お兄ちゃん」

その声を聞いた途端、秀才は目を大きく見開き、素早く起き上がった。麒麟は慌てて制止する。

「お兄ちゃん、起き上がったらだめだよ」

秀才は麒麟を見つめたまま固まっている。麒麟はほっと息を吐く。

「よかったあ、意識を取り戻して」

隣にいる利紗が嬉《うれ》しそうに頷《うなず》いた。

秀才は依然、麒麟を見たまま硬直している。麒麟は秀才に微笑み、言った。

「僕だよ、麒麟だよ。お兄ちゃん、やっと会えたね。僕ずっと会いたかった」

秀才は驚いたような表情を浮かべて呟《つぶや》いた。

「やはり会場の前にいたのか」

「うん、お兄ちゃんが倒れたって聞いた時は驚いたよ。でもよかった。先生、ただの過労だって言ってたよ。お兄ちゃんは頑張り屋さんだから、たまには身体を休ませないとだめだよ」

秀才は部屋を見渡した。

「ここはどこだ？」

「病院だよ」

「そんなことは分かっている」

秀才は厳しく言い放った。

「首都総合病院です」

利紗が恐る恐る言った。秀才が利紗に視線を向けると、利紗が顔を伏せる。

秀才は利紗の左手に気づいて、嫌悪感をあらわにして言った。

「施設に入れられていた一人か」

麒麟は嬉しそうに利紗を紹介した。

「星野利紗ちゃん。僕と同い年で、今までずっと施設に……」

「そんなことなど、どうでもいい」

秀才が遮った。

「今すぐに出て行け」

その瞬間、麒麟の表情から笑みが消えた。

「お兄ちゃん、どうして……」

「お兄ちゃんとも呼ぶな。俺はお前の兄ではない。もう二度と俺の前に姿を現すな」

麒麟は心臓を貫かれた思いであった。

「どうしてそんなこと言うの？」

「昔言ったろう。俺は馬鹿が嫌いなんだと。ただそれだけだ」

「ひどい」

利紗が俯きながら言った。

「麒麟くんはお兄ちゃんが大好きなのに。施設に閉じ込められていた十一年間あまり、お兄ちゃんに会うために麒麟くんは……」

「そんなこと知るか」

秀才はまた遮り、辟易《へきえき》したように言った。

「無能な弟がいると世間に知れたらそれこそ恥だ。迷惑だから早く出て行け」

「麒麟くんは！」

利紗が声を張り上げた。

「麒麟くんは無能なんかじゃない。麒麟くんには……」

「いいんだよ、利紗ちゃん」

麒麟は首を振って言った。

「でも」

「お兄ちゃんの言うとおり、僕は馬鹿だからいいんだ」

利紗は納得いかないという様子だが、それ以上は言わなかった。

「お兄ちゃん、それよりお母さんは今どこ？　お母さんに連絡しなくちゃ」

「どうして俺が奴の居所を知っているんだ」

秀才は白い壁を真っ直ぐに見据えながら、抑揚のない声で言った。

「え、お母さんと一緒に住んでいるんじゃないの？」

「なぜ俺が奴と一緒に住まなければならない？」

麒麟は激しく動揺した。では、厚子は一体今どこにいるというのか。

「もしかして、お母さんと喧嘩《けんか》したの？」

麒麟は悲しそうに言ったが、秀才は答えなかった。

「せめてお母さんの連絡先くらいは分かるでしょ？　僕に教えて。電話して病院にきてもらうから」

「知るわけないだろう」

秀才は一言、冷たく言い放った。

「そんな……」

「それよりいつまでここにいる。迷惑なんだ。早く出て行け」

麒麟はこの時ようやく、家族が崩壊していたことを知ったのだった。十一年間思い描いていた理想と現実は大きくかけ離れていたのだった。

「お兄ちゃん、お母さんと何があったの？」

秀才はやはり答えなかった。

「とにかくお母さんを捜さなきゃ。でもどうやって捜したらいいんだろう」

麒麟が言ったその時、部屋の扉が開いた。やってきたのは医師と看護師であった。

医師は秀才に向かって、

「お目覚めになったようですな」

秀才は白い壁を見据えながら、

「ええ」

「少し落ち着きましたら精密検査を行います」

秀才は医師を見た。

「精密検査？」

「心配なさらないでください。念のためですよ」

「私にはそんな時間はない。私は……」

麒麟と利紗は怪訝《けげん》そうに秀才を見た。なぜなら秀才が、まるで金縛りにかかっているかのように止まっているからだ。よく見ると、呼吸もしていない様子だった。

「お兄ちゃん？」

声をかけると秀才はハッとして、

「私は今すぐに会場に戻らなければならない。研究発表の途中なんだ」

「今の状態では無理ですよ。今日は安静にしていてください」

秀才は納得いかない様子で口を開くが、またしても動作が停止し、やっと動いたと思ったら眼鏡の位置を静かに直した。

「どこで検査を行うのですか？」

申し出に素直に応じたのだった。

「一階の検査室です」

「では早速行きましょう」

「お兄ちゃん、ちょっと待って」

麒麟は慌てて言った。そして医師と看護師に身体を向けて尋ねた。

「ボールペンとメモ用紙ありませんか？」

するとと看護師が鉛筆と小さなメモ用紙を麒麟に渡した。麒麟はそのメモ用紙に、今住んでいるマンションの住所と携帯番号を書き、秀才に渡した。

「今僕はここに住んでいるんだ。その下のは僕の携帯番号だから」

秀才はメモ用紙を見るが、必要ないというように床に捨ててしまった。麒麟はメモ用紙を拾い、棚の上に置いた。

「今日はもう帰るね」

本当はずっと傍にいたいが、秀才に従うことにした。今日は酷《ひど》く疲れているし、そのうえ情緒不安定だから冷たくあたるのだと麒麟は信じていた。

「明日《あした》もまたお見舞いにくるから」

笑顔で言っても秀才は答えず、点滴の管を持って立ち上がると医師に言った。

「行きましょう」

医師と看護師は頷《うなず》き部屋を出る。秀才はそのあとについて、麒麟には一瞥《いちべつ》もくれず廊下に出たのだった。

麒麟と利紗も廊下に出て、秀才の後ろ姿を見守る。

その時、秀才が医師にこう言うのが聞こえた。

「ところで、ここは何という病院ですか？」

医師は振り返って答える。

「首都総合病院です」

麒麟はそのやり取りに、不思議そうに首を傾げたのだった。

病院の周りには多くのマスコミがおり、各局のレポーターがカメラに向かって秀才の状況を伝えていた。

麒麟と利紗はマスコミを避けるようにして病院を後にし、無言のまま駅に向かって歩く。

沈黙を破ったのは利紗だった。

「お兄ちゃん、ただの過労みたいでよかったわね」

麒麟は頷くが、表情は暗かった。

「麒麟くん？」

「利紗ちゃん、今日は何だかごめんね」

利紗は意外そうな顔をした。

「どうして謝るの？」

「お兄ちゃんがさ、利紗ちゃんが来ているのに……」

何と伝えたらよいのか分からず言い淀《よど》む。

利紗はううんと首を振った。

「あんなふうだけど、本当は心の優しいお兄ちゃんなんだ。だからお兄ちゃんのこと嫌いにならないであげてね」

「もちろん。嫌いになんてならないわ。だって麒麟くんのお兄ちゃんだもの。マスコミの人に色々言われたり、お仕事中に倒れたりして……だから麒麟くんに冷たくあたってしまったのよ」

「ありがとう、利紗ちゃん」

「明日も一緒にお兄ちゃんに会いに行こうね」

「うん」

元気よく頷いたが、すぐに沈んだ顔つきになった。

「どうしたの、麒麟くん？」

「お母さんが、心配で」

「そうね、お母さんどこにいるのかしら」

「てっきりお兄ちゃんと一緒に暮らしていると思ったのに」

「本当にお兄ちゃん、お母さんのこと何も知らないのかしら」

「そんな感じだったね」

麒麟は重い溜《た》め息を吐いた。

「どうしてこんなことになっちゃったんだろう……」

麒麟は続けて言った。

「お母さんを捜さないと。でも、どうやって捜せばいいだろう？」

「明日、お兄ちゃんにもう一度聞いてみよ。もしかしたら本当はお母さんの連絡先知っているかもしれないよ」

麒麟はそうであることを期待し頷いた。

「お母さんとお兄ちゃん、仲直りしてほしいなあ」

三人が幸せそうに笑っている光景を空に浮かべながら、切に願ったのであった。

翌日、麒麟と利紗は午前七時半に家を出て、八時半前に首都総合病院に到着した。

二人は四階に上がり、秀才がいる個室の扉をノックした。しかし、中から返事がない。

「お兄ちゃん」

麒麟は声をかけながら扉を開いた。

秀才はベッドの上で、朝のワイドショーを観ていた。番組はちょうどジーニアスバンクの不祥事について報道している。昨日秀才が倒れて病院に運ばれたことも改めて伝えられているはずだった。

「おはよう、お兄ちゃん」

「おはようございます」

二人が声をかけても、秀才は振り向きもしなかった。

「昨日の検査はどうだった？」

「…………」

「今日中に退院できるんでしょ？」

「…………」

「ねえ、お兄ちゃん」

「もう二度と俺の前に姿を現すなと言ったろう」

秀才はテレビ画面に顔を向けたまま言った。

「お兄ちゃんは僕のことが嫌でも、僕はお兄ちゃんと一緒にいたいんだ」

麒麟は明るい声で言った。秀才は辟易《へきえき》したような溜め息を吐くが、それ以上口を開かなかった。

「そうだ、お兄ちゃん」

麒麟は厚子のことを尋ねようとしたのだが、ちょうどそこへ昨日の医師と看護師がやってきた。

「おはようございます、皆川さん」

「おはようございます」

秀才は抑揚のない声で返した。

「弟さんもいらしてたんですね」

医師は笑顔で言った。

「先生、おはようございます」

麒麟は深々と頭を下げた。

「皆川さん、身体の調子はどうですか」

医師の問いかけに秀才は無愛想に答えた。

「早く退院させてもらえませんか」

麒麟はその言葉に一抹の不安を抱いた。医師に視線を向けると、医師は秀才を一瞥してから麒麟に目で合図した。医師は何も言わずに部屋を出た。麒麟は医師についていく。

廊下に出ると、医師は麒麟に、

「ちょっと」

と言って階段の方に歩いて行った。麒麟は利紗をその場に残し、緊張の面持ちで医師の後ろに続いた。

医師は一階までおり、『脳神経外科』の診察室に入った。中には五十くらいの、髭《ひげ》を生やした優しそうな医師がいた。

「中林《なかばやし》先生、皆川さんの弟さんです」

中林と呼ばれた医師は立ち上がって一礼した。

「お兄さんを担当する中林です」

麒麟は中林に深々と頭を下げた。

「お座りください」

中林は深刻な表情で言った。麒麟は腰掛けると、二人の医師を交互に見ながら尋ねた。

「あの、お兄ちゃん、いえ、兄はどうして退院できないのでしょうか。まさか病気なんですか？」

中林は『皆川秀才』と書かれた茶色い袋から二枚のレントゲン写真を抜き取り、それをシャウカステンのクリップに挟んで明かりをつけた。

そのレントゲン写真には、秀才の脳が写されていた。

「あの、これは？」

恐る恐る聞くと、中林は、

「昨日お兄さんの頭部を撮影したものです」

と答えた。

「兄は、頭のどこかが病気なんですか？」

中林は気の毒そうにこう言った。

「非常にお伝えしにくいのですが、昨日の精密検査で、お兄さんは若年性アルツハイマーの疑いがあると診断されたのです」

病名を聞いても、麒麟は何が何だか分からなかった。

「若年性アルツハイマーって何ですか？」

中林は一つ間を置いて、

「分かりやすく言えば、記憶障害です」

麒麟は息を呑《の》む。

「記憶、障害……」

「二十代で若年性アルツハイマーに冒されるのは非常に珍しいです」

「あの、先生」

麒麟は中林を遮り、声を震わせながら聞いた。

「その、若年性アルツハイマーって、罹《かか》るとどうなってしまうんですか？」

「一時的な物忘れから始まり、進行すると、例えば予定を忘れたり、場所や人の名前等を忘れたりしていきます。それにともない暴言、暴力、徘徊《はいかい》等の問題行動が見られることもあり……」

麒麟はその時、昨日の帰り際の出来事を思い出した。

秀才は利紗から病院名を聞いたはずなのに、医師に再び同じ質問をしたのである。

麒麟は不思議に思ったが、まさか秀才の脳に異常があるとまでは考えなかった。

「人の、人の……」

麒麟は口を開くが、怖くてなかなかその先が言えなかった。

「先生、人の名前が分からなくなるって言いましたけど、病気が進んだら僕の名前まで分からなくなってしまうんですか？」

中林は言いづらそうに、

「病気が進めば、あなたのこと自体分からなくなります。最後は自分のことも分からなくなり、言語も忘れ、寝たきりの状態になります」

麒麟は目の前が暗くなり、倒れそうになった。中林は慌てて麒麟を支える。

「しっかりして。弟さんのあなたがしっかりしなくてどうするんです。正直言って、これからが大変なんですよ、アルツハイマーの患者を抱える家族は」

麒麟は首を縦に動かすが、あまりのショックで声が出なかった。

「若年性の場合、主な原因は二つです。最初に、お兄さんは過去に事故などで頭部を損傷した経験がありますか？」

麒麟は声を絞り出して答えた。

「それは……わかりません」

「では次に、ご両親、若《も》しくは親戚《しんせき》にアルツハイマーの方はいますか？」

「母にはもう十数年会ってないのではっきりとは言えませんけど、多分大丈夫だと思います。でも父については、まったく分かりません。僕は、兄の父がどんな人なのかすら分からないんです」

中林はそこで、秀才がジーニアスバンクで生まれた子供であることに気づいた。

「失礼しました」

麒麟は顔を上げ、縋《すが》るように言った。

「先生、兄を助けてやってください」

しかし、中林はこう告げた。

「残念ながら、アルツハイマーを治すことはできません」

「そんな……」

「ただし進行を遅らせることはできます。薬を投与するのはもちろん、それ以外には、なじみのある写真や記念品を傍に置いて安心感を与える回想法、それと、交換日記も脳の活性化によいので、進行を遅らせる効果があります」

麒麟はそう言われても、希望を持つことができなかった。ぼんやりとした表情で尋ねた。

「でもいつか、兄は何もかも分からなくなってしまうんでしょ？」

中林は辛《つら》そうに頷《うなず》いた。

麒麟は首を振る。

「そんなの嫌だ！」

「皆川さん」

「はい」

麒麟は俯《うつむ》きながら、今にも消え入りそうな声で返事した。

「問題は、お兄さんに病気を告知するかどうかです。今は肝臓の再検査が必要だと伝えていますが、あのお兄さんのことです、すぐに異変に……」

「言えません」

麒麟は最後まで聞かずに言った。

「いやしかし、お兄さんはアメリカの大学で教授をされているでしょう？　いずれ大学は辞めることになると思いますが、そちらの方にも早く病状を伝え、アメリカの病院にも」

「アメリカには行かせません。日本で治療します。大学はしばらく休ませます。でも僕は英語を喋《しゃべ》れません。先生から事情を伝えてもらえませんか？」

麒麟は放心したような顔つきで、抑揚のない声で言った。

「診断書を送り、大学がどう判断するのか相談することは可能ですが」

麒麟は急に両手で顔を覆い隠し、

「何もかも忘れてしまうなんて、兄が可哀想で言えるはずがありません。プライドが高い人だから、もし本当のことを知ったら……」

麒麟は辛くてその先は言えなかった。

中林は混乱する麒麟をしばらく見つめ、

「わかりました。では告知せず進行を遅らせるための治療を行っていきましょう。大学の方は、私が対応しますから」

「お願いします」

麒麟は、秀才の病気が治らないなんて認めたくないが、そう言うしかなかった。

突然の悲劇だった。

天才的頭脳を持つ秀才が若年性アルツハイマーに脳を蝕《むしば》まれている。

麒麟は、脳神経外科の診察室を出た途端、その場に崩れ落ちた。

今こうしている間にも、秀才の記憶は奪われている。驚異的な速さで頭脳が発達、知識を吸収した分、失っていくのも速いということなのか。

お兄ちゃんが可哀想だよ、と麒麟は心の中で叫んだ。二十一歳の若さで記憶を失っていくなんて残酷すぎる。

やっと再会できたと思ったのに、やがて家族のことすら分からなくなってしまう……。

麒麟は人目も憚《はばか》らず声をあげて泣いた。泣きながら、お兄ちゃんじゃなくて僕が病気にかかればよかったのにと思った。

気づくと外のベンチに座っていた。

すっかり涙も涸《か》れ、ぼんやりと一点を見つめながら秀才との思い出を振り返っていたのだった。

外に出てからどれぐらい時間が経ったのかまったく分からない。とにかく秀才に変に思われないように、病室へ帰らなければならないと思い立ち上がった。

ちょうどその時、携帯電話が鳴った。画面には、登録していない番号が表示されている。

「はい」

麒麟は携帯を耳にあて、魂が抜けたような声で電話に出た。

「皆川麒麟さんの携帯でよろしいですか？」

男性の声であった。声から察すると年配の人らしい。

「はい、そうです」

力無く返事すると、

「いやあ連絡が取れてよかった」

電話の男性は安堵《あんど》した様子だ。

「皆川さんと連絡が取れるまで苦労しましたよ」

「あの、すみません」

「これはこれは失礼しました。私、『画聖展』の理事をしております中館政夫《なかだてまさお》と言います」

「画聖展……」

画聖展とは国が主催する、日本の絵画界で最も有名な賞の一つである。

麒麟は『天才養成学校』を脱出して以降どのような賞があるのかを調べ、いくつかの絵画賞に作品を出品している。本当は特に権威のある画聖展に作品を出品したかったのだが、全然締め切りに間に合わなかったのだ。

だから、なぜ画聖展の理事から連絡がくるのか、まったく見当がつかなかった。

「皆川さん」

中館は興奮混じりに言った。

「はい」

麒麟が返事すると中館はこう告げたのである。

「今回、満場一致であなたの作品が最優秀賞に選ばれたのですよ」

一瞬、何かの間違いではないかと思った。

「僕は画聖展には出していません」

今度は、中館の方が固まったようであった。

「え？『檻《おり》の中から』は、あなたが描いた作品ではないのですか」

麒麟は愕然《がくぜん》とした。脳裏に家族三人の姿を表した絵と熊野孝広の顔が浮かぶ。麒麟は、熊野が『檻の中から』を出品したような気がするのである。

「確かに、僕が描いた絵です」

静かな語調で言った。

「連絡先が記されていなかったので、どうやって伝えようか迷いましたが、もしかしたら他の賞にも出品しているのではないかと思い調べたのです。先程、関係者の方から連絡がありまして、皆川さんの連絡先を教えて頂いたのです。いやあ授賞式までに連絡が取れて本当によかった」

中館は続けた。

「それにしても皆川さん、あなたは本当に素晴らしい。十七歳で最優秀賞は最年少記録ですよ。私も『檻の中から』を見た瞬間、あなたの世界観に引き込まれましたよ。奇抜な発想、独創的な表現、そして美しい筆遣い、あなたはまさに天才だ！」

麒麟はいくら賞賛されても表情一つ変えなかった。

「あの、皆川さん？」

今にも消え入りそうな声で返事をする麒麟とは対照的に、中館は興奮しながら言った。

「皆川さん、明後日《あさって》の午前九時、白金台《しろかねだい》にある国立国際近代美術館で展示会及び授賞式がありますので、よろしくお願いします」

授賞式の詳細を伝えられても麒麟は無言であった。

「皆川さん？」

麒麟は俯いたまま暗い声で、

「はい、分かりました」

と返事し、電話を切ったのであった。

麒麟はその場に立ち尽くし、重い溜《た》め息を吐いた。

皮肉な巡り合わせであった。秀才には災いがふりかかり、麒麟に幸運が舞い込んだ。

しかし麒麟自身には幸運とは思えなかった。運命の悪戯《いたずら》としか考えられなかった。

「画聖展の、最優秀賞……」

熊野が密《ひそ》かに作品を出品したことによって夢が現実のものとなったが、よりによってどうして今なんだろうと思った。

病室に戻った麒麟は部屋に入る前、無理に明るい笑顔を作り、ただいまあと元気よく扉を開けた。

秀才は麒麟に一瞥《いちべつ》もくれず、じっと空を眺めている。利紗は離れたところで椅子に座っていた。

「ずいぶん遅かったわね。どこへ行っていたの、麒麟くん？」

麒麟は利紗に一冊のノートを見せた。

「待たせてごめんね。これを買いに行ってたんだ。一階の売店には売ってなかったから、コンビニで買ってきた」

本当は一階の売店で買ってきたものである。不自然に思われないためにコンビニまで行ったと嘘をついたのだった。

「それ何に使うの？」

「交換日記だよ」

「交換日記？」

秀才の病気の進行を少しでも遅らせたいという想いはもちろん、秀才との思い出を残しておきたいという想いもあった。

麒麟は秀才の横に立ち、明るさを装って言った。

「お兄ちゃん、今日から交換日記やろうよ」

麒麟は病気のことはもとより、画聖展の最優秀賞に選ばれたことも告げなかった。本当は秀才に褒めてもらいたいが、秀才のことを思ったら話せるはずがなかった。

「ふざけるな」

秀才は麒麟に顔を背けたまま、厳しく言い放った。

「どうして、お兄ちゃん？　やろうよ。今日は僕が書いて、明日《あした》はお兄ちゃんが書くんだ！」

「なぜお前と交換日記などやるんだ、馬鹿馬鹿しい」

「それは……」

理由に迷ったが、

「僕たちが、兄弟だからだよ」

と言った。秀才は辟易《へきえき》したような表情を浮かべた。

「何度言えば分かる。俺たちは兄弟ではない。それよりいつまでいるんだ。さっさと帰れ」

麒麟は一瞬しょげるが、すぐに笑顔に戻った。

「今日は暗くなるまで帰らないよ！　ねえお兄ちゃん、お願いだから交換日記やろ！」

秀才は呆《あき》れたように溜め息を吐くと、外の景色に視線を向けた。そして、ふと静かに眼鏡の位置を直した。それを見た麒麟は、厚子にそっくりだと思った。

その瞬間、厚子に似たこの癖も、いつか忘れてしまうのだろうか、という思いが湧いてきた。

今こうしている間にも病気は進んでいて、秀才の大切な記憶のどれかが失われている。

そして、最後は自分自身のことも分からなくなってしまう……。

そう思うと麒麟は秀才が可哀想で、秀才を長く見ていられなかった。

麒麟と利紗はこの日、五時半まで病室にいた。麒麟はあの後も、交換日記をしようと何度も何度も説得したが、結局秀才は首を縦に振ってくれなかった。

麒麟は病院を出た途端、焦りと不安と恐怖に襲われた。それでも利紗を心配させないため、秀才が若年性アルツハイマーに罹《かか》っていることなどおくびにも出さなかった。

しかし、駅に着く直前、利紗が突然こう言った。

「麒麟くん、何か隠し事しているでしょう」

麒麟はギクリとし、思わず立ち止まった。

「いくら明るく振る舞っていたって、分かるわ。もうずっと麒麟くんと一緒にいるんだもん」

ゆっくりと利紗を振り返った。

「もしかして、お兄ちゃんのことなの？」

麒麟は肯定も否定もしなかった。

「まさか、お兄ちゃん病気なの？」

言うべきか迷ったが、結局首を横に振った。

「違うよ。そうじゃないよ」

そして利紗に間を与えず、

「実は僕、画聖展の最優秀賞に選ばれたんだ」

誤魔化すように言った。利紗は一瞬固まり、

「え、でも確か画聖展には間に合わなかったって……」

「熊野先生が、僕の作品をこっそり出していたんだと思う」

「熊野先生が！」

「うん。その作品が、最優秀賞に選ばれたんだよ」

心配事など忘れたように利紗の表情がパッと明るくなる。

「それ本当なの？」

「うん、本当だよ」

利紗は跳んで喜び、次いで麒麟に抱きついた。

「やったやった、麒麟くん！　最優秀賞って一番凄《すご》いんだよね！」

麒麟は頬を赤らめた。

「ありがとう、利紗ちゃん」

「おめでとう！　麒麟くんはやっぱり天才だったのね。本当に凄いわ！　今日から麒麟くんは画家なのね！」

「ありがとう」

麒麟は利紗とは対照的に伏し目がちに、小さな声で言った。

「でも、どうしてもっと早く教えてくれないのよ」

「それは……」

「とにかく早く家に帰ってみんなに報告しないと。今日の夜はみんなでお祝いね」

「うん」

麒麟は到底そんな気分にはなれないが、無理に微笑み、頷《うなず》いたのだった。

悠輔たちはすでに帰宅していた。利紗は部屋の扉を開けるなり悠輔たちに、麒麟が画聖展の最優秀賞に選ばれたことを伝えた。

悠輔たちは疲れて寝転んでいたのだが、それを聞いた途端、素早く起き上がり、

「マジかよ！」

三人声を揃えて言った。

「熊野先生がこっそり麒麟くんの作品を出してたみたいなの。それが選ばれたの！」

熊野の名が出た瞬間、悠輔の顔が一変した。

「熊野の野郎が？」

利紗は恐る恐る頷いた。

「うん、そうみたい。熊野先生、麒麟くんを画家にするっていつも言ってたもんね。だから」

悠輔は舌打ちした。

「何だか気に入らねえな」

「まあまあ悠ちゃん、熊野なんかどうだっていいじゃん。麒麟が最優秀賞に選ばれたことに変わりはないんだからさ」

武が悠輔を宥《なだ》めた。

「そうだよ悠ちゃん、怒ってないで、麒麟をお祝いしようよ！」

修久が続いた。

「おう、そうだな。早速おめでとう会を開くぞ！」

すぐに機嫌を取り戻して悠輔がそう言うと、利紗がスーパーの袋をかかげた。

「今日は特別だから、悠輔くんたちにはお酒買ってきちゃった。それと、奮発してケーキも買っちゃった」

「じゃあ今すぐ乾杯だ。キリン、突っ立ってないでこっちへ来い」

麒麟は返事して、悠輔の隣に座った。

「はい、麒麟くんはコーラね」

利紗が麒麟の前にコーラを置き、悠輔たちには缶ビールを渡した。利紗はオレンジジュースだった。

全員がプルトップを引くと、悠輔が缶ビールをかかげて麒麟を祝福した。

「キリン、夢が叶《かな》ってよかったな、おめでとう！」

利紗たちも麒麟におめでとうと言い乾杯した。

悠輔はビールを一気飲みし、麒麟の肩を叩《たた》きながら褒めた。

「やったなキリン！ お前はマジすげえ、天才だぜ！」

「ありがとう」

麒麟は力なく言った。

「何だよキリン、嬉《うれ》しくねえのかよ」

麒麟は薄い笑みを見せ、

「そんなこと、ないよ。本当にありがとう」

悠輔は利紗に、

「利紗、今日はたくさんご馳走《ちそう》作ってくれよな！」

「もちろん！」

利紗は立ち上がり、キッチンに向かった。


一時間後、卓袱台《ちゃぶだい》にはミートスパゲティー、ハンバーグ、唐揚げ、ポテトフライ、それにケーキが所狭しと並んだ。

悠輔たちは目を輝かせ、いただきますも言わずにがっつく。

「こらこら三人とも、今日は麒麟くんが主役なんだよ」

悠輔たちは手を止めて、

「わりいわりい、そうだったな。さあキリン、食べろや」

麒麟は頷きポテトフライを口にするが、まったく味を感じなかった。

「ほら、もっと食え！」

悠輔が不満そうに言う。麒麟は箸《はし》を持ち、無理してスパゲティーを食べた。

「ところで賞金は出るのか？」

武が聞いた。麒麟は俯《うつむ》き加減で答えた。

「さあ、出るだろうけど、詳しくは分からないよ」

「たくさんもらえるぞ、きっと。これからだってよ、めちゃくちゃ金入ってくるんじゃねえか？　何せキリンは天才画家だからな！」

悠輔が誇らしげに言った。

「でもまだ信じられねえなあ。ずっと一緒に暮らしてきた仲間が有名人になっちまうなんてよ」

修久の言葉に、利紗と武が納得するように頷いた。

「キリンが施設に閉じ込められていたことが分かったら、世間はまた大騒ぎだぜ。だってよ、『失敗作』って言われていたキリンが、『成功作』って言われてきた奴らよりも天才だったんだからよ。ああ、なんか俺まで勝ったみたいで気分がいいぜ」

悠輔はそう言った後、こう続けた。

「キリン、言ったろ？　これから良いことばかりが起こるって。今までが最悪の人生だったんだからよ、それは当然なんだ」

悠輔のその言葉に麒麟は過敏に反応した。

「良いこと、ばかり？」

「ああそうさ、現実そうなったじゃねえか」

麒麟は心の中で、良いことなんて一つもないと言った。

「どうしたキリン、さっきから変だぜ。あまり顔色も良くねえし」

修久が心配そうに声をかけた。

「ううん、そんなことないよ」

「そうだ、ところで兄ちゃんの具合はどうだ。退院できたのか？」

武が尋ねた。

「退院は、まだ」

悠輔たちは顔を見合わせた。

「おいキリン、兄ちゃん大丈夫なのか？」

キリンは鉛のような重い心であるが無理に微笑んだ。

「肝臓の再検査が出ちゃったけど、大丈夫」

胸が苦しくてたまらなかった……。

利紗たちが寝静まると麒麟はそっと起き上がり、部屋の隅にポツリと置いてある文《ふ》机《づくえ》の前に座った。

音を立てぬよう静かに引き出しを開け、ボールペンと、病院で買った交換日記用のノートを取り出した。ボールペンを握ると左手で携帯電話を持ち、暗い手元を照らす。

最初のページに今日の日付を書き、隣に太陽の絵を描いた。そしてその下に、『僕とお兄ちゃんの交換日記』と題名を書いた。

麒麟は悩んだ末、

『今日はお兄ちゃんと一緒にいることができて嬉しかった』

と書き出した。ありきたりであるが、麒麟なりに一生懸命に考えた文であった。

『お母さんも一緒だったら、もっと嬉しいな。昔のように、三人仲良くなれたらいいな』

そこで手が止まった。今日一日の出来事を秀才に伝えようと思うが、むろん病気のことなど書けるはずがないし、画聖展の最優秀賞に選ばれたことも書けない。

次に何を書くべきか迷う。

すると突然脳裏に、秀才との思い出が走馬灯のように蘇《よみがえ》った。幼い頃の思い出を書いてみようかと思うが、手に力が入らない。

ノートに涙がぽたぽたと垂れた。

涙を拭《ぬぐ》うと最初のページを破り、また題名から書き出す。しかしすぐに二枚目も破り捨てた。今度は手が震えて字が乱れるのだ。

もう一度書こうとするが、文机にボールペンを置いた。そして部屋を出ると、利紗たちに気づかれぬよう廊下でさめざめと泣いたのだった。

25

翌々日の朝、秀才のいる病室に面会者がやってきた。

それは麒麟ではなく、利紗であった。

利紗の右手にさげられたビニール袋の中には果物ナイフとリンゴが入っている。

今日は麒麟の作品が国立国際近代美術館で展示される日であるが、利紗は秀才をずっと一人にするのが心配だったので、悠輔たちが休みの日に一緒に見に行くことにしたのである。

「おはようございます」

利紗は秀才に微笑みかけたが、秀才は利紗に一瞥《いちべつ》もくれず、白い壁をじっと見つめている。

横の棚には、昨日麒麟が置いていった交換日記用のノートと、麒麟の連絡先が書かれたメモ用紙が置いてある。

「リンゴ剝《む》きますね」

秀才は無言のままだが、利紗は構わずリンゴを洗い、義手で器用に皮を剝いていく。

「今日は一人か？」

突然秀才の方から話しかけてきたものだから、利紗の肩がびくりと弾んだ。

「麒麟くんは今、国立国際近代美術館にいます」

利紗は言った直後、あっと口を開いた。麒麟が秀才に画聖展の件をまだ話していないことをすっかり忘れていたのだった。麒麟は恐らく、授賞式を終えてから秀才にすべてを告げるつもりなのだ。むろん秀才を驚かすためにだ。

利紗は、分かっていたのにどうして、と自分を責めた。

「国立国際近代美術館？」

利紗は振り返って言った。

「あ、あの、何でもありません」

誤魔化したが無駄であった。秀才は利紗を鋭く睨《にら》む。

「何だ、言え」

「でも私の口からは」

「早く言え」

静かな口調であるが妙に迫力があり、利紗は身震いした。

「じゃあ、知らないふりしてあげてくださいね」

「何だ？」

利紗は下を向きながら、

「画聖展を知っていますか？」

「当たり前だ。それが何だ？」

利紗は長い間を空けて、

「麒麟くん、実は一昨日、画聖展の最優秀賞に選ばれたって連絡があったんですよ。それで今、授賞式に」

秀才は愕然《がくぜん》としたような表情を浮かべた。

「麒麟が……」

「お兄さんは麒麟くんが無能だと言いますけど、施設に入れられてすぐ絵を描く才能があることが分かって、それから十一年間、麒麟くんは毎日毎日絵を描いていたんです。お母さんとお兄さんに、絵の才能があるって知ってもらえればまた一緒に暮らせると思ったからですよ」

秀才は、ショックとも嫉妬《しっと》ともつかない複雑な表情で呟《つぶや》いた。

「あの麒麟が、まさか……」

「嬉《うれ》しく、ないんですか？」

「何かの間違いではないのか？」

秀才は白い壁を見つめながら言った。

利紗は秀才の言葉に耳を疑ったが、

「この十一年間、麒麟くんは本当に頑張ってきたんです。だから麒麟くんがここに来たら、いっぱい褒めてあげてください」

と必死に訴えた。しかし秀才は言葉を返さない。いや返せないという方が正しかった。途中で頭を押さえ、何かを思い出そうとする仕草を見せたのだが、思い出せないのか、もどかしさを抱いている様子であった……。


国立国際近代美術館の入り口前には、画聖展の受賞作品を見ようと集まった人たちで長蛇の列ができていた。

三年前に開館した国立国際近代美術館は地上四階地下一階建てで構成されており、外観は総ガラス張りで、波のような美しい曲線を描いた近代的なデザインである。

館内には一千平方メートルの展示室が十室、二千平方メートルの企画展示室が三室あり、延べ一万六千平方メートルの展示スペースは国内最大級で、毎日多彩な展示会を開催している。

今年の画聖展受賞作品は、最上階の企画展示室にて公開。授賞式は、同じく最上階の多目的ホールで行われる予定となっている。

受賞作品が展示されている企画展示室にはすでに受賞者、審査員、マスコミ、そして多くの鑑賞者がいるが、その中に麒麟の姿はなかった。

麒麟が美術館にやってきたのは、開場から一時間後のことであった。

列の最後尾に立ち、憔悴《しょうすい》しきった顔つきで、総ガラス張りの建物を眺める。最優秀賞受賞者であるにもかかわらず、一般客と一緒に入場券を求め並んでいるのは、関係者用の入り口が分からないからであった。一般客も、普通に列に並んで服装もTシャツにジーパンといった格好の麒麟が、まさか最優秀賞受賞者だなんて思ってもいない様子であった。

受付前に視線を向けた。『画聖展受賞作品展示会場』と垂れ幕がかかっており、その周りには大勢の人がいる。人々は係の人間の指示に従い、最上階の企画展示室に向かっていく。皆、画聖展の受賞作品がどんな絵なのか、期待に胸を弾ませている様子であった。

麒麟はそんな人々とは対照的に、深い溜《た》め息ばかりを吐いていた。病に冒されている秀才の姿を思い浮かべながら、重い足取りで前に進んでいく。

気づいた時には受付の前にいた。

「お一人様でよろしいですか？」

若い女性が言った。麒麟はハッと顔を上げ、

「はい」

と答えたが、すぐに、

「あの、皆川麒麟と言います」

と言った。すると、受付の女性は驚いた表情を浮かべ、

「少々お待ちください」

立ち上がると階段の方へ向かっていった。

しばらくすると、先程の女性が巨漢の中年の男性を連れて戻ってきた。

「皆川さん」

麒麟はその声で男が中館政夫だと分かった。

「初めまして、中館政夫です。この度は皆川さん、最優秀賞受賞、誠におめでとうございます」

中館と受付の女性は慇懃《いんぎん》に頭を下げた。

麒麟は力ない声で応《こた》える。

「ありがとうございます」

「皆川さん、お電話いただければ迎えに行きましたのに」

「すみません」

中館は麒麟の腰にそっと手をあて、

「さあさあ展示室へ参りましょう。皆さん、皆川さんが到着されるのを楽しみに待っておられますよ」

「はい」

麒麟は伏し目がちに返事した。

最上階にある企画展示室に案内された。広い展示室には、画聖展の受賞作品が飾られており、その一作一作に間接照明が当てられている。

白の諧調《かいちょう》が見事に表現された女性の裸体。鮮やかな色調が目を引く静物画。柔らかな点描写で表現された風景画等、どれも個性的で芸術性の高い絵ばかりである。鑑賞者たちはそれぞれの作品の前で足を止め、じっくり絵を眺めている。

中館は鑑賞者をよけながら麒麟を案内する。

「皆川さん、あちらです」

中館は、部屋の一番奥を示した。そこには大勢の鑑賞者やマスコミが足を止めており、皆陶然とした表情で絵を眺めている。

中館は麒麟を連れて人だかりをかき分けていく。

白い壁には、麒麟が『天才養成学校』で最後に描いた『檻《おり》の中から』が飾られていた。

檻の中には麒麟が閉じ込められ、背中はキリン柄で描かれている。その麒麟を、厚子と秀才が迎えにきている。

作品の隣には、『最優秀賞作品』と大きく書かれてあった。

麒麟は魂の抜けたような表情で自らの作品を眺める。

この時、賞なんていらない、その代わり秀才の病気を治してあげてほしいと、心の中で神に言ったのだった。

「皆川さん」

麒麟は中館に身体を向けた。中館の横には、タキシードを着た男性が立っていた。長身で、立派な白髭《ひげ》を蓄えている。

「紹介します。審査員長の、前原慎也《まえはらしんや》先生です」

前原は穏やかな表情で、

「前原です。皆川くん、最優秀賞受賞おめでとう」

「ありがとうございます」

麒麟は会釈して、弱々しい声でお礼を言った。

前原慎也は三年前に国民栄誉賞に選ばれた、日本を代表する画家の一人である。麒麟は十一年の間に、数多くの画家の絵を参考にして作品を描いたので、前原が描いた作品も昔見ている。しかし、麒麟の表情に変化はなかった。

その後他の審査員たちも紹介されたが、やはり薄い反応だった。

麒麟と審査員たちとのやり取りを見ていた鑑賞者とマスコミは、麒麟が最優秀賞受賞者であることに気づいた途端、態度を急変させた。鑑賞者は麒麟を褒め称《たた》え、カメラマンは慌ててシャッターを切った。

「皆川くん」

前原が『檻の中から』を見つめながら口を開いた。

「今回の受賞は快挙だよ。何せ十七歳で最優秀賞は、最年少記録だからね。私は君の作品を見た瞬間身震いした。この作者の作品をもっと見てみたいと思ったんだ」

麒麟はどんなに賞賛されても無言のままだった。作品に視線は向けているが、上の空だった。

「どうしたね、顔色があまりよくないが、具合が悪いのかね？」

「いえ、大丈夫です」

「ところで皆川くん、経歴欄に何も書いてなかったんだが、君はどこで絵の勉強をしていたんだね？」

麒麟は無意識のうちに顔を伏せていた。

「それは……」

前原は、麒麟がごく普通の質問に答えないので怪訝《けげん》そうに首を傾げた。

「それにしても君の描く絵は独創的で素晴らしい。檻の中に人間が入っているという発想もいいが、その人間の背中がキリン柄で描かれているというのが面白いね。この檻の中に入れられているのは、誰をイメージしたんだね」

「僕です」

「やはりそうか。君の名前が麒麟だから、背中をキリン柄にしたんだね」

「違います」

「ではなぜキリン柄にしたんだね？　とても興味がある」

麒麟は『檻の中から』を見つめながら、感情のない声で言った。

「それは、僕の背中には本当にキリンのようなシミができているからです」

すると前原と他の審査員たちは顔を見合わせ、鑑賞者とマスコミは美術館であることを忘れてざわついたのだった。

午前十一時三十分、最上階の多目的ホールで授賞式が始まった。

ホールには大勢の人間が集まり、皆、弱冠十七歳で最優秀賞を受賞した麒麟に注目していた。各メディアのカメラマンも、カメラを向けていた。

麒麟と他の受賞者は司会者の傍に着席し、審査員たちはその向かいの椅子に腰掛けた。

司会者はマイクの前に立って式の開始を告げると、最初に最優秀賞受賞者である麒麟を皆に紹介した。すると会場内は割れんばかりの拍手に包まれた。

麒麟は会場の熱気とは対照的に静かな表情で立ち上がった。同時に、審査員長である前原も起立し、特設された壇上に上がった。それを見て麒麟も壇上に上がる。前原は麒麟を真っ直ぐに見つめ、賞状を差し出した。

「皆川くん、おめでとう。これから君の活躍を期待しているよ」

「ありがとうございます」

麒麟が賞状を受け取った瞬間、一斉にフラッシュがたかれ、盛大な拍手が贈られた。

前原は次に『画聖展最優秀賞』と彫られた盾を手渡し、最後に賞金五百万を贈った。

副賞を受け取り席に戻って着席すると、再び眩《まぶ》しいほどのフラッシュを浴びせられ、麒麟は顔を背けて目を閉じたのだった。

授賞式が終わると麒麟はすぐさまマスコミに囲まれた。

記者たちはさまざまな質問をする。

「十七歳で最優秀賞は最年少記録ということですが、今のお気持ちはいかがですか？」

「この喜びをまず誰に伝えたいですか？」

「私も皆川先生の世界観の虜《とりこ》になりました。『檻の中から』はどんな気持ちで描いた作品なんでしょうか？」

「先生は将来、どのような画家になりたいですか？」

「次はどんな作品を発表しようと考えていますか？」

麒麟は、記者たちの熱っぽさとは程遠い静かな表情で、どの質問にも答えなかった。

「ごめんなさい」

そう言って立ち去ろうとしたその時であった。

「先生は、皆川秀才さんの弟さんですよね？」

ハンチングを被《かぶ》った、無精髭の記者が言った。他の記者たちはざわついた。

「先日、皆川さんが倒れた現場に私いたんですよ。その時先生が弟だと言って救急車に乗られたでしょう？」

「…………」

ハンチングを被った記者は心配そうに尋ねた。

「お兄さんの容態はその後どうですか。まだ退院されてないでしょう？」

「…………」

「ところで先生」

記者は突然鋭い声に変わった。麒麟はゆっくりと顔を上げた。

「今、ジーニアスバンクは不祥事で大変ですよね」

記者は続けた。

「皆川秀才さんは、ジーニアスバンクの言わば広告塔だ」

麒麟は一瞬記者を見た。何を言いたいのか、混乱している麒麟には分からなかった。

記者は麒麟の顔をのぞき込んで尋ねた。

「先生も、ジーニアスバンクで生まれたということですか？」

背中に冷たい汗が滲《にじ》む。

「ごめんなさい」

俯《うつむ》いたまま、逃げるようにしてその場を去ったのだった。

26

麒麟はそのまま美術館を出た。途中中館に声をかけられ、このあと近くのホテルでパーティーがあるから参加してほしいと頼まれたが、無論それどころではなく、丁重に断った。

先程の記者に言われた言葉が残っているがすぐに搔《か》き消した。

一刻も早く秀才の元に行ってあげたくて、駆け出した。

「麒麟！」

その刹那《せつな》、女性に声をかけられた。麒麟は立ち止まり素早く振り向いた。

少し離れたところに、みすぼらしい格好をした、白髪混じりの痩《や》せ細った女性が立っている。

随分歳を取ったが、すぐに厚子だと分かった。

「お母さん！」

「久しぶりだね、麒麟。大きく、なったわね」

厚子は遠慮がちに歩み寄る。麒麟は再会できたことに安堵《あんど》するが、すぐさま厚子を心配した。

右足を大きく引きずっているのだ。

麒麟は駆け寄って厚子の右足を撫《な》でた。

「お母さん、怪我しちゃったの？」

厚子は気まずそうに、

「昔、事故で。きっと罰があたったんだね」

「可哀想に。もう治らないの？」

「そんなことより……」

厚子は伏し目がちに言った。

「お母さんのこと、恨んでないの？　お母さんは麒麟に酷《ひど》いことばかり……」

麒麟は立ち上がって言った。

「そんな風に思っているわけないよ。お母さんに会えて、良かった」

心を込めて言うと、厚子は再び安堵した表情となった。

「ありがとう、あなたは本当に優しい子」

「それよりお母さん……」

秀才のことを言おうとしたが、厚子はそれを遮って生き生きとした声で言った。

「昨日あなたのことをニュースで知ったの。ずっと外で待っていたのよ」

麒麟は元気のない声で、

「そう……」

厚子は目を輝かせて言った。

「すごいわ、あなたはやっぱり天才だったのね！　お母さんどうして麒麟の才能に気づいてあげられなかったのかしら。あなたは将来、歴史に残る画家になるのよ！」

厚子に褒められても、今は喜べなかった。

「ねえ、今からお母さんのお家《うち》へいらっしゃい。見ての通り、お母さん働けないの。

今は生活保護を受けながら、川崎《かわさき》のアパートに住んでる。お金がないから何もしてあげられないけど、二人でお祝いしましょう」

麒麟は首を横に振った。

「お母さん、今はお祝いなんかしている場合じゃないよ。病院へ行かなきゃ」

「病院？」

「お兄ちゃんが倒れたことは、知っているでしょう？」

秀才の話題が出た途端、厚子の表情が暗くなった。

「テレビで、観たわ」

麒麟は厚子に秀才の病気のことを告げるのが辛《つら》くて、なかなか言い出せなかった。

「秀才、もしかして悪い病気なの？」

麒麟は頷《うなず》き、涙声で言った。

「若年性アルツハイマーだって先生が……。お兄ちゃんにはまだ教えていないけど、頭がいいからすぐに気づくよ。ねえお母さん、僕たちはどうしたらいいだろう？」

縋《すが》るように問うと、厚子は目をそらし、突き放すように言った。

「お母さんには関係ないから」

麒麟は心臓を撃ち抜かれたような表情となり、

「どうして関係ないだなんて言うの、お母さん？　お兄ちゃんが可哀想だよ」

「お母さんはもう秀才のことは諦《あきら》めたの。秀才はお母さんの子じゃなかったのよ。お母さんの子供は麒麟、あなただけよ」

厚子は最後、麒麟に言い聞かせるように言った。

秀才を溺愛《できあい》していた厚子が本心で言っているとは思えなかった。

「お母さんとお兄ちゃんが喧嘩《けんか》していること、僕知っているよ」

「喧嘩だなんて、そんな簡単なものじゃないの。お母さんと秀才は……」

「今すぐ仲直りして」

麒麟はその先を言わせなかった。

「お願いだから仲直りして。お兄ちゃん、最後は僕とお母さんのことすら分からなくなっちゃうんだよ。それでも行かないって言うの?」

厚子は秀才との思い出を振り返っている様子だが、無言であった。

「こんな状態のまま家族のことを忘れていくなんて、お兄ちゃんが可哀想すぎるよ。ねえお母さん、お願いだからお兄ちゃんと仲直りして。お兄ちゃんに優しくしてあげてよ。お母さんだって本当は、昔のように三人で仲良く一緒にいたいはずだよ」

「でも……」

厚子は俯いたまま、自信なさそうに呟《つぶや》く。

麒麟は迷う厚子の手を取った。

そして決意に満ちた表情で言ったのだった。

「引っ張ってでも、お母さんを連れて行くよ」

麒麟は、秀才のいる病室の扉をそっと開けた。

秀才はベッドで上半身を起こした状態で白い壁を見据えている。

利紗は少し離れたところで小説を読んでいた。

麒麟は笑顔を作ると、厚子の手を引きながら部屋の中に入った。

同時に、秀才と利紗が振り向いた。利紗は厚子に会うのは初めてだが、すぐに麒麟の母親だと気づいた様子である。

厚子は秀才の姿を見るなり、怯《おび》えるように顔を伏せた。

「お兄ちゃん」

秀才は厚子には一瞥《いちべつ》もくれず、麒麟を見たまま固まっている。まるで恐ろしいものでも見ているかのような目であった。

「お兄ちゃん、お母さんが来てくれたんだよ」

そう言っても秀才は厚子に視線を向けなかった。

「こんな奴のことなど、どうだっていい」

秀才は麒麟を見据えながら、大声で言った。麒麟は強いショックを受け、厚子はきつく目を閉じた。

「お前、本当に画聖展の最優秀賞に選ばれたのか！」

麒麟は狼狽《ろうばい》した。秀才にはまだ伝える気にはなれず、賞状と副賞は一階のロッカーの中に入れてきたのだ。だから、秀才が画聖展の件に触れてくるとは考えてもいなかったのだ。

ふと利紗を見た。利紗は気まずそうに顔を伏せ、

「麒麟くん、ごめんなさい」

弱々しい声で謝った。

麒麟は秀才に視線を戻し、小さく頷いた。

秀才は信じられないというような表情を浮かべて呟いた。

「お前が、画聖展の……」

麒麟は俯《うつむ》きながら言った。

「施設でずっと絵の勉強をしていたんだよ」

すると利紗が口を開いた。

「お兄さん、麒麟くんは今まで一生懸命頑張ってきたんです。だから褒めてあげて」

「なぜだ？」

秀才は利紗を遮った。

「なぜ俺にそのことを黙っていた。隠す理由はなんだ！」

「それは……」

秀才が急に興奮しだしたことに麒麟は激しく動揺し、答えに迷う。

重い空気に包まれる中、突然秀才の携帯電話が鳴り響いた。

病院の中であるにもかかわらず、秀才は電話に出た。どうやらアメリカかららしい。

秀才は相手に英語で返す。表情は静かで、声には抑揚がない。

しかし、急に愕然《がくぜん》としたような表情となり、みるみる顔が青ざめ、声も一転荒々しくなった。

麒麟と利紗は不安そうに秀才を見つめる。厚子は相変わらず下を向いたままだった。

通話を終えた秀才は、腕をダラリと垂らし、携帯を床に落とした。そして、放心したような顔つきで言った。

「信じられん。俺の書いた論文がミスだらけだと！」

麒麟はその言葉に衝撃を受けた。あの秀才が、という想いを抱くが、すぐに病気が原因なのではないかと気づいた。

秀才は小刻みに震えながら首を振った。

「嘘だ、何かの間違いだ。この俺がミスなどするはずがない。俺は今まで失敗したことがないんだ。俺は完璧《かんぺき》だったはずだ」

狼狽して段々怒りをあらわにし始めるが、急にピタリと動作が止まった。

「いや、待て。俺の書いた論文のテーマは何だ?」

麒麟は胸が締めつけられる想いであった。やはり秀才は確実に記憶を失っている。

不憫《ふびん》で見ていられなかった。

秀才は頭を抱えながら麒麟を見た。そして、自嘲《じちょう》気味に笑い、こう言ったのである。

「麒麟、見ていて気分がいいか。そりゃそうだな、『成功作』と言われ続けてきた俺が失敗し、『失敗作』と言われ続けてきたお前が成功するんだからな」

麒麟は秀才に歩み寄り、秀才の手を取った。

「お兄ちゃん、もう『成功作』とか『失敗作』とか、そんなことどうでもいいじゃないか」

次に厚子を振り返って言った。

「お母さんもそうだよ、天才とか、天才じゃないとか、もうそんなことはいいよ。僕たちそれ以前に家族でしょ?　それなのに」

「黙れ!」

秀才が鬱陶《うっとう》しそうに麒麟の手を振り払った。

「俺の病気を言え。俺が気づいていないとでも思っているのか?」

麒麟は硬直した。誤魔化さなければならないと自分に言い聞かすが、適切な言葉が出てこない。

秀才は頭を押さえながらいった。

「脳だな」

麒麟は首を振る。

「違う、違うよ」

「だったら……」

再び秀才の動きが停止した。

「待て。俺はそもそも天才の遺伝子を受け継いでいたのか？」

秀才の感情が次々と変化する。まるで何かに取り憑《つ》かれているかのようであった。

「俺の父親は、ＩＱ１８０の天才数学者だったはずだ」

「そうよ。秀才の父親は、ＩＱ１８０の天才数学者」

ずっと黙っていた厚子が言った。

「しかし、それは嘘かもしれん。現にジーニアスバンクには過去に子供を産んだ女たちが、ドナーデータに虚疑がなかったか証拠を提示しろと殺到している！」

麒麟は、秀才が壊れていっているようで、もう耐えられなかった。

秀才はぼんやりとした表情で言った。

「俺は鳥居に騙《だま》された。俺は、凡人の遺伝子を受け継いでいたのだ。だから突然ミスを犯したのだ。そうだ、そうに違いない！」

そして一転、厚子をきっと睨《にら》みつけた。

「俺のドナーナンバーはなんだ？」

厚子は戸惑う。

「早く言え！」

秀才が怒鳴ると、厚子はビクリと肩を弾ませた。

「クローバ113」

二十年以上前のことだが、淀《よど》みなく答えた。

秀才はベッドからおりると携帯を拾い、洋服に着替え始めた。

「どこへ行くの、お兄ちゃん？」

麒麟は慌てて尋ねた。

「俺の父親を確かめる。本当に天才だったかどうか！」

「どうやって？」

「お前には関係ない」

秀才はそう言って部屋を出て行った。

麒麟はすぐに追いかけ、秀才の肩に手を置いた。

「ちょっと待って、お兄ちゃん！」

秀才は振り返ると、有無を言わさず麒麟を殴った。麒麟は後ろに吹っ飛び、壁に強く頭を打った。そのために力を失ってダラリと崩れ落ち、やがて意識を失った。

麒麟は利紗の声で目を覚ました。一瞬、なぜ廊下で倒れているのだろうかと混乱したが、すぐに、秀才に殴られて壁に頭を打ったことを思い出した。

頭にまだ痛みが残っているが上半身を起こした。

「すぐ動いたらだめよ」

「お兄ちゃんは？」

利紗は残念そうに、

「行っちゃった。止めてもだめだった」

「お母さんは？」

利紗は病室の方に顔を向けた。

麒麟は起き上がって部屋の中を見た。

厚子は茫然《ぼうぜん》と立ち尽くしている。麒麟の姿にさえ気づいていない。

「麒麟くん」

麒麟は利紗を振り返った。

「やっぱりお兄ちゃん、悪い病気なのね？」

利紗はさらに言った。

「お兄ちゃんの言うとおり、脳の病気なの？」

「利紗ちゃん、お母さんについていてくれるかな。僕はジーニアスバンクに行ってくる。お兄ちゃん、きっと、あそこに行ったはずだから」

麒麟はそう言って利紗に背を向けた。

「麒麟くん！」

「利紗ちゃん、ごめん。お兄ちゃんのことは後で話すから」

利紗に背を向けたままそう言い残し、駆け出した。


ジーニアスバンク東京本社の入り口前には多くの報道陣と、過去にジーニアスバンクで子供を産んだことのある女性、そして現在子供を身籠《みご》もっている女性たちが大勢集まっていた。

皆必死の形相で、ドナーの経歴に偽りがなかったことを証明しろと要求している。

麒麟は外で叫び続ける女性たちを気にしながら会社に入り、受付の前に立った。

「あの、皆川秀才は来ていませんか？」

「失礼ですが、お客様」

受付の女性は、不審そうに言った。

「あ、僕は弟です。お兄ちゃん、いえ、兄は来ていませんか？」

受付の女性が戸惑った様子で答える。

「皆川様は、お見えになっていません」

「そうですか、ありがとうございました」

麒麟は肩を落とし、頭を下げた。

会社を出るなり重い溜《た》め息を吐いた。秀才はジーニアスバンクに来ているとばかり思っていたので、今どこにいるのか見当がつかない。

連絡が取れればいいのだが、自分の連絡先と住所を教えただけで、秀才の携帯番号は知らなかった。秀才が普通の精神状態ではないので余計に心配である。

「お兄ちゃん、どこへ行っちゃったの？」

声を洩《も》らしたその時だった。

会社から、紺色のスーツを着た初老の女性が現れた。女性は歳を感じさせないくらいスタイルがよく、どこか妖艶《ようえん》な雰囲気が漂っている。

鳥居篤郎の秘書、野口美香子であった。

麒麟は名前は憶《おぼ》えていないが、その姿を見た瞬間ハッとした。

十年以上前、秀才が『ザ・ジーニアス』というテレビ番組に出演し、グランプリを獲《と》った時、収録後に鳥居と一緒にやってきた。麒麟はあの日のことを今でもぼんやりと憶えていたのだ。

あの時の女性だ、と気づくと同時に、もしかしたら秀才は鳥居に会いに行ったのではないかという考えが浮かんだ。

しかし、鳥居篤郎は、いまだに行方不明である……。

野口は多くの報道陣と女性たちを尻目《しりめ》に、タクシーを停めようとしている。

麒麟はその横に立ち、すみませんと声をかけた。振り向いた瞬間、野口は驚いた表情を見せた。

「あなた……」

「皆川麒麟です」

麒麟は間を与えずに尋ねた。

「兄を探しています。たぶん鳥居さんに会いに行ったんだと思います。鳥居さんの居場所分かりませんか？」

野口は恐る恐る、

「彼に、何かあったの？」

「さっき、たぶんアメリカの大学からの連絡だと思います。兄が書いた論文がミスだらけだと分かって……」

野口は信じられないというように、

「彼が、ミスを……」

麒麟は病気のことは告げず、病院を飛び出していった経緯をすべて話した。

「自分の父親を確かめるために……」

愕然《がくぜん》とする野口はしばらく固まっていたが、突然言った。

「なぜ彼は、未《いま》だに病院にいるの？　ただの過労ではないの？　まさか彼、病気なの？」

麒麟は顔を伏せ、頷《うなず》いた。

「若年性アルツハイマーだと言われました」

野口は目を見開いた。

「まさか！」

「記憶を失っているから、論文でミスしたんだと思います。その論文のテーマすら、分からなくなってた」

麒麟は涙声で伝えた。

「若年性、アルツハイマー」

放心したような表情の野口の声が、微《かす》かに震えていた。

「なんてことなの……」

悲痛の声を洩らすと、きつく目を閉じた。秀才の姿を思い浮かべているようであった。そして目を閉じながら言った。

「彼は鳥居とは会っていないわ」

「なぜ分かるんですか？」

野口は麒麟を見るが、それには答えなかった。その代わりこう伝えた。

「ただ、どこへ行ったのか心当たりはあるわ」

麒麟はその言葉に強く反応した。

「どこです？　教えてください！」

野口は覚悟した顔つきとなり、

「ついてきなさい」

「どこへ、行くんです？」

野口は背を向けたまま、静かな口調で言った。

「くれば、分かるわ」

27

秀才はその頃、鳥居篤郎の自宅前にいた。

ジーニアスバンクの不祥事が明るみに出て間もなく、各メディアは鳥居が行方不明であることを報道し、連日さまざまな伝え方をしている。

鳥居は秀才にすら連絡してこないので、秀才は鳥居の死を予感したこともあった。

しかし、今は死んでもらっていては困る。『クローバ113』の真実を知るまでは！

それでも秀才は、あえてジーニアスバンクには行かなかった。鳥居がいないことは明白であるし、記録を調べたとしても、そこには『IQ180の天才数学者』と記されているだろう。

会社のデータを調べても、無意味である。秀才はデータが偽装されていると確信している。

『クローバ113』の真のデータを知るのは、精子を自ら集めていた鳥居だけだと秀才は考えているのだ。

秀才は憤怒《ふんぬ》の表情で鳥居の自宅を見据える。先程から鳥居の携帯に連絡しているが、コールすらしない。電波の届かないところにいることも考えられるが、電源を切っている可能性の方が高い。

一体どこへ消えた……？

自宅を訪れても鳥居がいないことは分かっている。しかし他に心当たりがないため、気づけば来ていたのである。

秀才はもう一度、鳥居が今どこにいるのか思案する。しかし、いくら考えても何も浮かんでこない。手がかりがあるような気がするのだが、どうしても思い出せないのである。

右手で頭を押さえ、昔とは明らかに違う自分に苛立《いらだ》ち、そして苦渋する。

その時であった。

鳥居の自宅から、微かではあるが物音がしたのである。

秀才は過敏に反応し、玄関に近づき耳を澄ます。

中に人がいることを確信した。二階から、足音が聞こえるのである。

玄関のチャイムをしつこく鳴らした。しかし出てくるどころか返事すらしない。しばらく鳴らし続けたが、結果は同じだった。

扉を引いてみる。だが鍵《かぎ》がかかっていて開かない。

玄関扉を思い切り叩《たた》き、庭の方へと回った。

庭には一面芝生がはられており、中央には噴水とガーデニングテーブル。壁際には棚が置かれ、その上には盆栽が並べられている。隣には太い樹木が堂々と立っている。

しかし、まったく手入れされておらず、長く人が住んでいない雰囲気であった。

さらに異変に気づいた。リビングの窓ガラスが派手に割られていて、窓が開いているのである。

一瞬、空き巣を警戒するが、すぐに空き巣ではないと否定した。チャイムを鳴らしてから五分以上が経っているが、まったく逃げる気配がないのだ。

足音を立てぬよう歩き、靴のままリビングに入った。

部屋の中にも長く人が住んでいない雰囲気を一目で感じた。大理石の床と家具は埃《ほこり》だらけで、花瓶の花は腐りきっている。空気もどんよりとしていて重い。

床に足跡がついていることに気づいた。足跡は廊下の方に続いている。

広いリビングを抜け、螺《ら》旋《せん》階段を上がっていく。秀才は過去に何度か鳥居の自宅に上がっているが、二階に行くのは初めてであった。

二階の廊下も一階と同様大理石で、リビングが見渡せる造りとなっている。南側は全面ガラス張りなので、二階全体が陽の光で明るかった。

大理石の床に目を凝らした。ほんの微かではあるが、足跡が残っている。

ゆっくりとした足取りで足跡を辿《たど》っていく。足跡は突き当たりの扉の前で消えていた。

ドアノブに手をかけ、静かに扉を開いた。

最初にキングサイズのベッドが目に映ったのだが、壁に視線を向けた瞬間、衝撃が走った。

勢いよく扉を開け、寝室の中央に立つと部屋を見渡す。

秀才は戦慄《せんりつ》した。

壁一面に、秀才の写真が貼られているのだ。寒気がするほどの数であり、二十一年間の成長を追うように並べられている。

保育園から出てきた秀才。小学校に通う秀才。中学、そして大学時代……。

そのほとんどが隠し撮りしたような写真であった。

新生児室で眠る赤ん坊の写真があった。これも恐らく自分だと秀才は思った。

「これは一体どういうことだ！　あの男は何を考えている！」

秀才は写真をはがし、ビリビリにして床に捨てていく。

それからほんの数十秒後、秀才の動きが停止した。

隣の部屋から突然、笑い声が聞こえてきたのである。

急いで部屋を出て、隣の部屋の扉を開けた。

そこは書斎で、机の前に白髪だらけの痩《や》せこけた男が座っていた。

鳥居篤郎であった。

鳥居は分厚い手帳を読んでおり、秀才にはまったく気づいていない。

明らかに様子がおかしいが、秀才はそれ以上に鳥居の姿に愕然とした。

鳥居に会うのは約八ヶ月ぶりで、鳥居がアメリカまで会いに来たときが最後である。

その時は顔には艶《つや》があり、瞳《ひとみ》にも輝きがあった。

この八ヶ月間で鳥居は急に老け込んだようであった。

秀才は鋭い視線を向けながら鳥居の前に立った。

「おい、寝室のあの写真、あれは一体どういうことだ？」

怒声を放っても、鳥居は無反応であった。嬉《うれ》しそうに手帳を眺めている。聞こえていないふりではなく、まったく聞こえていない様子なのだ。

秀才の中で怒りが沸き立つが、声の調子を抑えて言った。

「『クローバ１１３』の本当のデータを教えろ。俺には天才の血など流れていなかったんだな？」

緊張した面持ちで鳥居を見つめる。すると鳥居はようやく顔を上げ秀才を見たのだが、不思議そうな表情を浮かべこう言ったのである。

「君は、一体誰かね？」

秀才はその言葉に激しく動揺した。

「何を言ってる、とぼけるな！」

鳥居はほほほと笑い、

「何をそんなに興奮しているんだね。今大切な日記を読んでいるのだよ。静かにしてくれるかな」

「日記だと」

「そうだよ、秀才のことを書いた日記だよ」

「俺の日記だと？」

鳥居は滑稽《こっけい》だというように、言った。

「君の日記ではないよ」

秀才の全身に電流のようなものが走った。

「まさか、お前……」

鳥居は秀才に自慢気にこう言った。

「秀才はね、私の最愛の子であり、そして私の最高傑作なのだよ」

それを聞いた秀才は硬直した。鳥居は構わず、日記を読みながら秀才の自慢話を延々繰り返す。

秀才はその間、言葉を失っていた。鳥居には、目の前の人間が秀才であることが分かっていないのである。

「秀才はね、天才というだけでなく、心の優しい子なんだ」

鳥居はそう言いながら目の前にある写真立てを手に取り、それを見せた。

その写真には、秀才と鳥居とミミが写っているのだが、秀才はミミを見てももうミミだとは分からなかった。

「この子はある公園に捨てられていてね。秀才が私に助けてやってほしいと言ってきたのだよ。残念ながらもう死んでしまったんだけれどね」

秀才はそう言われてもその時のことをまったく思い出せない。頭を抱えながら苦痛の表情を浮かべる。

「おや、どうしたんだね。体調でも悪いのかね。ところで、君は一体誰かね？」

秀才は、明らかに脳に異常がある鳥居に鋭い眼光を向けた。

鳥居の手から手帳を奪い、最初のページから読んでいく。

ある文を目にした瞬間、顔面蒼白《そうはく》となり、猛《たけ》り狂った。


鳥居の自宅前にタクシーが停車した。

ドアが開くとまず麒麟がおり、その次に野口がおりた。

麒麟は、表札を見て初めてここが鳥居宅であることを知った。

「ここに鳥居はいない」

野口が邸宅を見据えながら言った。さも鳥居の居所を知っているかのような口ぶりである。

麒麟は怪訝《けげん》そうに野口を見た。

「けれど、彼が鳥居を探しているのならここにくるかもしれないわ」

野口は玄関に向かって歩く。聞きたいことがたくさんあるが、麒麟はひとまず黙ってついて行った。

野口はハンドバッグの中からキーケースを取りだし、玄関の鍵穴《かぎあな》に鍵を差し込んだ。後ろでそれを見ていた麒麟は、すぐに異変を感じた。野口の動作が突然停止したのである。

「どうか、したんですか？」

野口は背を向けたまま、低い声で言った。

「開いてる」

俄《にわか》に緊張が走った。野口は静かに扉を開け、音を立てぬよう靴を脱ぐ。麒麟は空き巣に怯《おび》えてなかなか中に入れない。

野口が大理石の床を見ながら言った。

「足跡が、二つある」

麒麟は三和土《たたき》から声をかけた。

「警察に連絡した方が……」

野口は返事せず、奥の方に進んでいく。見えなくなったと思ったら、野口の声が聞こえてきた。

「ガラスが割られている」

麒麟は身震いする。

「やっぱり警察に連絡を」

野口は麒麟の言うことを聞かず、今度は二階に上がっていく。

一人で三和土に立っている麒麟は急に心細くなり、急いで野口の後を追った。

麒麟は野口と一緒に扉が開いている部屋に入った。

その刹那《せつな》、麒麟は驚愕《きょうがく》した。壁一面に、秀才の写真が貼られていたからである。一部はがされていてビリビリに破かれているが、それもすべて秀才の写真らしかった。

麒麟は生唾《なまつば》をのみこむ。

「どうして、お兄ちゃんの写真がこんなに……」

野口は冷静だが、何も答えない。

部屋を何度も見渡すと、ふと一枚の写真に目が留まった。小学時代の秀才と、白い犬を抱いた鳥居が写っている写真である。

麒麟にはすぐに、その白い犬がミミだと分かった。特別な特徴はなかったが、顔だけでミミだと確信できる。

「ミミ……」

麒麟はその時、ある疑念を抱いた。ミミは熊野の友人に引き取られたのではなかったのか。

そして『天才養成学校』に入れられる前、秀才にミミを助けてあげられないかと相談した時のことを思い出した。

「もしかして、お兄ちゃんが？」

麒麟は野口を振り返る。しかし、野口はいつの間にか寝室からいなくなっていた。一人でいるのが不安で、急いで部屋から出た。

その時だった。野口の悲鳴が家中に響き渡った。

悲鳴が聞こえた部屋に急ぐ。

「どうしたんですか！」

部屋に入った瞬間、麒麟は後ずさり、足がもつれて尻餅《しりもち》をついた。

机の前に、一人の老人が頭から血を流して倒れていたのである。

「社長！　社長！」

野口が老人に駆け寄り、必死に声をかける。

麒麟はこの時初めて、倒れている老人が鳥居篤郎であると気づいた。鳥居の顔は知っているが、蒼白《あおじろ》く、目にまで血が流れているので、一見しただけでは鳥居だと分からなかったのだ。

「社長！」

野口が大声で呼びかけても、鳥居はピクリともしなかった。

「死んでる」

野口は鳥居の手首を取ると、声を震わせながら言った。

「どうして……」

麒麟は首を振りながら、声を洩《も》らした。

野口は急いで消防と警察に連絡した。麒麟はその間固まっていた。視線の先には写真立てがあり、秀才と鳥居とミミが並んで写っている写真がおさめられていた。

野口は携帯をしまうと、ぼんやりとした表情で言った。

「鳥居は一年ほど前からアルツハイマーに苦しんでいた」

麒麟は野口に素早い視線を向けた。

「ジーニアスバンクの不祥事が明るみに出てからは、ずっと私の家にいたの」

野口は大きく息を吸い込み、

「もうほとんど記憶はない状態だった。それなのに、一人でここまで?」

ふと、麒麟の脳裏に寝室の光景が浮かび、同時にある予感が頭をかすめた。背中に、冷たい汗が滲《にじ》んだ。

「まさか、まさか、鳥居さんとお兄ちゃんは……」

野口はそれには答えず、強い口調で言った。

「あなたは行きなさい。あなたは関係ないの。早く行きなさい」

麒麟はただただ戸惑う。

「あなたは今、とても大事な時なの。自分でも分かるでしょ？」

野口は麒麟の画家生命が奪われてしまうのではないかと心配しているのだった。

「私はあなたを巻き込むわけにはいかないのよ。だから早く行って」

混乱して適切な判断ができない麒麟は、野口の指示通り立ち上がった。すると野口はこう言ったのである。

「あなたとは、すぐにまた会うことになると思うわ」

ぼんやりと立ち尽くしていると、野口は鋭い視線を向け、

「早く行きなさい！」

と叫んだ。麒麟はビクッと肩を弾ませ、何も言わず部屋を出たのだった。

麒麟は病院にも、警察にも向かわず、自宅マンションに向かった。

鳥居宅から出た直後、『お母さんを連れてマンションに帰ります』と利紗からメールが届いたからである。

マンションに到着した時、時刻は六時半を回っていた。

玄関扉を開けると、厚子と利紗が振り返った。

「麒麟……」

厚子は憔悴《しょうすい》した顔つきで、弱々しい声を洩らした。

「麒麟くん、お兄ちゃんは？」

利紗が立ち上がって言った。麒麟はただ首を横に振るだけだった。鳥居の件を告げないのは、悪い予感を抱いているからである。

そのことを考えるだけで手足が震えた。信じたくないが、そんな気がするのである。

「お母さんから、お兄ちゃんの病気のこと聞いたわ」

利紗が低い声で言った。

麒麟は小さく頷《うなず》いた。声を出す力もなかった。

「ごめんなさい、それなのに私、浮かれて画聖展のことをお兄ちゃんに話してしまって」

麒麟は気にしないで、というように首を振る。

「お兄ちゃん、どこへ行ってしまったのかしら？」

利紗がそう呟《つぶや》くと、麒麟は不安に押しつぶされたようにその場に座り込んだ。

それからしばらく沈黙が続いた。麒麟の心は鉛のように重く、深い溜《た》め息ばかりを吐いている。厚子はぼんやりと空を見つめたまま、微動だにしなかった。

「ねえ、麒麟くん」

利紗が沈黙を破った。ゆっくりと利紗に顔を向けた。

「お兄ちゃん、病院には戻ってないかしら」

その時、勢いよく玄関扉が開いた。

悠輔、武、修久が仕事から帰ってきたのだが、三人とも厚子の存在に気づかないくらい酷《ひど》く慌てていた。

「おいキリン、大変だ！」

悠輔が叫んだ。

「キリンの兄ちゃんが、鳥居を殺した容疑者だって、ニュースで！」

麒麟は目の前が暗くなった。

悪い予感が、現実のものとなってしまった……。

悠輔は携帯を取りだしワンセグに切り替える。ちょうどそのニュースが流れていた。

『殺害された鳥居氏の自宅から血まみれの皆川秀才氏が出てくるところが近所の住民によって目撃されました。現在警視庁は、第一発見者であるジーニアスバンクの社員から事情を聴くとともに、皆川氏が事件と関係しているとみて行方を追っています。繰り返します……』

女性キャスターはもう一度、事件の詳細を伝えた。そして秀才と鳥居の関係が伝えられる間、二人の過去の映像が流された。

厚子が突然悲鳴を上げた。

「秀才が、秀才が、殺人……」

気を失って倒れる厚子を悠輔たちが慌てて支える。厚子はすぐに意識を取り戻したが、悠輔たちが声をかけても一切反応せず、一点を見つめながら口をパクパクとさせるだけだった。

「どうしてこんなことになっちまうんだよ」

悠輔が言った。

「実は、みんな」

麒麟が徐《おもむろ》に口を開いた。四人に、秀才の病気のことや病院での出来事、そして鳥居宅で、鳥居の死体を発見したことを話した。しかし、鳥居がアルツハイマーであったことと、鳥居宅の寝室の件は伝えなかった。

事情を知った四人は驚倒する。

「鳥居は、兄ちゃんが言うようにドナーデータを偽っていたってことか。だから兄ちゃん」

武が言った。

「でもよ、それだけで殺しちまうのかよ」

悠輔が呟く。

麒麟は、今抱いている想いを悠輔たちには告げなかった。

秀才の父親が、鳥居篤郎かもしれないということを。

28

世間が騒然とする中、麒麟はじっと秀才から連絡がくるのを待った。連絡先を書いたメモを渡したが秀才は受け取らなかったし、仮に受け取ったとしても連絡などしてこないだろう。

麒麟自身それは分かっているが、秀才の携帯電話の番号を知らないので、秀才が番号を登録してくれていることを信じ、連絡してきてくれるのを待つしかなかったのである。

しかし、いくら待っても連絡はこず、気づけば時計の針は十一時半を回っていた。

麒麟たちはワンセグで報道番組を確認しているが、秀才が見つかったという報道はされていない。

秀才は今、どこで何をしているのか。

麒麟はふと、脳神経外科の中林に言われた言葉を思い出した。

記憶障害の患者は記憶を失っていくだけでなく、暴力や徘徊《はいかい》等の問題行動を起こすことがあると言う。

さまざまな心配が胸をよぎる。考えたくはないが、最悪の事態もあり得るのだ。

「大丈夫か、キリン？」

悠輔が声をかけた。

「ありがとう、悠輔くん」

麒麟は俯《うつむ》いたまま、疲れ切った声で言った。

「お母さんも大丈夫ですか？」

利紗が厚子を心配する。厚子は利紗に窶《やつ》れた顔を向け、小さく頷いた。

時計の針はとうとう十二時を指し、長い長い一日が終わった。

その直後であった。それまで穏やかだったのに、急に風が強くなり窓がガタガタと揺れ始めた。

麒麟は急な天候の変化に胸騒ぎを感じる。

次の瞬間、床に置いてある悠輔の携帯を取り、ワンセグ放送を切った。

マンションに人がやってきた気配を感じたのだ。

悠輔たちは顔を見合わせる。

コツ、コツ、と足音が近づいてくる。

扉の前で止まった、と思った瞬間、玄関扉が勢いよく開いた。

秀才が恐ろしい形相で、靴のまま部屋に入ってきた。服や手にはべったりと血がついている。

「お兄ちゃん」

秀才のその姿を見た途端、麒麟はさまざまな想いがこみ上げ涙が溢《あふ》れた。厚子と利紗たちは驚きのあまり固まっている。

秀才が言った。

「俺の記憶は、正しかった」

麒麟は、秀才の言葉の意味が理解できない。

「記憶障害の人間が、よくここまで来られたなというような顔をしているな」

突然そう言われた麒麟は、誤魔化すことさえできなかった。

「そうなんだろ、俺は記憶障害なんだろう?」

麒麟はもう否定しなかった。

「だがな、俺はまだあの男みたいに呆《ぼ》けちゃあいないんだ」

あの男、というのが鳥居篤郎であることは容易に理解できた。

秀才は後ろを振り返ると突然キッチンに向かい、まな板に置いてある包丁を手に取った。

「お兄ちゃん!」

秀才はダラリと包丁を下げてこう言った。

「俺には結局、天才の血など流れてはいなかった。『クローバ113』の正体は、鳥居篤郎だったんだ」

厚子や利紗たちは愕然《がくぜん》とするが、麒麟は冷静であった。

「あの男も記憶障害を患っていた。だから俺も！」

「お兄ちゃん、本当に鳥居さんを殺してしまったの？」

「俺が殺したんだ」

否定してほしかったが、秀才は平然と認めた。

「日記にすべてが書いてあった。『IQ180の天才数学者』と偽り、自分の精子を売ったとな」

「そんな……」

厚子が声を洩《も》らした。

「鳥居は日記に、嬉《うれ》しそうに俺の自慢ばかり書いてやがったよ。俺はあいつの実験台みたいなものだったのさ」

麒麟は胸が押しつぶされそうな想いであった。

「それだけじゃない。鳥居にはもう一人息子がいるらしい。『大賢《ひろまさ》』という名前のな。そいつはジーニアスバンクがらみの子供ではなく、鳥居にとって初めての子供、つまり俺の腹違いの兄貴だ」

秀才には重要なことかもしれないが、秀才の腹違いの兄のことなどどうでもよかった。

「どうして殺したりなんかしたの……」

涙声で叫んだ。

「勘違いするな。記憶障害だからといって、俺は決して自棄《やけ》で鳥居を殺したのではない。麒麟、お前は鳥居の経歴を知っているか。あいつは『優生学』を主張していたくせに、すべて三流以下だったんだ」

秀才は大きく息を吸い込み、続けた。

「昔から言っているだろう？　俺は無能な人間、馬鹿が嫌いだと。俺はあの男を道具として使ってきたが、あくまで認めてはいなかった。そんな男が俺の父親だと？　まったく笑わせる。俺は無能なあの男に騙《だま》されたこと、あいつの血が自分に流れていることがどうしても許せなかったんだよ」

麒麟は悲しみよりも先に悔しさがこみ上げた。

「それでも殺すことはなかったじゃないか」

「そうだ、鳥居篤郎は父親だったんだぞ。実の父親を殺すなんて」

悠輔が、冷酷だと言わんばかりの口調で言った。

秀才は悠輔を一瞥《いちべつ》したが相手にはせず、厚子に恨むような鋭い視線をぶつけ、ゆっくりと包丁を向けた。

「俺の復讐《ふくしゅう》はまだ終わっちゃいない。俺は最後にこの女を殺しにきたんだ」

「お兄ちゃん！」

厚子は怯《おび》え、後ずさる。

「秀才、やめて」

「気安く呼ぶな！」

秀才は叫び、そして静かにこう言った。

「俺を産んだ、罰だ」

麒麟はこの時、胸を貫かれたような強いショックを受けた。

「なぜ俺を産んだ？　鳥居の無能な遺伝子を受け継いだ俺を！　お前が鳥居の精子を買ったせいで俺はな……」

「お願いやめて！」

麒麟は叫び、秀才を諭すように言った。

「お兄ちゃんもうやめよう。そんな悲しい言葉、僕聞きたくないよ」

秀才は鼻で笑った。

「やめてやる。その女を殺したらな」

麒麟は一瞬の隙をつき秀才に飛びついた。

「お願いだからやめて！　お兄ちゃん、昔の頃のお兄ちゃんに戻って。お兄ちゃんは、本当は優しい人なんだよ」

「放せ、麒麟！」

秀才は激しく暴れる。麒麟はしがみつきながら言った。

「小さい頃、僕にたくさん勉強を教えてくれたじゃないか。動物園に行った時、僕にソフトクリームをくれたじゃないか。それにミミだって！」

昔の話をしても、秀才は自分のことではないというように一切反応しなかった。憎しみの目で、厚子に向かおうとする。

麒麟は力を込めて叫んだ。

「お兄ちゃんが鳥居さんにミミを助けてあげてほしいって言ってくれたんでしょ？そうなんでしょ？」

突然秀才の動作が止まった。麒麟は、ようやく気持ちが通じてくれたと安堵《あんど》する。

しかしそうではなかった。

「お前は、天才の遺伝子を受け継いでいるのか？」

秀才は麒麟を見つめ、唐突に尋ねた。

「僕は……」

すると、厚子が怯えながらこう言った。

「ドナーナンバー『ハート333』、麒麟の父親はノーベル化学賞受賞者」

秀才の右手から、するりと包丁が落ちた。

心底驚いたような表情を浮かべ、

「ノーベル化学賞受賞者だと！」

次いで、嫉妬《しっと》に似たような目で麒麟を見た。麒麟は目をそらした。

「ノーベル賞受賞者の遺伝子を受け継いでいながら、お前には絵の才能もあるというのか！」

秀才は急に自嘲《じちょう》気味に笑った。

「麒麟、俺を見ていてさぞ気分がいいだろう。『成功作』と言われ続けてきた俺が失敗し、『失敗作』と言われ続けてきたお前が成功するんだからな」

秀才は昼間と同じことを再び言った。麒麟は、秀才が昼間の出来事を忘れていると思うと、余計に胸が苦しかった。

秀才は茫然《ぼうぜん》としたような顔つきで立ち尽くす。ほんの数秒前まで怒りに震えていたことすら忘れているようであった。

「お兄ちゃん」

心配そうに声をかけた、その時であった。

秀才の携帯電話が鳴った。

緩慢な動作で携帯を手に取り、蓋《ふた》を開く。その瞬間、秀才の目が大きく見開いた。

麒麟は異変を感じ携帯を覗《のぞ》く。液晶画面には『鳥居篤郎』と出ていた。

「はい」

秀才が応《こた》える。麒麟は動揺しながらも携帯に顔を近づけ、耳を澄ました。

『私よ、今どこにいるの？』

すぐに野口美香子の声だと分かった。

「お兄ちゃん」

思わず声を発した。その声が、野口に聞こえたようであった。

『麒麟くんと一緒なのね』

「ああ」

秀才は麒麟を見ながら、力無い声で答えた。

『ちょうどいいわ。一緒に来なさい』

野口は続けて言った。

『今、大井埠頭《おおいふとう》にいるわ。あなたの、腹違いのお兄さんとね』

秀才は、最後の部分に強い反応を示した。

「何だと？」

『そこですべて話すわ。じゃあ、待ってるから』

意味深な言葉を残して電話が切れた。

秀才は携帯をしまうと麒麟を見た。

麒麟はこの時、数時間前に野口が言った『あなたとは、すぐにまた会うことになると思うわ』という言葉を思い出していた。

「行こう、お兄ちゃん」

覚悟を決めて言うと、秀才は無言のまま背を向け、玄関扉の方へと歩いて行った。

厚子の手を取り、

「お母さんも一緒に」

すると秀才は麒麟に鋭い視線を向けた。

「この女はいい。邪魔なだけだ」

麒麟は首を振った。

「僕たちを産んだお母さんなんだよ。お母さんにも、知る権利がある」

秀才は再び背を向け、勝手にしろ、と言った。

麒麟は厚子を立たせると、不自由な足を労《いたわ》るように一緒に歩く。部屋を出る際、利紗たちを振り返り、

「行ってくるね」

真剣な顔つきで言った。利紗たちは心配そうであるが、止めることはしなかった。

麒麟たちがアパートを出ると、ちょうどそこに空車のタクシーがやってきた。秀才はタクシーを停めると、最初に乗り込んだ。麒麟がその隣に座り、厚子は助手席に座った。

扉が閉まると、秀才が運転手に言った。

「大井埠頭まで」

29

大井埠頭に着いた時、時刻は夜中の一時半を回っていた。

麒麟は後部座席から身を乗り出し、真夜中の埠頭を見渡す。

秀才が倉庫の前でタクシーを停めた。

東京湾に向かって、赤いセダンが停まっている。

麒麟はタクシーをおりると、緊張の面持ちで赤いセダンに近づいていく。

最初に運転席の扉が開き、野口美香子がおりてきた。

その次に、助手席の扉が開いた。

おりてきたのは、熊野孝広であった。

「熊野先生！」

麒麟は愕然《がくぜん》とした。

「まさか、熊野先生が……」

秀才も金縛りにあっているかのように固まっている。ニュースで見知った『天才養成学校』の責任者である熊野孝広が鳥居のもう一人の息子であり、そして腹違いの兄だなんて、秀才ですら予測できないことであった。

「来たか」

熊野は一言、低い声で言った。厚子は混乱した様子で熊野と野口を見つめている。

「鳥居の日記、見たんでしょ？」

野口が尋ねた。秀才は驚きのあまり答えられない。

続いて熊野が言った。

「鳥居も憐《あわ》れな男だ。最愛の息子に殺されてしまったのだから」

熊野にとっても鳥居は父親のはずなのに、まるで他人事《ひとごと》のようであった。

「本当に熊野先生が、お兄ちゃんの、お兄ちゃんなの？」

麒麟が確かめると、熊野は頷《うなず》いて優しい口調で言った。

「ああ、そうだよ」

「どうしてずっと教えてくれなかったの？」

熊野は苦しそうな表情を見せるがそれには答えず、こう言った。

「ジーニアスバンクでたくさんの『失敗作』が生まれていることが分かって以来、世間は、ドナーのデータを偽っていたのではないかと疑っているが、真剣に天才を作りたいと思っていた鳥居は、『クローバ113』以外は、すべて優秀な精子を売っていた」

熊野は続けた。

「そんな鳥居が、なぜ自分の精子を『IQ180の天才数学者』として出品したのか。それは、私が無能だったからだよ」

「先生が、無能？」

麒麟には鳥居の真意が理解できない。だいいち熊野が無能とは思えなかった。熊野は頭が良くて、とても優しい人だった。

「鳥居は我が子が優秀になるよう『大賢』と名付け、幼い頃から英才教育を受けさせた」

英才教育という言葉に厚子が敏感に反応した。まるで自分と重ね合わせているようであった。

「しかし私はまったくついていけなかった。当たり前だ。その時、私は五、六歳だった。ところが鳥居は、こんな不出来な子供は自分の子ではない、と一切の迷いなく私を捨てた。自分が無能なくせしてな」

最後は憎しみを込めて言った。

「私の母親は、私が七歳の時に癌で死んだんだが……」

熊野は野口を見る。

「死んだと同時に、私を彼女に育てさせたんだ」

麒麟たちも野口に視線を向けた。

「彼女は当時、私の祖父が社長をしていた運送会社で社長秘書をしていたが、同時に、当時専務だった鳥居の愛人でもあった」

熊野は鼻を鳴らす。

「狂った奴だよ。愛人に実の息子を育てさせるんだからな。……とはいえ、私は彼女に預けられて幸せだったよ。彼女は私を実の子のように可愛がってくれた。もし鳥居に育てられていたらと思うと今でもゾッとする」

さらに続けた。

「私は十八まで彼女と一緒に生活していたが、ずっと鳥居を恨み続けていた。いつか復讐《ふくしゅう》してやりたいと思っていた」

麒麟は、復讐という二文字に胴が震えた。

「鳥居がジーニアスバンクを設立した約五年後、そのチャンスが訪れた。当時私は北海道の三流ホテルでポーターとして働いていた。学歴も夢もなかった私は高校を卒業後、同ホテルの千葉支社に就職し、二年後北海道に転勤となり、安い給料で細々と暮らしていた」

熊野は野口を一瞥《いちべつ》し、

「久々に東京に帰った時だった。彼女にその時初めて、鳥居が『IQ180の天才数学者』と偽り自分の精子を出品し、しかもその子がもう三歳になっていることを知らされたんだ」

厚子が秀才をそっと見た。申し訳なさそうに、下を向いた。

「鳥居は自分の子供が無能であったことがどうしても許せなかったんだ。自分の遺伝子が優秀であることを証明したくて、『クローバ113』を天才数学者のものと偽って出品したんだ。私はそれを聞いた瞬間、鳥居よりも優秀な子供を作って、鳥居に長年の恨《うら》みを晴らしてやろうと考えた」

熊野の表情が段々と狂気に染まっていく。

「私は彼女に頼んで、ジーニアスバンクのある職員を買収した。精子を冷凍保存させることを専門とする技術者だ。私たちは一緒にジーニアスバンクの『精子貯蔵室』に忍び込み、そこで私の精子を液体窒素で冷凍保存した。次に、ある精子と私の精子をすり替え、オークションに出品したんだ。それが『ハート333』、ノーベル化学賞受賞者である青山卓治の精子だ」

熊野がドナーナンバーを告げた瞬間、麒麟は気が動転し、秀才と厚子は驚愕した。

「まさか熊野先生が、僕の、お父さん？」

麒麟は途切れ途切れに言った。

熊野が優しい表情に戻った。

「ずっと会いたかったよ、麒麟」

熊野は初めて『くん』をつけずに麒麟を呼んだ。

激しく動揺する麒麟に、熊野はさらに言った。

「信じられないかもしれないが、本当なんだ。DNA鑑定すれば分かることだよ」

麒麟の脳裏に、熊野と過ごした十一年間が走馬灯のように蘇《よみがえ》る。

「先生が、僕の、お父さん……」

やはりそれしか言葉が出てこなかった。

「俺の腹違いの兄であり、また麒麟の父親でもあったということか」

秀才が愕然とした表情で呟《つぶや》いた。

熊野は厚子に視線を移し、

「私の精子を買ったのがあなただと知った時は、こんな偶然があるのかと本当に驚いた。でも偶然ではなかったんだ。宿命だったんだ」

熊野は続けた。

「私は時折東京に戻り、陰で麒麟の成長を見守っていた。麒麟の通う塾の生徒に、麒麟のことを聞いたりもした。麒麟もまた天才的な頭脳を持っていることを知った時は安心した。しかしそれ以上に、鳥居の息子である兄には絶対に負けるな、という想いの方が強かった」

麒麟たちに間を与えることなく、再び厚子に視線を向け、

「しかし、あなたは鳥居と同じように麒麟を簡単に捨てた。急に勉強ができなくなっただけで、麒麟を犬小屋に放り込んだ！」

熊野は怒りをぶつけるように叫んだ。

「ちょうどその頃だった。人生の転機を迎えた。彼女から、鳥居が『天才養成学校』という名の施設に『失敗作』を隠蔽《いんぺい》する計画を進めていることを聞かされたんだ。私はすぐに鳥居に会いに行き、直訴した。『天才養成学校』の責任者を任せてほしいと。鳥居はすぐに了承したよ。失敗作が失敗作の面倒を見るとは傑作、お似合いだと言ってね。その代わり鳥居は、鳥居大賢という名を伏せ、偽名を使うことを条件に出した。理由は簡単だ。無能な息子がいることを世間に知られたくなかったからだ。半年後、私は『天才養成学校』の責任者として成戸島に向かった。鳥居はあくまで失敗作を隠蔽するために『天才養成学校』を作ったが、私は本気で子供たちを天才にしようと思っていた。私は誰よりも、『失敗作』と言われる子供たちの辛《つら》い気持ちが分かる。何

とか救ってやりたいと思ったんだ」

熊野は麒麟を真っ直ぐに見つめながらこう付け足した。

「麒麟が、来るまでは」

さらに言葉を重ねた。

「私は麒麟が捨てられることを覚悟していたが、実際に施設にやってきた時はショックだったよ。私はその瞬間から麒麟にばかり意識を向けるようになった。他の子供たちも可愛かったが、麒麟を特別視してしまうのは仕方のないことだった。何が何でも、麒麟を天才にしようと思った。しかしまさか、麒麟に絵を描く才能があるとは思ってもいなかったよ。私には、絵心がまったくなかったからね」

熊野は大きく息を吸い込み、

「初めて麒麟の絵を見た時、胸が熱くなった。本当に嬉《うれ》しかったよ。自分の血が流れている麒麟には、天才的な才能があったんだと、心の中で何度も叫んだ。同時に、私は麒麟の将来に大きな夢を抱いた。必ずこの子を画家にすると誓った。私は間違ってはいなかった。麒麟が施設からいなくなったその日、私は『檻《おり》の中から』を画聖展に出品した。それが最優秀賞に選ばれたことを知り……」

熊野は語尾を伸ばし、秀才を見ながら言った。

「鳥居親子を逆転した時！　鳥居に勝ったと思った。私はとうとう、長年の恨みを晴らしたんだ。もっとも、麒麟が私の子であると伝える前に、鳥居は死んでしまったんだが。いや、仮に伝えていたとしても、鳥居はもう理解できなかったろう」

アルツハイマーのことに触れると、秀才は目を伏せた。

「最愛の息子に殺された鳥居は今、一体何を思っているだろうな。裏切られたにもかかわらず、我が子との過去を振り返り、いまだに優越感に浸っているだろうか。いや、もしかしたら、今更ながら遺伝子とは一体何だったのかと、疑問を抱いているかもしれん」

ここで少し間を置く。

「私は時折ふとこう思うんだ。結局、遺伝子なんてものは、あまり関係なかったのではないかと。鳥居は『優生学』を狂信し、子供は意のままに改良できるという幻想の虜《とりこ》になっていたが、鳥居も気づいたかもしれん。事実、二人とも親にはまったく似なかったのだから」

熊野が皮肉るように言うと、秀才が自嘲《じちょう》気味に笑った。

「結局、俺たちは鳥居たちに踊らされていたってわけか」

厚子は打ちのめされたような表情でその場に崩れた。麒麟が声をかけても、返事する力すらないようだった。

熊野が、麒麟に近づいて言った。

「今まで本当のことを隠していてすまなかった」

麒麟はゆっくりと顔を上げた。

「それだけじゃない。この十一年間、私は麒麟にたくさんの嘘をついてしまった。最初についた嘘はミミのことだな。私は本当に友人にミミを探しに行ってもらったんだが、その時すでにミミはいなかった。後に、鳥居が飼っていることを知ったんだが、麒麟のことを思ったら、いなくなっていたなんて言えなかったんだよ」

熊野はミミが死んでしまったことは告げなかった。過去についた数々の嘘を詫《わ》びると、

「こんな私を、許してくれるかい？」

麒麟は熊野の目を見るが、すぐに下を向き、

「そんなことより、まだ信じられなくて。熊野先生が、僕のお父さんだなんて」

熊野は次の言葉に迷うが、決意したように顔を上げるとこう言った。

「私はこれから警察に行く。いつ出てこられるか分からないが、出てきたら、二人で一緒に暮らさないか？　麒麟が施設を出て行った三日後、実は私も東京に戻り、麒麟がどこにいるのかずっと探してた。勝手かもしれないが、私はずっと麒麟といたい。麒麟といる時が一番幸せなんだよ」

麒麟は迷うような仕草を見せるが、首を振った。

「僕には、お母さんとお兄ちゃん、それに、みんながいるから」

熊野が父親だなんてすぐに受け入れられるはずがない。熊野はずっと『優しい校長先生』のままである。

それでも麒麟は言った。

「先生も、僕たちと一緒に……」

すると、熊野は薄く微笑む。

「麒麟はいつでも優しい子だね。しかし、そういうわけにはいかないよ」

熊野は続けて言った。

「時折会いに行ってもいいかい？」

麒麟はうんと返事した。

「ありがとう」

それからしばらく沈黙が続いた。

「そうだ、最後に渡さなければならないものがある」

「僕に？」

熊野は頷《うなず》き、

「今、スタンプカード持っているかい？」

と尋ねた。麒麟はポケットの中からスタンプカードを取り出した。実は肌身離さず持っていたのである。

熊野はスタンプを手に、麒麟に歩み寄る。そしてスタンプカードを手に取ると、

「最優秀賞受賞、本当におめでとう。十一年間、本当によく頑張った」

そう祝福すると、最後のマスにスタンプを押した。

麒麟は、二十個目のマスに押された、『よくできました』と彫られた花柄のスタンプを眺める。

これですべてのマスが埋まったが、最後は何だか悲しいスタンプであった。

「終わりだな、何もかも」

秀才が絶望したような口調で呟《つぶや》いた。

「あなたも、一緒に警察へ行きましょう」

野口が言った。

「逃げようが捕まろうが、俺の結末は同じだ。好きにしろ」

秀才は野口を一瞥《いちべつ》し、自棄《やけ》気味に言った。

30

麒麟は厚子の足を労《いたわ》りながら、夜道をゆっくりとした足取りで歩いて行く。

その後ろには、秀才の姿があった。すっかり生気を失い、とぼとぼと歩く。

麒麟は真っ直ぐ前を見据え、一歩、また一歩と進んでいく。

頭の片隅には、熊野の姿がある。今頃熊野と野口は警察署にいるだろう。

秀才が熊野たちと一緒に警察署に行かなかったのは、麒麟がそれを拒否したからであった。

大きな罪を犯してしまった秀才をすぐにでも警察署に連れて行かなければならないことくらい分かっている。しかし、麒麟にはそれができない。

逃げるつもりはないのだ。

でも、秀才と別れたくない。もう少しだけ、秀才との時間を過ごしたかったのである。

その想いを告げると、秀才はここでも好きにしろと言った。

秀才はもう何もかもがどうでもいいという気持ちであるようなのが、麒麟にはとても悲しかった。しかし、それを一切表情には出さなかった。秀才に明るく、行こうと言った。

秀才とはもう長く一緒にいられないし、いずれ秀才は家族のことを忘れてしまう。だから、どんなに悲しくても、辛《つら》くても、最後は明るい自分を見せようと心に決めたのである。

麒麟には行きたい場所が二ヵ所ある。どちらも大切な思い出が詰まった場所だ。最初に目指している所は、ここから何キロあるだろうか。

もしかしたら朝になっても着かないかもしれない。それでも徒歩で行くのは、これからの「予定」を考えると、タクシーに乗るだけのお金が麒麟にはないからだ。

秀才はまるで人が変わってしまったかのように、文句一つ言わず歩いている。厚子もまた、疲れたとか、もう止めようとか、弱音を吐くことはしない。

三人は月明かりに照らされながら国道沿いを歩く。厚子の足が不自由なので、ゆっくり、休みながら。三人の間に会話はない。それぞれの想いで歩き続ける。

麒麟は他のことなど一切考えず、残り少ない秀才との時間を大切に噛《か》みしめる。

大井埠頭《ふとう》から、もうどれくらい歩いたろうか。

いつしか空には太陽が出ているが、まだまだ道のりは長い。麒麟たちの顔にはさすがに疲れの色が出ており、足はもうパンパンに張っている。それでもひたすら歩き続ける。

それからさらに四時間ほど歩き、ようやく狛江駅が見えてきた。

麒麟は俄然《がぜん》力を取り戻し、最初の思い出の場所に向かう。

それは、昔三人で暮らしたアパートであった。

厚子は懐かしそうに古い建物を眺める。

麒麟の脳裏に、幼い頃の記憶が次々と蘇《よみがえ》る。

七時間以上歩き続けたため疲労困憊《こんぱい》であったが、疲れなんて一気に吹き飛んでしまった。

「お兄ちゃん」

明るい声で呼んだ。麒麟が秀才に話しかけるのは、埠頭を出て以来初めてだった。

「僕たちのお家《うち》、懐かしいね」

秀才はアパートを眺めてはいるが、何も答えない。

「こうして三人でアパートの前にいるだけで、何だか子供の頃に戻ったみたいだ」

やはり秀才は無言のままである。

「本当に戻れたらいいのになあ」

厚子が頷いた。過去の自分を後悔しているようであった。

「お兄ちゃん、よく一緒に塾へ行って、一緒に帰ってきたよね。ご飯を食べた後、よくお兄ちゃんに勉強を教えてもらったなあ」

秀才は黙ったまま表情一つ変えない。

その後もいくつか思い出を語ったが、ずっと無反応だった。

そんな秀才に、厚子は悲しげな表情を浮かべる。麒麟も同じ気持ちだった。

もしかしたら秀才は、幼い頃の記憶を失っているかもしれないのだ。そう思うと、たまらない気持ちになるのだった。

麒麟は重い空気を変えるように、

「お兄ちゃん、もう一ヵ所お兄ちゃんと行きたい場所があるんだ」

そう告げると、秀才は今にも消え入りそうな声で、ああと返事した。

麒麟は安堵《あんど》し、秀才に微笑みかける。

「行こう、お兄ちゃん」

麒麟は厚子の身体を支えながら再び歩き出す。

歩きながら、麒麟はふと思った。

次の目的を遂げたら、僕はどうすればいいのだろう、と。

狛江駅に着くと麒麟は切符を三枚購入し、厚子と秀才に渡した。秀才は無言で切符を受け取り、無気力な足取りであとをついてくる。

麒麟たちは新宿行きの電車に乗り、空いている席に並んで腰掛けた。

真ん中に座った麒麟は、秀才にわくわくした様子を見せるが、何と話しかけたらよいのか分からない。

三人でこうして電車に乗るのは十年以上振りで懐かしい想いであるが、一方では、まだこの先のことを迷っている。

次の目的を遂げたら、どうするべきだろうか。

逃げるつもりはなかったが、ふと、どこか遠くへ行ってしまおうかと考えた。誰にも知られていない場所で、三人で幸せに暮らす光景を想像するだけで何だか心が落ち着いた。

麒麟はそっと目を閉じる。次に目を開けた時、別の世界に瞬間移動していることを本気で願った。

三人は新宿駅で山手線に乗り換えた。そして、目的の上野駅で降りた。

「お兄ちゃん、どこへ行くかもう分かった？」

秀才はやはり答えない。あの日の思い出まで失ってしまっているのだろうかと寂しい気持ちになった。

「行こうか」

厚子の身体を支えながらホームを歩き改札を抜ける。

麒麟はふと後ろにいる秀才を振り返った。秀才は上野の地図を見据えている。どこへ行くのか考えているみたいだった。

あえて声はかけなかった。秀才はしばらくすると、再び歩き出した。

上野駅を出ると、『上野動物園』に向かって歩く。幼い頃の自分たちと今を重ねながら。

その直後、後ろから女性の悲鳴が聞こえ、咄嗟《とっさ》に振り返った。

すると、秀才が見知らぬ男に羽交い締めにされていた。男は茶色い帽子と茶色い制服を着ており、顔色は悪く、病的なほどに痩《や》せている。

すぐに、駅の警備員だと分かった。

麒麟と厚子は硬直する。怖くて声すら出なかった。

二人とは対照的に、秀才は冷静であった。いや、無関心と言った方が正しかった。抵抗しないどころか、突然襲ってきた男を見ようともしない。

「まさか、こんなところで会えるとは思わなかったぜ」

男は酷《ひど》く興奮している。

「しかし驚いたぜ。お前が鳥居を殺すなんてな。お前の人生もこれで終わったな！」

男は愉快そうに言った。

麒麟は、助けなければと思うが、身体が動かない。気づけば大勢の人たちに囲まれていた。

男は構わず言った。

「皆川、俺が誰か分かるか？　分からないだろうな。お前にとって俺なんか、ただのカスだもんな。だがそんなカスにお前は足をすくわれたんだぜ。おとなしく豚箱に入りやがれ」

男は一つ間を置き、

「俺は、小田香織の息子だよ」

と言った。すると厚子が咄嗟に反応した。

「小田、香織」

男は厚子を見ると上唇を浮かせた。

「お母さん、一体……」

厚子にはまったく聞こえていないようだった。愕然《がくぜん》とした表情で男を見つめている。

「皆川、忘れたとは言わせねえぞ。フラッシュ暗算の大会で、戦ったろ。お前に負けて以来、俺の人生は最悪だった。母親はお前に負けたショックで頭がおかしくなっちまって、勉強に集中できなくなった俺は成績が一気に下がり、そのせいで今度は父親にまで見放された。結局俺は大学にも行かず、今は見ての通りアルバイトの警備員だ。すべてお前のせいなんだ！」

麒麟は、秀才と男の間に何があったのかは分からないが、男の言っていることは理不尽すぎると思った。

「俺はお前に、いつか復讐《ふくしゅう》してやりたいと思ってた。しかしその前に自滅しやがった。いい気味だぜ。何がジーニアスバンク最高の『成功作』だ、お前は『作られた殺人鬼』だ」

男がそう言うと、秀才が初めて口を開いた。

「誰か知らんが、俺に復讐したいなら、俺を殺せ」

麒麟は強いショックを受けた。

「お兄ちゃん……」

「俺はもう死んだも同然だからな。これ以上生きていたって意味がない」

男は驚いて絶句する。

「早く殺せよ」

男は表情を強《こわ》ばらせたまま、

「とうとうマジでイカレやがった」

と言い、嘲笑《ちょうしょう》を浮かべると、

「殺すかよ」

と言った。そして大勢の観衆に秀才を見せ、力一杯叫んだ。

「こいつは皆川秀才だ！　鳥居を殺害した殺人者だぞ！」

辺りは騒然とする。

「やめて」

麒麟は首を振り、小さな声で言った。

まだ、僕たちには行かなければならないところがあるんだ……。

「こいつは『成功作』なんかじゃないぞ。殺人鬼として作られた人間なんだ！」

男は観衆を煽《あお》るように叫ぶ。

麒麟は拳《こぶし》を握った。身体は激しく震えていた。

この時、生まれて初めて怒りという感情を抱いた。

男を睨《にら》みつけ、

「やめろ！」

と吠《ほ》えながら男に飛びかかり、必死になって秀才を助けようとする。

その時であった。

遠くから、サイレンがいくつにも重なって聞こえてきた。

その瞬間、男は血相を変えて逃げて行った。

麒麟と秀才は逃げることはせず、やがて大勢の警官に囲まれた。

先頭にいる警官たちは盾を持っており、殺人者である秀才に警戒しながらじりじりと詰め寄る。

麒麟は怯《おび》えながらも秀才の横に移動し、秀才の右手をそっと手に取った。

その瞬間、男の声が響き渡った。

「確保！」

秀才は一気に警官に取り押さえられ、両手に手錠をかけられた。

保護された麒麟は、秀才と引き離される。右手を伸ばし、
「お兄ちゃん！　お兄ちゃん！」
と必死になって叫ぶ。しかし秀才は最後まで麒麟を見ず、警察車両に乗せられた。
秀才を乗せた車は静かに走り出した。
麒麟は秀才を追いかけようとするが、厚子と一緒に別の車両に乗せられた。
警官に声をかけられるが、二人とも答えない。
麒麟は涙を流しながら、秀才が乗る車を目で追う。
見えなくなると、麒麟は首《こうべ》を垂れた。
やがて、麒麟と厚子を乗せた車も走り出した。
思い出の場所、上野動物園を背にして……。

31

秀才の逮捕から二年の歳月が流れた。
麒麟と秀才、それに熊野やジーニアスバンクにとっても、まさに激動の二年であった。
まずジーニアスバンクであるが、秀才が逮捕された翌月、経営悪化を理由に倒産を

発表した。『失敗作』を隠蔽《いんぺい》していた事実が公になった時点で世間の信用を失っていたが、やはり秀才の事件が決め手となった。

今回の二つの事件をきっかけに、ジーニアスバンクの優秀な精子で『天才児』を産みたいと躍起になっていた、あるいは過去に子供を産んだ女性たちは夢から覚め、それが愚かな考えであったことに気づいたのであった。

一番の被害者は、ジーニアスバンクで生まれてきた子供たちである。ジーニアスバンク設立以来『スーパー精子』で生まれた子供は約三千人。親から過剰なまでの愛情、異常なまでの教育を受け、将来を期待されながら育ってきた子供たちの今は、謎のままである。

熊野は監禁の罪で起訴され、懲役二年が言い渡された。現在は刑務所に服役中である。麒麟は大井埠頭《ふとう》で別れて以来、熊野とは一度も会っていない。あえて裁判にも行かなかった。

どんな顔で会ったらよいのか分からないし、もっとも、まだ心の整理がついていない……。

麒麟と厚子はこの日、一緒に医療刑務所に向かった。先週秀才の刑が確定し、医療刑務所に収容されたのである。

約一年続いた裁判の結果、秀才には懲役七年が言い渡された。

一審では、何の迷いもなく鳥居篤郎を殺害した秀才の行為は残虐非道とされ、懲役九年が言い渡された。しかし、控訴審では秀才が若年性アルツハイマーを患っていたため事件当時精神状態が不安定であったのと、鳥居が自らが父親である事実を二十一年間も隠し続けていたことで、長年騙《だま》されていたことが許せなくて殺害に至ってしまったという経緯を踏まえ、情状酌量が認められたのである。

医療刑務所に到着した二人は、門の前に立つ看守に挨拶《あいさつ》して敷地内に入る。

二人とも刑務所に入るのは初めてなので、緊張した面持ちである。

建物に入り、面会手続きを済ませると、若い看守に面会室に案内された。

面会室は一階にあり、看守が扉を開いた。

「どうぞ」

麒麟と厚子は頭を下げながら中に入る。

部屋は三坪ほどの広さで、真ん中に透明の仕切りがある。

その向こうに秀才がいた。

囚人服を着た秀才は、二人には視線を向けず、ぼんやりとした顔で一点を見つめている。二年前と比べると、まるで別人の顔つきである。

麒麟は、秀才が囚人服を着ているのがショックであるが、微笑みかけながら椅子に座った。

「お兄ちゃん、おはよう。体調はどう?」

刑務所では初めての面会となるが、特別な言葉はかけなかった。

「顔色はいいわね」

厚子が優しい口調で言った。しかし秀才は口を開かない。それどころか、二人を見ることもしない。聞こえているのかすら、疑問であった。

秀才はもう麒麟や厚子のこと、それに自分の名前すら分からない状態らしい。逮捕後から急激に記憶を失っていき、二ヶ月くらい前からこんな様子だという。

麒麟と厚子は、秀才が何も分かっていないことを理解しているが、それでも懸命に話しかける。

だが、やはり口を開かない。

一言だけでもいいと麒麟は切願する。もう一ヶ月近く秀才の声を聞いていないのだ。

「そうだ、お兄ちゃん」

麒麟はふと、声の調子をさらに明るくして言った。

「一昨日、また僕の絵を買ってくれた人がいたんだよ」

弱冠十七歳で画聖展の最優秀賞を受賞した麒麟は将来を期待されていたが、秀才が逮捕された直後、メディアからバッシングを受け、世間からも白い目で見られるようになった。時には、殺人者の弟が描いた絵には価値がないとまで言われ、一時は画家の道を諦《あきら》めようと思った。

しかし、それでも描き続けているのは、少数であるが、麒麟の絵を販売したいと言う画商がいるからである。

麒麟は今、自分を助けてくれた人たちに感謝しながら絵を描いている。

むろん毎月の収入は不安定であり、コンビニでバイトしながら厚子と一緒に生活している。

場所は下北沢のワンルームマンション。利紗たちの隣の部屋だ。どうしても仲間と離れることができず、厚子と一緒に隣の部屋を借りたのである。

相変わらず貧乏な暮らしだが、皆で助け合いながら何とか生活している。

まだまだ先ではあるが、麒麟は秀才と一緒に暮らしている光景を毎日想像している。

利紗、悠輔、武、修久の四人も、秀才の帰りを待ってくれている。

麒麟はそれを秀才に告げた。しかし秀才は表情一つ変えない。ただ呼吸しているだけである。

麒麟と厚子は秀才の声が聞きたくて色々な話をするが、結局秀才は一度も口を開かず、あっという間に面会時間が終了してしまった。

麒麟は残念そうに立ち上がるが、帰り際笑顔で声をかけた。

「お兄ちゃん、また来るからね」

「…………」

最後まで秀才は二人に視線を向けなかった。

面会室を出た二人は元気のない足取りで歩く。

「皆川さん」

突然後ろから声をかけられた。

振り返ると、面会室まで案内してくれた若い看守がやってきた。

「何でしょう？」

厚子が尋ねると、看守が一冊のノートを差し出して言った。

「昨日、彼が書いたものです。差し障りのない内容ですので、お見せします」

麒麟が受け取った。

「最初のページをご覧になってください」

麒麟は怪訝《けげん》そうに最初のページを見る。そこには、鉛筆で絵が描かれてあった。

それは小学生が描いたような不器用な絵であり、最初何を表現しているのか分からなかったが、絵の内容を知った瞬間、熱いものがこみ上げてきた。

「お兄ちゃん……」

「まったく記憶がないと聞いていたものですから、ご家族が面会にいらした時に、お見せしようと思ってたんです」

ノートには、動物園の絵が描かれてあったのである。

どれも何を表現しているのか分かりづらいが、唯一、麒麟が一番好きなキリンの姿だけはすぐに分かる。大げさなまでに首が長く描かれ、そのうえしっかりと模様も描かれてあるからだ。

横から看守が言った。

「何を描いているのか聞くと、幼い頃家族で行った場所、と言いました」

麒麟と厚子は信じられない想いであった。

秀才は自分の名前すら分からない状態なのだ。もしかしたら言葉まで忘れてしまっているのではないかと覚悟したくらいだ。

だから、なぜ秀才が動物園の思い出を描けるのか不思議でならないが、答えは一つだった。

秀才の脳に、動物園に行った日の記憶がまだ残っているからである。

「お兄ちゃん、まだ憶《おぼ》えていてくれたんだ」

麒麟の脳裏に、三人で動物園に行った日の思い出が鮮明に蘇《よみがえ》る。とても幸せな気持ちになった。

すると突然、隣で絵を見ていた厚子が涙をこぼした。

厚子は秀才にただ一言、

「ありがとう」

と言った。今のありがとうには、色々な意味が含まれているのだと麒麟は理解した。

麒麟もたくさんの意味を込めて、

「ありがとう、お兄ちゃん」

と言った。

秀才は近い将来動物園に行ったことも忘れてしまい、最後は言葉を忘れ、寝たきり状態になるそうだ。

仮にその日が来てしまったとしても、今と同じ想いのままだと麒麟は思う。

ずっと僕の傍にいてくれて、ありがとう、と。

ノートを眺める麒麟の瞳《ひとみ》からも一筋の涙がこぼれた。

そして、秀才が一生懸命描いてくれた絵を、そっと胸に当てたのであった……。

本書は二〇一〇年九月、小社より刊行された単行本
『キリン』を文庫化したものです。

キリン

山《やま》田《だ》悠《ゆう》介《すけ》

平成25年 6月20日　初版発行
平成27年 8月30日　11版発行

発行者●郡司 聡

発行●株式会社KADOKAWA
〒102-8177　東京都千代田区富士見2-13-3
電話 03-3238-8521（カスタマーサポート）
http://www.kadokawa.co.jp/

角川文庫 17961

印刷所●旭印刷株式会社　製本所●株式会社ビルディング・ブックセンター

表紙画●和田三造

ISBN978-4-04-100876-8　C0193